जाने कितनी आंखें

I0666847

राजेन्द्र अवस्थी

डायमंड बुक्स

ISBN : 978-93-5083-168-7
© लेखकाधीन
प्रकाशकः डायमंड पॉकेट बुक्स (प्रा.) लि.
X-30 ओखला इंडस्ट्रियल एरिया, फेज-II
नई दिल्ली-1100 20
फोन : 011-40712200
ई-मेल : sales@dpb.in
वेबसाइट : www.diamondbook.in

JANE KITNI AANKHEN
by : Rajendra Awasthi

कहानी से पहले

गाँव की पहट का ढिलना और भोला का आ धमकना! उसके आने के समय को कौन-सी संज्ञा दी जाए? उस समय न रात होती और न सूरज निकला होता। उसके आते ही सारे घर में शोर! माँ रसोईघर में जाकर बर्तनों को इस तरह उठाती-धरती कि मुझे लगता जैसे वह सारे घर को ही उठाकर पटक रही है। पिता लकड़ी की खड़ाऊँ पहने सारे घर में घूम जाते। उनके मुख से स्वर निकलते–''रामचन्द्र कृपालु भजमन, हरण भव भय दारुणम्'' या फिर ''जागो बंसीवारे ललना, जागो मेरे प्यारे!''

इतनी सुबह इस शोर-शराबे में भला किसे नींद आएगी? फिर धौरी का चिचयाना और उसके बछड़े का जोर-जोर से रम्हाना! भोला बालों की बटी रस्सी लिये सार में खड़ा मेरा रास्ता देखता। जब तक मैं न आ जाऊँ, धौरी अपने पिछले पैर नहीं बँधवाएगी। पैर नहीं बाँधे जाएँगे तो दूध दुहना मुश्किल है और भोला इतनी सुबह न आये तो उसका काम ही न चले। यहीं से वह पहट के साथ हो लेगा और जंगल चला जाएगा। ठंड के दिन हों या बरसात, सुबह उठना जरूरी है और हर बार सुबह उठने में मुझे सख्त तकलीफ हुई है। इसलिए भी कि मैं तो बड़े प्यार से खड़े होकर दूध दुहवाऊँ और मेरी माँ मुझे जो दूध दे, उसमें पानी मिला दिया करे। पाव-भर का एक प्याला और उसके मुँह तक भरा दूध! इससे कम में काम नहीं चलेगा। न मिला तो रो-रोकर सारा घर आसमान तक उठा लिया। सेर-डेढ़-सेर दूध को चार भाई-बहनों में बाँटना, फिर पिताजी की चाय। आने-जानेवालों के लिए शरबत या लस्सी! माँ दूध में पानी न मिलाये तो क्या करे! लेकिन पानी वह भले मिला दे, हो वह प्याला भर ही। इस हठ के सामने किसी का वश नहीं। किसी दिन माँ ने ज्यादा परेशान किया तो दादी का रुद्र रूप! वह कतई नहीं

सह सकती कि उसके नाती की कोई इच्छा अधूरी रह जाए। दादी ने जो प्यार दिया, माँ नहीं दे सकती। इसलिए मुझे विश्वास हो गया कि दादी से ज्यादा प्यार दुनिया में और कोई कर ही नहीं सकता।

पिता प्राइमरी स्कूल के हेडमास्टर, सारे गांव में वही सबसे ज्यादा पढ़े-लिखे। अंगरेजों का जमाना। वे जानते थे कि पढ़े-लिखों से छेड़खानी नहीं करनी चाहिए। इसलिए पिता ने एकछत्र शासन किया। पुलिस के दरोगा तक को माफी माँगनी पड़ी और वह जिन्दगी-भर रोता रहा। पिता शंकर के भक्त और धूनी रमाने के प्रेमी। गृहस्थ होते हुए भी वीतरागी और त्यागी! सुबह-शाम आरती करते हुए इस तरह खो जाते कि नाचने तक लगते। उनके पास अक्सर एक बूढ़ी आया करती। बाद में मुझे पता लगा कि वह हिनौतावारी दाई है। अस्सी के आस-पास वय, झुर्रियों से भरा चेहरा और झुकी हुई कमर! कटीली के गोल-गोल दाने जमाकर, उनसे वह तेल निकालती और सारे गाँव को वह तेल जबरन खरीदना पड़ता। जो न खरीदे सो दाई की कुदृष्टि का शिकार हो। इसी तेल को बेच-बेचकर दाई ने सोना खरीदा था। एक दिन वही सोना उसकी जान ले गया।

इतने बड़े-बूढ़ों के बीच एक चेहरा और था—हमउम्र और हँसता हुआ सुवेगा का चेहरा! उसके साथ घरौंदे बनाना, बनाकर बिगाड़ना, मार-पीट और फिर प्यार की अनगिनत बातें—"जब तू बड़ी होगी न, तो माँ की तरह घूंघट काढ़ेगी और बच्चे जनेगी।"

—"हट...! बच्चा तू जनेगा, मेरे ठेंगे से!"

—"अपनी सास के सामने इस तरह न बोलना...।"

—"उसका चोंटा पकड़कर घसीटूँगी और खींच-खींचकर खून निकाल दूँगी। क्या समझा है तूने!"

—"तेरा एक आदमी होगा तू उसकी बीवी बनेगी...!"

—"चल जा, बीवी तू बनेगा, तेरी दो मिहरिया होंगी—एक काली, लड़ाकू और दूसरी लम्बी और पागल।"

सुवेगा जोर-जोर से रोने लगती और गाँव-भर में चक्कर काटकर कहती जाती—"ये मास्टर का छोकरा मुझे मिहरिया कहता है!" चारों ओर से हँसी और पान चबाती अधेड़ औरतों का प्यार! मुझे गोद में उठाकर कभी वे चूमतीं

और कभी थपथपातीं–''अरे, रे...! किसी की नजर न लग जाए...। चाँद-सा बेटा है...!''

बहुत कुछ याद है, बहुत कुछ याद नहीं है। बचपन की इस कहानी को बीते पच्चीस बरस हो चुके। अब कुछ धुँधले चित्र शेष रह गये हैं। सुवेगा का कहीं पता नहीं–है भी, या...! हो भी तो न वह मुझे पहचान सकती और न मैं उसे जान सकता। जान-पहचान भी लें तो दूरी अनजानी ही रहेगी।

इस सुखद व्यतीत का कथा-क्षेत्र बुंदेलखंड का एक गाँव–बीजाडांडी! गाँव अब भी है। अब भी वह स्कूल है, वही मैदान, पीपल का पेड़, पेड़ के पास बंगला, पक्की सड़क और उस पर दौड़ती मोटरगाड़ियाँ। सब-कुछ वही! सब-कुछ वैसा ही! यदि कुछ बदला है, तो वह है समय, लेकिन समय के साथ न वहाँ के लोग बदले और न वे परिचित बोल–''आज सुहाग की रात, चंदा उमग मत जइयो।'' आज भी दूर टिमटिमाते हुए उजाले में पहाड़ों के मर्म को चीरकर मन के ये बोल उठते हैं और बस्ती के आंगन में आकर अधूरे-अधूरे, आहिस्ता-आहिस्ता बिखर जाते हैं। इन शाश्वत स्वरों को नयी रोशनी भी नहीं छीन सकी और उनके बीच आकाशगंगा की तरह बहती प्यार की स्वच्छंद धारा को कोई नहीं रोक सका। वही अनछुई गंध, वही क्वांरी हवाएँ, वही जीवन्त ताजगी और वही उपेक्षा–अपने प्रति, आश्रितों के प्रति!

उपेक्षा न होती तो सुवेगा इस उपन्यास का पात्र न बनती। मास्टर बदरी परसाद सारे गाँव के सरताज रहे। सुखलाल जनता की सेवा में लगे जिन्दगी-भर जेल की हवा खाते रहे और दुगघो काकी प्यार पाने के लिए हमेशा तड़पती रही। परमार्थ और जनसेवा के बहाने सब आत्मकेन्द्रित! किसी को इस बात का जरा-भी भान नहीं कि गाँव-भर की जिन समस्याओं का दर्द वे अपने सिर पर ढोये फिरते हैं, उनकी भी अपनी कोई समस्या हो सकती है। खुली हवा में हिरणी की तरह फिरने वाली सुवेगा की, मेथी के पौधों की तरह दिन-दूनी-रात-चौगुनी बढ़ती हुई देह, किसी की आँखों में नहीं खटकी, किसी के मन का काँटा नहीं बनी! ऊपर से चढ़े हुए चमड़े की तरह ढोल का यह खोखलापन एक दिन उन्हें मिटाकर रहा। यही वास्तविकता थी।

इसके बाद किसकी नजरें नहीं बदलीं! पारे की तरह चमकती हुई सफेदी में जरा-सा काजल लग जाए तो अंधी आँख भी उसे पकड़ लेगी, फिर उस गाँव में तो सैकड़ों आँखें थीं। जाने कितनी आँखों ने उस धब्बे को देखा और चन्दन की-सी शीतलता पाई! दूसरे की पीठ में लगा धब्बा हमेशा सुख देता है, यह बात तब भी थी, आज भी है और कल भी रहेगी!

.... मेरे इस उपन्यास का यही आरम्भ है और अन्त भी! कल का व्यतीत, लगता है कुछ ही दिनों पहले का है। एक लम्बे अन्तराल के बाद भी विस्मृति के गर्भ में कुछ समा नहीं सका। धीरे-धीरे ये सारे चेहरे मिट जाएँगे, लेकिन उनकी कहानी हमेशा अमिट रहेगी, कम-से-कम तब तक, जब तक मेरी साँसों के दरवाजे बन्द नहीं हो जाएं!

—राजेन्द्र अवस्थी

एक

चंदू नाऊ ने हरीरी मनायी!

पंडित सुखलाल ने घर-घर राखी बाँधी।

दुगघो काकी ने साँपों को भरपेट दूध पिलाया।

सुवेगा ने अपने घुल्ले हर घर घुमाये।

चरनदास ने गनेश चौथ के दिन घर-घर पथरा फेंके।

बदरी परसाद ने खूब पितर मनाये।

और

वाह रे भोला, अहीर हो तो ऐसा—धनवाही की मड़ई में जितने करतब दिखाये, थानों में जैसी छाहुर[1] दी और जितने प्यार से बच्चों को मछरी के जाल में लपेटा, सब किरपा सीतलामाता की, सब परताप खम्हेरखेड़ा की देवी की! लछमी मइया जिस पर परसन्न हों, सब कराके छोड़ें। उदास रही तो बस, हिनौतावारी दाई, गाँव-भर जिसे अब प्यासन दादी कहता है। भादों की रातें कोयले की लकीर-सी मिट गयीं। क्वांर के दिन लौकी-तुरइया की बेल से बढ़े और गिर गये। अमावस की अंधेरी जब धुली तो कटे खरबूज की फाँक-सा चाँद निकला—अपनी रखेल को नीली धुतिया की सतह पर लहराता-सा। वह कितना भी लहराये, फाँक कितनी भी बड़ी हो, पर उसके भीतर की बुढ़िया वैसी ही रही! उसी तरह आटा पीसती रही! उसकी चकिया न पूरनमासी देखती, न दूज की दर्दीली रात! चाँद की फाँक छोटी हो, पर बुढ़िया की चकिया हमेशा पूरी होती है। तभी तो दुनिया-भर को आटा मिलता है, उसका पेट भरता है। प्यासन दादी के लिए क्या त्योहार, क्या बरत, क्या अंधेरा, क्या उजेरा! होरी हो या दिवारी, आल्हा पढ़ा जाए या रमायन, सब एक हैं। सरसों

1. बुंदेलखंड में दीवाली के समय परीवा के दिन अहीर गायों की सारों में जाकर उन्हें आवाज देते हैं, इसे 'छाहुर देना' कहते हैं।

के फूल की तरह पीले फूल होते हैं, कटीली के ! उसी की तरह काले और गोल दाने निकलते हैं उससे।

गाँव के गेवड़े में कटीली के झाड़-ही-झाड़, बड़ी फायदेमंद है उसकी जड़! घोंटकर पिला दो, गरमी दो कोस तमासा देखे। पीलिया हवा हो जाय और दस बरस कोई सेवन तो कर ले, गँवार पट्ठे की तरह फूल न जाए, तो दादी अपनी सारी उमर हार दे, पर गाँव का कोई मरद अब तक यह तपिसिया पूरी नहीं कर सका। किसी ने महीना खाया, किसी ने दो महीना। फिर सब हार गये, कुछ खाना भी चाहें तो दादी का डर। गाँव-भर की कटीली के झाड़ दादी के। मजाल है किसी की, हाथ लगा ले उनमें! दादी देख ले तो वंश-भर को तार दे। न भी देखे और कोई झाड़ न मिला तो ऐसा कोसती, ऐसा कोसती कि गाँव-भर को लकवा मार जाता, सारे झाड़ उसके गिने होते।

झाड़ों की उमर बढ़ती। उनमें फूल निकलते, फल लगते, फल पककर काले हो जाते और दादी धीरे से उन्हें एक कपड़े में समेट लेती। राई से पहाड़ बने। दस-दस दाने लाखों होते और दादी उनका तेल निकालकर गाँव-भर को पुराती। कटीली का तेल, कोई तेल है उसके माफिक—सुवाद में मीठा, महक में गुलाब, गुन में कमलगटा। इतने गुन जिसमें हों, उसकी कड़वाहट भी भली। करेला भले ही नीम चढ़ा हो, पर गुन में किसी हरी तरकारी से कम नहीं। सो, वाह री दादी! गाँव-भर को ठोंक-पीटकर मजबूत कर चुकी है। सारा गाँव कटीली का तेल खाता है। अब उसकी जड़ मिले तो कहाँ? आदमी गमारपट्ठा बने तो कैसे? पर दादी को इससे क्या! उसे मतलब है बातों से। बातों की लपेट में निकलनेवाले सिद्धांतों से।

—"क्यों रे, चरनदास, इतना खाता है, तब भी देह बांस की बेंत बनी है?"

—"क्या करूँ दादी, खाता तो खूब हूँ, पर...।"

—"अबे नासकटे, खाने से कहीं देह बनती है। अरे, देह बनती है तेल पीने से, देखता है मुझे। बता तो भला कित्ती उमर है मेरी?"

चरनदास आंखें फाड़कर देखने लगता है, आजू-बाजू झांकता है। कोई निकले तो सही। बहाना-भर मिले...चम्पत, पर दादी का दबदबा आदमी-भर में नहीं, हर गैल-गलियारे में है, हर झाड़ काँपता है। घास का हर पौधा दादी को देखकर सहम उठता है, चरनदास की मुसीबत का अंत नहीं।

—"तुम्हारी उमर का क्या है दादी? तुमने शुद्ध घी खाया है। भैंस का दूध पिया है। हमें उतना कहाँ मिलता है?"

''चुप रह''–दादी कुछ प्यार करती है, कुछ मुँह बनाती है–''अरे, कटीली का तेल पी। अंडी के तेल पिये डंडे की तरह मलंग[1] न हो जाये, तो बात नहीं।''

–''सो तो रोज पीता हूँ, दादी।''

–''चल हट, हरामजादे! कटीली का तेल पिये और टंटइया[2] बना रहे! सरम नहीं आती झूठ बोलते?''

चरनदास की मुसीबत कौन कम करे! हाँ कहे तो आफत, न कहे तो गालियाँ, एक तरफ नदिया एक तरफ नरवा। दादी भागने का नाम न ले। जहाँ अड़ जाये, सो अड़ जाय। करम जागा कि बदरी परसाद आ गये।

–''पायलागों दादी!''

–''खुश रहो, बेटा। दूधों नहाओ, पूतन फलो।''

–''अच्छी हो दादी?''

–''हाँ रे! तुझे कैसी दिख रही हूँ?''

बदरी परसाद एक बार झाँककर दादी के चेहरे को देखता है।

नदी के कछार की परतों की तरह उसकी झुर्रियों में सकला, आलू, डिंगरा और कलिंदे की अनगिनत बेलें निकल आयी हैं।

–''तू तो आज बहुत खुश दिखती है दादी! तेरा मुँह लाल हो रहा है।''

''सच!'' और दादी की झुर्रियाँ जैसे पिट जाती हैं। ठीक उसी तरह जैसे नदी में पूर आते ही कछार की क्यारियाँ मिट जाती हैं। वह अपने हाथ का डंडा फेंक देती है। उसकी झुकी कमान-सी कमर एक सीधी रेखा बन जाती है। उसकी आवाज में दस बरस की कमी हो जाती है और वह पास आकर बदरी परसाद को खूब ठोंकती है। उसकी हँसी डूबते सूरज की लाली की तरह फैल जाती है।

–''तू अच्छा है न?''

–''हाँ, दादी!''

–''परबत पढ़ रहा है न?''

–''हाँ दादी। मंडला के इसकूल में नाम लिखा दिया है।''

–''तब तो सरपट बोलता होगा। है न ?''

''हां दादी।'' और बदरी परसाद हँस देता है। उसकी उतरती उमर में एक विश्वास जाग उठता है। लड़का सरपट अंगरेजी बोलता है–एक, दो, तीन,

---

1. मोरा 2. दुबला-पतला।

चार। फिर एन्ट्रेंस कर लेगा। जिला कचहरी के बड़े बाबू का बाप उसके साथ पढ़ा है। बस, पाँचों अंगुलियाँ घी में हैं। यहाँ इसकूल छोड़ा, वहाँ कचहरी का दरवाजा खुला। चरनदास की मुसीबत बची। बदरी परसाद के मन में एक नया सपना जागा और प्यासन दादी के सामने की दुनिया ही बदल गयी। गैल, पगडंडी बनी, पगडंडी रास्ता। फिर सड़क और अब तो डामर छोड़ा जाने लगा है। बाहर मशीनें खड़ी हैं–

खर्रर खर्रर

ढिर्रर ढिर्रर ढिर्र्र्र्र!

दो

–‘‘काये, दादी?’’

–‘‘का है, कौन?’’

–‘‘अरी, मैं हूँ मैं! बदरी परसाद।’’

–‘‘आ, आ। चल नोंने आ गओ। अच्छो है न।’’

‘‘हाँ दादी, अच्छो हों, पर गाँव-भर की उमर तो तैं लैके बैठी है। दुगघो काकी की बड़ी टुरिया आज की रात जाती रही।’’

‘‘का? रुकमनी मर गयी?’’

–‘‘हाँ दादी।’’

‘‘चिच्च...चिच्च...चिच्च! राम-राम!! अनर्थ हुआ।’’ इसके साथ ही दादी हँस पड़ी। बदरी परसाद फटी आँखों से देखता रहा। दादी हँस रही है, हंसी धीरे-धीरे तेज होती जा रही है। उसका झुर्रियों-भरा चेहरा समतल होता जा रहा है तो क्या दादी पागल हो गयी है? नहीं, पागल कैसे हो सकती है। सत्तर बरस का हवा-पानी कहीं एक क्षण में बदला है। गाँव-भर जानता है, प्यासन दादी की उमर किसी ने नहीं पायी। जैसे न जाने कितनों की उमर छीनकर वह जी रही है। दुगघो काकी का कहना है–‘‘इते सब तीन दस बरस लौं जियत हैं। कोऊ भागवान होय तो और जिये।’’

दुगघो काकी चालीस के आस-पास है। तब भी अपने को भागवान नहीं मानती और प्यासन दादी सत्तर की उमर में भी गाँव-भर में छायी है। शायद वह जानती है कि विश्वास बुढ़ापे में जीता है और बुढ़ापा विश्वास की नींव पर खड़ा होता है। प्यासन दादी के विश्वास पर शक करने की गुंजाइश नहीं है। तीस बरस पहले जब उसका पति मरा था, तब भी दादी इसी तरह हँस रही थी। सबने उसे लानत दी थी। बेशरम औरत, मनसिलुआ[1] के मरे में एक दिन नहीं रोई। राँड़ पथरा है, खसम को खा गयी और खुद छाती ठोंककर जीती है।

---

1. पति

ये बातें दादी के कानों तक नहीं पहुँचीं, सो बात नहीं है, पर उसने कब, किसकी बात सुनी है? कहती है, ''जितने मुँह उतनी बातें! जो सुने सो कान का कच्चा।'' दादी के कान सचमुच पके थे, न होते तो दुगघो काकी की बड़ी टुरिया मर जाये और वह हँसती रहे!

दादी की हँसी रुकी। वह भीतर गयी और एक गिलास पानी लेकर बाहर आ गयी। बदरी परसाद के हाथ पीतल का गिलास दादी ने थमा दिया। बोली–''पी ले रे, बदरी! एक भार कम हुआ। बेचारा सुखलाल कहाँ से दहेज देता? अभी तो तीन और बैठी हैं!''

–'' तो क्या दादी, तुम चाहती हो.......!''

दादी खूब जोर से हँस पड़ी। जब हँसी रुकी तो वह बात पी गयी। अपना डंडा लेकर बाहर निकल पड़ी–''बदरी, जरा हो आऊँ पंडित सुखलाल के। टुरिया मर गयी।''

बदरी परसाद उसे देखते रहे। अभी हँस रही थी। अब घर चल पड़ी। अजीब है यह बुढ़िया भी!

दादी सड़क फलांगकर पंडित सुखलाल के घर पहुँच गयी। उसे देखा तो दुगघो काकी गुहार मारकर रो पड़ी। प्यासन दादी जमाने से पीछे कब रही है? दुगघो काकी के गले में हाथ डालकर दादी ने अपने मन का बाँध तोड़ डाला। दुगघो काकी की सारी मुसीबतों का वह बखान करने लगी। रुकमनी की हर हरकत का दादी ने नक्शा खींचा। वह कितनी प्यारी थी! और इस तरह दादी क्या आयी, सारा मुहल्ला रो पड़ा। औरतों के गलों ने जैसे होड़ लगा दी। आधा घण्टे तक दादी सबको रुलाती रही और खुद भी रोती रही। फिर एकाएक चुप हो गयी, मन्दिर के घण्टे की तरह उसका रोना बन्द हो गया और औरतों ने भी रोना बन्द कर दिया। बस केवल कुछ सिसकियाँ सुनायी देती रहीं। वे भी शायद दुगघो काकी की थीं। दादी ने सबको समझाया–''टुरिया चली गयी, अच्छा हुआ! न जाने किसके गले पड़ती! कितनी मुसीबत देती! कहाँ-कहाँ बेचारा सुखलाल मारा-मारा फिरता। एक टुरिया वैसे ही अमरबेल हो रही है। दिन और रात की हर साँस के साथ उसकी उमर चढ़ती जा रही है। बदरी परसाद उसके लिए घूम रहा है। तेरह बरस की छोकरी, छोटी नहीं होती......!'' दादी की सांस एक इंच ऊपर खिंच गयी। क्या करे बेचारा बदरी परसाद! दादी तो तब ब्याह दी गयी थी, जब आठ बरस की थी। सो कोई मुसीबत न उसके बाप ने देखी और न दादी ने कभी अपने घर में ब्याह की चर्चा सुनी। जरा-सी समझ आयी कि उसने द्वार

के सामने एक डोला खड़ा देखा। कहारों के गीतों के साथ उसने बिदा ली और तब उसे साड़ी पहनायी थी उसकी महतारी ने।

दादी, दुगघो काकी के और पास आ गयी। उसके सिर पर हाथ फेरा, दुगघो काकी की सिसकियाँ और बढ़ गयीं। जैसे किसी ने थरमामीटर की पारे वाली नोक पर हाथ रख दिया। दादी ने समझाया–''पागल न बन री, अभी तेरी उमर ही क्या है? भगवान ने चाहा तो अगले बरस गोद फूल उठेगी!''

दुगघो काकी की अधेड़ उमर आधी नीचे उतर आयी और सारे आँसू जैसे तवे में सूख गये। काले बादलों के बीच कपसीले बादलों का एक टुकड़ा-सा तैर गया। दुगघो काकी का तेल जैसा चिपचिपा और धुएँ की तरह झुलसा चेहरा गेहुआँ हो उठा। पंडित सुखलाल ने शायद अपनी पत्नी का चेहरा देख लिया था। उसके ओंठ भी तिरछे हो गये। यह देखकर बच्चों ने भी रोना छोड़ दिया और चूल्हे की ओर दौड़ लगायी। वे तो मानो यह चाहते ही थे। दादी ने आकर जैसे दुगघो काकी की गोद भर दी थी और अगले बरस फिर काकी के घर में किलकारी गूंज उठेगी, इसका आभास अभी से होने लगा था। दादी ने फिर दुगघो काकी की पीठ ठोंकी–''धीरज धर बेटी, भगवान ने चाहा तो बेटा ही होगा, बेटा!'' अब दुगघो काकी का गेहुआं चेहरा जासौनी हो गया। पंडित सुखलाल कब से अपनी पत्नी को मना रहा थे, पर उसने रोना बन्द नहीं किया था। दादी ने चुटकी बजाते ही सारा काम कर दिया।

सुखलाल ने अंदर से आवाज दी–''सुवेगा!''

– ''हाँ..... दादा, आयी!''

–''अरी बेटी, खिचड़ी-इचड़ी तो रांध ले। सारे टूरा-टुरवा रार[1] मचा रहे हैं।''

सुवेगा माचिस लेकर रुसइयाँ में घुस गयी और दुगघो काकी लोटे में पानी लेकर पिछवाड़े चली गयी। दादी बेटों-बेटियों से खूब बातें करती रहीं। मुहल्ले की और भी औरतें वहां बैठी थीं, बहुत-सी तो उठकर चली गयीं। दो-चार जो अब रह गयीं, सो अब खूब हंस-हंसकर बातें कर रही थीं।

– ''अरी फरसावारी, तोरी बाड़ी में भुंटा खूब फले हैं।''

– ''कहां नौनी, कौओं की नास हो, मूँछ निकलते ही चोंच मार जाते हैं। झाड़ तो आकाश दिखाऊ बढ़े हैं, है कुछ नहीं।''

---

1. शोर

– ''कौओं के मारे बड़ी परेशानी है, री! परकीसाल[1] हमारे सब सीताफल खा गये, दईमारे! एक हाथ नहीं लगा।''

– ''पिपरियावारी, सुनो है कोऊ नओ थानेदार आन बारो है?''

– ''हाँ बड़ी, बरमन साब का तबादला हो गया। एक मुसल्ला आ रहा है।''

– ''का? मुसल्ला!''

– ''हाँ री।''

– ''गाँव में आफत आ रही है। करीम की बन जाएगी।''

एक स्पंदन-सा सरसरा गया। तब तक दुगघो काकी वापस आ गयी। सुवेगा ने पानी दिया। काकी ने लोटा मांजा और फिर कपड़े बदले। पंडित सुखलाल बाहर नहा चुके थे और खिचड़ी की महक घर में फैलने लगी थी। सब औरतें रफा-दफा हुईं। दादी तब तक बैठी रही, जब तक सबने पेट न भर लिया। खाकर लड़के-लड़कियाँ फिर ऊधम मचाने लगे। हल्के शोर से घर भर गया, जैसे कुछ हुआ ही नहीं।

बम्हनाई के नाते सूतक लगा बदरी परसाद के घर, तीन दिन तक भूंज-बघार बंद, छूना करना मना। इसलिए बदरी परसाद दरोगा की पार्टी में नहीं जा सके। नये दरोगा गुलाम मुहम्मद का गाँव के मुसलमानों ने स्वागत किया था। थाने के बाहर पार्टी रखी गयी थी। गांव के चुने हुए लोग वहां हाजिर थे–हिन्दू भी और मुसलमान भी। ऐसे समय स्कूल का मास्टर हाजिर न हो, तो बात छिप नहीं सकती। हर आदमी ने पंडित बदरी परसाद के बारे में पूछा। कुछ लोगों ने बताया कि सूतक लगी है, पर करीम मियां भला मानने वाले थे–''कहां की मौत, कहां का सूतक! मास्टर कट्टर बाम्हन है। रोज सबेरे शंख फूंकता है और जोर-जोर से बंदरपाठ[2] करता है। बरमन साहब थे तो दौड़-दौड़कर थाने आता था!''

बात इस ढंग से कही गयी कि नये दरोगा गुलाम मुहम्मद के मन में तीर की तरह चुभ गयी। औरों की बात उसने नहीं सुनी। जो करीम मियां ने कहा, सो ठीक, पर मुंह से वह कुछ बोला नहीं। घंटे-भर में पार्टी खत्म हो गयी।

लौटकर लोगों ने बदरी परसाद से बताया तो वह तुरंत थाने दौड़े गये, सीधे नये थानेदार के बंगले में पहुंचे। उस समय थानेदार सामान जमाने में लगा था। सिपाही सरनसिंह ने बदरी परसाद को बाहर ही रोक दिया। मास्टर बदरी परसाद पन्द्रह मिनट तक खड़े रहे, पर न दरोगा बाहर निकला और न सरनसिंह

---

1. पिछले साल 2. हनुमान चालीसा का पाठ

जाने कितनी आंखें

ने ही उन्हें भीतर जाने दिया। बदरी परसाद मुंह लटकाये वापस आ गये। उस रात वह सो नहीं सके। उनका मन बहुत ऊँचे उड़ता रहा। दरोगा भरोसा करे, तो वह अपना कलेजा चीरकर भी दिखा सकते हैं, पर जब समय मिले तब न। कान के कच्चे दरोगा ने एक बड़ी गांठ बदरी परसाद के मन में छोड़ दी। दादी ने सुना तो चीख उठी, अपनी लठिया लेकर वह थाने में जा धमकी।

थानेदार के बंगले के सामने शहतूत का एक पुराना झाड़ है। उसमें काले-काले शहतूत लटक रहे थे। दादी ने देखा तो उसके पैर अड़ गये। झाड़ के नीचे खड़ी होकर उसने अपनी कमर को सीधा किया। जामुन जैसे काले शहतूत मानो टपकना चाहते थे। दादी ने सोचा, यदि एक शहतूत सीधा उसके मुंह में आ गिरे तो कैसा रहेगा! इसी विचार के साथ वह ऊपर मुंह खोलकर खड़ी हो गयी। दरोगा बाहर परछी में खड़ा अपना सूथना[1] ठीक कर रहा था, यह देख वहीं से चिल्लाया–'ओ बुढ़िया!''

दादी ने नहीं सुना और एक शहतूत सचमुच उसके मुंह में आ गिरा। दादी ने अपने पोपले मुंह को बंद किया तो एकदम तड़प उठी। उसने शहतूत एकदम थूक दिया। अब दादी को पता चला कि दान की बछिया के कान नहीं होते। जो शहतूत उस झाड़ ने दादी को दान में दिया था, वह एक इल्ली का घर था। दादी कै का शिकार होते-होते बची। उसने वही खड़े होकर दो-चार गालियां झाड़ को दीं–''तेरा सत्यानास हो!''

फिर अपने-आपमें बड़बड़ायी, शायद यह जान गयी थी कि इसमें बेचारे झाड़ का क्या दोष है–''कल नया दरोगा आया और आज झाड़ में इल्लियां लग गयीं! हाय राम! गांव बचे इल्लियां लगने से। मास्टर की जांघ में तो गोंच चिपक गयी है। बेचारा तड़प रहा है दरद से, पर सम्हलो रे, गोंच की दवा है जलता लूघर....।''

दादी अब तक दरोगा के पास पहुंच चुकी थी। दरोगा भला उसे क्या जाने? पगली समझकर सहम गया। सरनसिंह दादी को जानता था। उसने पायलागों की और कहा–''राम, राम, दाई!'' दादी ने सिर हिला दिया। अपने पोपले मुंह को उसने कछुए की तरह हिलाया और फिर बंद कर लिया। सरनसिंह ने दरोगा को धीरे-से दादी का परिचय दे दिया। तब शायद दरोगा जान पाया कि दादी पागल नहीं है।

बोला–''आ बुढ़िया, आ!''

---

1. **पायजामा**

दादी लाठी रखकर पत्थर के फर्श पर में बैठ गयी। अपनी ठेठ भाषा में बोली—''अवाई सुनी हती, नोंने आये।''

दरोगा खुश हो गया, बोला—''दादी, तेरा नाम तो सुना था, आज देख लियां'' फिर उसने पूछा—''खैरियत है?''

''हओ!'' दादी ने सिर हिला दिया। अपनी भाषा में वह बहुत कुछ बोलती रही। जो बोली, उसका मतलब था—''मास्टर बहुत बढ़िया आदमी है, दरोगा साहब! सारे गांव-भर में लोकप्रिय है। बेचारा सूतक में पड़ा है, इसी से जलसे में नहीं आ सका। वरना वह बिना बुलाये आता। पुराने दरोगा तो उसी के घर उठते-बैठते थे।''

दरोगा चालाक था, वह बात समझ गया कि दादी ने एकदम कैसे मास्टर की बात निकाली। शायद इसलिए वह यहां तक आयी है और यह संदेशा मास्टर का ही भेजा है। तब तो जरूर इसमें कोई राज है, पर उसने अपने मन का यह भेद सामने नहीं आने दिया।

बोला—''हां दादी, अभी तो मैं मास्टर से मिला ही नहीं!''

दादी ने तपाक से बताया कि मास्टर तो अभी यहां आया था, क्या मिला नहीं?

''नहीं'' दरोगा ने सिर हिला दिया।

''आया होता तो मिलता नहीं?''

दादी दो टूक जवाब देनेवाली थी, तुरत बोली—''काये रे सरन, तैने नयीं देखो?'' सरनसिंह को सच बोलना पड़ा।

बोला—''हुजूर, पंडितजी तो आये थे, पर आप भीतर काम में थे, इसलिए चले गये।''

दादी अब चुप कैसे रहती, बोली—''हरामी, तूने मास्टर को दरोगा साहब से मिलने नहीं दिया?''

दादी ने लगातार जो गालियां देनी शुरू कीं तो फिर अंत नहीं। दरोगा की आंखें छिवला[1] के फूल की तरह आधी जल उठीं, तिरछी नजर से उसने सरनसिंह को देखा और भीतर चला गया। दादी ने अपना डंडा जोर से पीटा—''क्यों रे, अपना होकर ऐसा करता है? उड़ौ चुन पुरखन के नांव! साले उरमी-कुरमी कभू सिपाही भये है?''

''अरी दादी, कुरमी ही तो सिपाहीगिरी करते आये हैं।'' सरनसिंह बोला और

---

1. पलाश

उसका मुंह क्या खुला, दादी बलबला उठी। उसने गुस्से में आकर जोर से डंडा पीटा तो सरनसिंह चम्पत हो गया। दादी ने अपना काम कर दिया था, पर उसका मन अभी तक नहीं भरा था। यहां तक वह आये और दरोगा की बहू को देखे बिना चली जाए—भला हो सकता है? उसने पीछे देखा, दरवाजे पर फटा-सा हरा परदा लहरा रहा था। दादी ने परदा उठाया और डंडा पीटते हुए भीतर चली गयी।

— "काये बाहू?"

"कौन?" दरोगा की बीवी ने सख्ती से पूछा, पर दादी के सामने भला सख्ती चल सकती थी।

बोली—"कैसी हो, बीबी रानी!"

दादी ने कुछ इस ढंग से कहा कि दरोगा की बीवी आगे कुछ न बोल सकी। वहीं खड़ी थीं दरोगा की दो लड़कियां। दादी ने दोनों के सिर पर हाथ फेरा। उन्हें घूरकर देखा और बोली—"चांद-सूरज जैसी हैं। भगवान बूढ़ा करे।"

लड़कियां चालाक थीं। बोलीं—"बुढ़िया गाली देती है। कहती है हमारा बचपना चला जाये। हम बूढ़ी हो जाएं।"

दादी मुसकरा पड़ी। बोली—"हां, बेटी रानी!"

छोटी लड़की रोने लगी, बड़ी ने मुंह बना लिया। तब बीवी समझी! उसने दोनों बेटियों को समझाया, पर वे कहां मानने वाली थीं। दादी बिना किसी के कुछ कहे बैठ गयी। जमीन पर बैठी तो दरोगा एक फट्टी उठाकर ले आया। दादी ने फट्टी लेकर बाजू में रख दी। बोली—"बहू रानी, गाल पै काजर की बिंदिया टीक लिया करो।"

"क्यों दादी?"—दरोगा ने पूछा।

दादी बोली—"चंदा में बिंदिया क्यों है, कोई बताये? नये जमाने की बहुएं भला किसी का कहा मानती हैं!"

दरोगा और उसकी बीवी दादी का व्यंग्य समझ गये। दरोगा ने भी एक चुटकी ले दी—"हां दादी, तू ठीक कहती है। अब मैं ही काजल की बिंदिया टांक दिया करूंगा। यह बेचारी भला क्या जाने कि इसके चेहरे पर कितनी सफेदी है।" बीवी कुछ झुँझलायी और कुछ मुस्करायी। उसकी कटीली काली आंखें देखकर दादी ने भी अपनी जीभ ओंठों पर फिरा ली।

बात करते-करते दादी ने दरोगा को अपना बना लिया। उसने दरोगा की बीवी तथा दोनों बेटियों की भरपूर प्रशंसा की—सुन्दरता दे तो भगवान ऐसी—निष्कलंक और निष्पाप! वैसे दादी पाप की गहराई नहीं जानती, नाम तो

दिन में सैकड़ों बार दुहराती है। हर किसी से कहती है–''अरे खूसट, पाप से तो डर!'' पर खुद दादी कभी किसी से डरी है?

दादी की बातों का सिलसिला चलता रहा। राम नाम के जप की तरह वह मुंह चलाती रही और दरोगा के बाप-दादाओं तक का इतिहास उसने जान लिया। दरोगा लखनपुर से बदलकर यहां आया है। लड़कियां दोनों पढ़ती हैं। बीवी का कोई घर नहीं है। दरोगा का घर ही उसका सब-कुछ है और वह बेहद सख्ती से दरोगा पर रौब जमाती है। उसके सामने दरोगा भीगी बिल्ली बन जाता है। सिपाही दरोगा की हुकुम अदूली कर सकते हैं, पर दरोगा की हिम्मत नहीं कि वह अपनी बीवी के हुकुम से मुकर जाये! कभी ऐसा हुआ तो बीवी अपना रंग बदलती है। पहले तो जोर से बोलती है, जब दरोगा तमकता है तो वह अपने ही बाल नोंचती है। फिर जोर-जोर से रोने लगती है। इस पर भी यदि काम न चले, वैसे ऐसा हुआ कम है तो वह जैसे चुड़ैल बन जाती है। डंडे से ही थानेदार की मरम्मत शुरू कर देती है और थानेदार अपनी इज्जत बचाता फिरता है। कोई-न-कोई सिपाही थाने से अक्सर आता ही रहता है, सो वह बाहर चला जाता है, पर बीवी कहती है–''आदमी समझदार है, दादी! ऐसा समय कम आता है।'' दादी कहती है–''नहीं बहू, खसम तो लुगाई का धरम है। वही तो कमाकर खिलाता है। उसकी डोर के साथ ही लुगाई का जीना-मरना जुड़ा होता है। इसलिए ऐसा करना ठीक नहीं है। दुल्हन आदमी देवता है, आदमी परमेसर है!''

बीवी जोर से हंसती है। दरोगा तब भी वहीं बैठा है।

''दादी, ये होंगी तुम्हारे जमाने की बातें! अब तो खसम हो तो बीवी का गुलाम। वह कमाकर लाता है तो बीवी भी तो अपना सब-कुछ उसे देती है। वह बाजार जाए तो रंडियों के कोठे में एक बार में पचास रुपये दे बैठे और यहां हमें अपनी दिन-रात की सम्पत्ति-भर समझता रहे, खिला न सके, खिलाये तो एहसान दिखाये। छि:, दादी छि:!''

दादी को बीवी की बातें अच्छी नहीं लगीं। उसने राम का नाम लिया और बोली–कलयुग का अन्धेर! कौन रोके?'' दरोगा ही जब चुपचाप सुन रहा है तो दादी की क्या मजाल! पर दादी ने लम्बी बातों के बीच यह भी पता लगा लिया कि बीवी जरूर कभी कोठे में रही है, इसलिए हर बात को कोठे की नजरों से तौलती है। दरोगा वहीं से उसे लाया है, पर है वह खासी सुन्दर। उसका गोल सूरजमुखी मुखड़ा और धुंआरी आंखें, काले बालों तथा भौंहों की स्याह रेखा के बीच पूरी तरह गमककर बाहर आती हैं। दोनों लड़कियां भी ऐसी

हैं कि कंकड़ मारो तो खून चू जाय और दरोगा शहतूत के फलों-सा भरा-पूरा तो है, पर उसी की तरह काला भी है। दादी एक नजर में उस पूरे घर को देख गयी और यह महसूस करने लगी कि जैसे इस घर का कोना-कोना अब उसका जाना-पहचाना हो गया है।

बीवी ने आवाज दी तो खानसामा चाय बनाकर ले आया, पर दादी भला चाय पीती। एक तो जिन्दगी में कभी उसने चाय नहीं पी, फिर आज यदि पिये भी तो मुसलमान के घर! दादी धरम की पक्की है। गांव के बाहर कभी निकली नहीं। किसी के हाथ का पानी उसने कभी पिया नहीं। अपना पानी वह सबको पिला चुकी है। घर जाकर वह यह सोल्हा[1] तुरन्त बदलेगी। यह छूत की धोती, कहीं भीतर जा सकती है? और फिर दादी है भी मुंहफट्ट। बोली–''बहुरानी, मुसड्डों को कभी छुआ नहीं। चाय-वाय तो वैसे भी जानी नहीं!''

बीवी की त्यौरियां चढ़ गयीं। उसके चेहरे पर खून उतर आया। दादी ने यह भांप लिया। बोली–''बहुरानी, गुस्सा न हो। दादी के मन में पाप नहीं है, रही धरम की बात, सो वही तो जिन्दगी है। देह छूटने के पहले भगवान धरम न ले, बस!''

दरोगा अनुभवी था, आगे बढ़कर उसने खानसामा के हाथ से चाय का कप ले लिया, बोला–''दादी की तरफ से मैं पी लेता हूं।''

बीवी दांत पीसकर रह गयी। दादी ने सबको आशीष दिया और चली गयी। घंटे-भर के भीतर सारे गांव में दरोगा का पूरा इतिहास फैल गया। दादी ने दरोगा को हर आदमी के पास तक पहुंचा दिया और अब वह गांव के लिए अनजाना नहीं रहा।

कौआपंखी अंधेरे में बदरी परसाद चिमटे की नोंक से मोटे लक्कड़ को पीट रहे थे। हवा के हल्के झोंकों से चिनगारियां जागीं और लाल मछली की तरह सीधी लौ अंधेरे में चमक उठी। बदरी परसाद सूतक में थे, वरना इस समय भजन गाते या रुद्राक्ष की माला फेरते। दादी पास आकर बैठ गयी। बदरी परसाद के सिर पर उसने हाथ फेरा। बदरी परसाद को लगा जैसे बिच्छू का कोई डंक शंखिया घुमाने से एकदम उतर गया है। दादी ने थानेदार को मना लिया, उसके मन में कोई मलाल नहीं रहा। बदरी परसाद का मनचाहा हुआ, फिर गम काहे का? मन-ही-मन उसने निश्चय कर लिया कि सबेरे थाने जाकर रहेंगे और

---

1. कोसे की साड़ी

थानेदार से मिलकर उसकी दोनों लड़कियों को स्कूल में भर्ती करके छोड़ेंगे।

दादी अपनी बात कहने आयी थी। उसके बाद उसकी वहां जरूरत क्या थी? उठी और तेजी से यूं निकल गयी, जैसे बिल्ली अंधेरे में से गुजर जाती है।

धूनी तेज हो गयी थी और पीपर के पत्ते मंद-मंद हवा में झूलने लगे थे। धूपकाड़ी की चंदनियां महक में मास्टर बदरी परसाद उड़ने लगे और दिन होता तो इस समय आरती होती:

श्रीरामचंद्र कृपालु भजमन्
हरण भवभय दारुणम।

आज वहां शांति थी। सूतक का अन्तिम दिन, खुलकर भला भगवान का नाम कैसे लिया जाये!

बदरी परसाद शायद एक सपना देख रहे थे। मास्टरी करते बीस साल गुजार दिये हैं। पिछले दस सालों से हेड-मास्टर हैं, कइयों को उन्होंने चराया है। कई के दांत खट्टे किये हैं और कोई अफसर ऐसा नहीं है, जो उनसे मिलकर प्रभावित नहीं हुआ, कई तो उनकी पूजा-पाठ और ऊपरी टीम-टाम से ही इतने प्रभावित हुए हैं कि सहज ही बदरी परसाद को उन्होंने अपना गुरु मान लिया है। कई बदरी परसाद की बातों के फेर में चक्कर काट चुके हैं। बच्चों को पढ़ाते-पढ़ाते बदरी परसाद बड़े बातूनी हो गये हैं, सीरे की चासनी की तरह उनकी हर बात मीठी तथा उलझी होती है, उसका जादू भी कम असर नहीं करता। बातों के साथ-साथ बदरी परसाद को चापलूसी करना भी आता है। वह स्वयं चापलूस-पसंद आदमी हैं और दूसरों की चापलूसी करना भी खूब जानते हैं। अपनी बातों के लटके में वह चुटकी बजाते ही पत्थर को पानी बना सकते हैं। ऐसी तारीफ करते हैं कि सुननेवाला अपनी तारीफ सुनकर हवा में न उड़ने लगे तो बदरी परसाद अपनी मूंछे मुड़ा दें।

दरोगा को कैसे वश में किया जाये, बैठे-बैठे वह सोचते रहे। कल वे किस अदब से उससे बात करेंगे, किस तरह उसकी बीवी से मिलेंगे? उसके सामने दरोगा की कितनी तारीफ करेंगे, यह सब वह सोचते रहे। यह जानकर कि दरोगा लखनपुर से आया है, उन्हें लगा कि उनका बहुत-सा रास्ता आसान हो गया। तीन साल पहले बदरी परसाद भी लखनपुर में रह चुके हैं। तब यह दरोगा तो वहां नहीं था, पर वहां के लोग कहां गये हैं? ठाकुर लछमनसिंह, सेठ हीरामन, पंडित छविनाथ पांडेय–दरोगा क्या इनसे प्रभावित नहीं हुआ होगा और ये सब तो बदरी परसाद के लंगोटिया यार बन चुके थे, रोज भंग छनती थी और

दीवाली पर यही सब मिलकर दरोगा के घर जुआ खेला करते थे। तब दरोगा था हरजीवन श्रीवास्तव। गुलाम मुहम्मद के घर भी दीवारी के दिन जुआ हुआ होगा, यह बात सहज ही बदरी परसाद ने जान ली और इसके साथ ही चौपड़ का एक लम्बा पांसा फेंका–''पौ बारा!''

''दादा बियारी बन गयी। अम्मा बुलाउत थें।''–रामरती की आवाज ने बदरी परसाद की तन्द्रा तोड़ी। उन्होंने सारे पांसे एकबारगी समेटे और कंधे पर लाल गमछा डालकर चल पड़े:

खट् खट् खट्

ठक् ठक् ठक्।

खड़ाऊं की आवाज पास आती गयी और मास्टरनी बाई थाली परसने लगीं। पीपल के झाड़ पर बैठी दो चीलें जोर से फड़फड़ाईं और सामने के खुले मैदान में चक्कर काटने लगीं।

तीन

सदा न तुरैया अरे फूले,
न सदा रे सावन होय।
सदा न राजा अरे, रन जूझें,
सदा न जीवे कोय!

सैरे[1] की छलकती मस्ती में गाँव-भर उमगकर नाचे या न नाचे, पर बीजाडांडी का यह चबूतरा इससे कभी चूका नहीं है। इसलिए मास्टर बदरी परसाद कहते हैं—''सुखलाल, हर छोटी बात छोटी नहीं होती और कई बार बादल की हलकी फुआर की तरह या जिन्दगी की एक जीत की तरह एक हलकी-सी सिहरन सहसा ही मन में फैल जाती है।''

सुखलाल भला इस पर विवाद कर सकता है? बदरी परसाद की बात सोलहों आने सच है। बीजाडांडी में यह चबूतरा न होता तो शायद यहां के लोग वैसे ही जीते, जैसे कालपी और गुमटी के जीते हैं, दिन-रात एक-सी जिंदगी। न उसमें कहीं फैलाव है और न बहाव। वही भटकन, वही दर्द और उस दर्द में सुख का बहलावा। कोई साधु भी आ जाये तो या तो ढोंगी निकलता है या हवा की तरह भागता है। जंगल से चार, महुआ, तेंदू और कांदा खोजते समय बचे तब न? मन को बांधे, ऐसा कोई बांध न वहां है और न कोई मेलजोल की जगह। बीजाडांडी में भी तो होता यह सब है, पर सबको यह चबूतरा बांधता है और

---

1. सावन में गाये जाने वाले गीतों को बुंदेलखंड में 'सैरे' कहा जाता है।

गीत का अर्थ है : तुरैया का फूल सदा नहीं फूलता, सदा सावन नहीं रहता, राजा सदा युद्ध नहीं करता और इसी तरह कोई सदा जीवित नहीं रह सकता। एक दिन मृत्यु निश्चित है।

जाने कितनी आंखें

सबमें आशा तथा विश्वास जगा जाते हैं, उसमें विराजे भोले शंकर! बमभोला के सामने की धूनी किसी ने बुझती कभी नहीं देखी। त्रिशूल पर बेलपत्री और गेंदा-तुरइया के फूल! उसके नीचे शंकर की गोल बटैया, सामने मिरगछाला। एक कोने में शंख, धड़याल और प्रसाद का डब्बा और वहीं बैठते हैं बदरी परसाद! सबेरे-शाम शंख फूंकते हैं। कहते हैं–''बाप दादे कह गये हैं कि जब तक तुम्हारे घर में शंख फुंकेगा, सुखी रहोगे। जिस दिन वह बन्द होगा, बस उसी दिन से सुख भागने लगेगा।''

अपने बाप-दादों का रास्ता बदरी परसाद कभी नहीं छोड़ सकते। वही गैल छोड़ने लगें तो उनके चेले-चपाटे क्या सीखेंगे? सो चाहे स्कूल जाने में देर हो जाए, पर शंख बजाने में बदरी परसाद कभी देर नहीं करते। वह अपनी देह में भभूत लगाकर, एक हाथ में पीतल की घंटी लिये और दूसरे में आरती, गाते हैं :

शिवशंकर भोले भाले।
सबके रखवाले, बम्म-बम्म अगड़ बम्म।

गाते-गाते वह नाच भी उठते हैं। तब उनका तांडव देखते बनता है। शाम की आरती में तो खासा गांव जुर जाता है। एक खासी भीड़ वहां लग जाती है। तब सब आंख बंदकर झूमने लगते हैं। करीम मियां शंख के साथ ही नवाज की बांग देता है, बाद में आकर झगड़ता है। कहता है–''मास्टर जान-बूझकर नवाज के वक्त ही शंख फूंकता है।'' उसे शंख की आवाज रोते कुत्ते जैसी सुनायी पड़ती है, पर मास्टर बदरी परसाद के मन में यह भेद नहीं है। वह कहते हैं–''क्या अल्ला, क्या बम भोला, सब एक हैं, करीम मियां! फिर तुम तो जानते हो कि जबसे लखनपुर से आया हूं, रोज शंख फूंक रहा हूं। वह शंख मेरे साथ हर जगह रहा है। यह मेरे बाप-दादों की देन है।''

सुखलाल बदरी परसाद की बात का समर्थन करता है। अपने लीडराने लहजे में बोलता है–''करीम मियां, कबीरदास कह गये हैं कि अरे मूर्ख! मस्जिद के ऊपर खड़ा होकर, कान पर हाथ धरकर क्या आवाज लगाता है? क्या तेरा खुदा बहरा है, जो धीरे से कही बात उसके पास तक नहीं पहुंच पाती? और करीम मियां मैं तो सबको एक मानूं–चाहे वह राम हो या रहीम। हो सकता है बदरी परसाद शंख फूंककर ढोंग रचता हो, पर मन का संतोष भी कुछ होता है। वह उसे मिलता है, संतोष ने ही तो इस गांव को जिन्दगी दी

है, वरना इसे कौन पूछता। वही संतोष तू बांग देकर पाता है, सो बांग दे भाई अपने घर में, दूसरे की प्रार्थना क्यों रोकता है?''

सुखलाल की इस बात पर बदरी परसाद भी दांत पीसता है और करीम मियां भी अंगुली फोड़ता है। दोनों इस नास्तिक को धिक्कारते हैं, पर किसी की कुछ कहने की हिम्मत नहीं होती, चुपचाप दोनों सुन लेते हैं और न आज तक मास्टर ने शंख फूंकना बंद किया और न करीम ने नवाज पढ़ना। दोनों की शिकायत भी जारी है और दोनों मिलते हैं तो मिलकर खूब बातें भी करते हैं। करीम मियां स्कूल की वर्किंग कमेटी का मेम्बर भी है।

माटी के इस चबूतरे के चारों ओर साधुओं का एक मेला-सा लगा रहता है। कई मूर्तियां यहां पड़ी रहती हैं और यदि कोई भोजन न दे तो मास्टर बदरी परसाद का घर कहां गया है? मास्टरनी बाई किसी बावर्चिन से कम नहीं हैं। उनका चूल्हा दिन-रात बराबर सुलगता ही रहता है और चाहे मन हो या न हो, पर मास्टरनी बाई को रोटियां बनानी ही पड़ती हैं और रामरती को दौड़-दौड़कर साधुओं को परोसना भी पड़ता है। साधुओं का सत्संग गांव-भर को यहां खींच लाता है। कहते हैं, एक बार यहां एक बिलच्छन साधु आया था। उसके सामने करीम मियां तक डोल उठे थे। उन्हें देखते ही साधु बोला था :

''तेरा नाम करीम मियां है, बाप का नाम अब्दुल अताउर रहमान खां! उसके बाप रहे कुरमी। अब तू भी चला है हिन्दू धरम को भ्रष्ट करने। पचास लड़कियों को मुसलमान बना चुका, तीन फंदे में हैं। जबलपुर में, हैं न? बोल,'' करीम मियां की लाल खूनी आंखें कपास की तरह सफेद हो गयी थीं। यह कौन है? यह सब कैसे जान गया? साधु शांत रहा, दुबारा कुछ कहना उसने सीखा नहीं था। वह दूसरों से बातें करने लगा था और करीम मियां अपनी छाती में गड़े कांटे को लिये घर वापस आ गया। वहां जाकर उसने कितनी बड़ी गलती की थी। मास्टर बदरी परसाद कट्टर हिन्दू है। उसे सारी बातें पता लग गयीं। गांव-भर के हिन्दू उसके साथ हैं। जबलपुर और मंडला तक उसकी दौड़ है।

इसी चिंता में करीम मियां ने जागते-जागते रात काटी थी। सबेरे उसने दरोगा गुलाम मुहम्मद की देहरी चूमी। उसकी बातें सुनकर दरोगा की भवें तन गयी थीं और थोड़ी देर तक तो वह आकाश के तारे गिनता रहा था। दस मिनट के बाद वह कुछ सोच सका। उसने अपने हेड कांस्टेबल सलीम खां को तुरंत बुलाया और सारी बातें उसे बता दीं। करीम मियां चले आये थे, पर दरोगा और

सलीम खां घंटों कोई जाल बुनते रहे थे, दूसरे सिपाही हिन्दू थे। उन पर भला गुलाम मुहम्मद भरोसा करता? सब गुपचुप तय हो गया और इससे बड़ी बात तो दूसरे दिन हुई थी। घोंटा के पास तीन मुसलमानों ने उसी साधु को घेर लिया था। तीनों के पास तलवारें थीं, पर उसके बाद की यह बात भी किसी से छिपी नहीं रही कि उस साधु पर थानेदार की तलवारों का कोई असर नहीं हुआ। जरा-सा भी घाव उसे नहीं लगा। साधु 'हरे राम, हरे राम' करता चला गया। जब वे लौटे और गुलाम मुहम्मद को यह खबर मिली तो उसने अपने ही दातों से अपनी जीभ काट ली थी। दूसरे दिन थाने में चार नये सिपाही भर्ती हो गये, पर मास्टर बदरी परसाद के चबूतरे और धूनी का परताब चालीस गुना बढ़ गया। अब तो मास्टरनी बाई को भी रसोई बनाने में आनन्द आने लगा था।

प्यासन दादी ने गांव-भर में बात बो दी थी। वह गुलाम मुहम्मद की बीवी के पास तक पहुंच गयी थी। बीवी ने सुना तो उसका चेहरा ढलते सूरज की लालिमा के झीने आंचल-सा लहरा उठा था। उसने पहली बार दादी को जोर से पकड़ा।

बोली-"दादी, तुम रोज आया करो।"

दादी के पोपले मुंह के बादामी मसूड़े दांतों की तरह चमक उठे।

-"दादी..................!"

-"हां बहूरानी!"

-"मास्टर यहां नहीं आ सकता?"

-"आ तो सकता है, बीबी रानी! पर क्यों?"

-"वैसे ही दादी, बस एक बार उसे यहां तो ला दे।"

दादी चुप रही।

बीवी फिर बोली-"दादी, मास्टर से कहना तुम्हारी बहन ने तुम्हें बुलाया है।" फिर रुककर उसने कहा-"अच्छा रहने दे दादी, सलीमा और फरीदा इसकूल तो जाती ही हैं। उन्हीं के हाथ खबर भी भेज दूंगी। अरी हां दादी, याद आ गयी। ये दोनों पढ़ने में कच्ची भी हैं। मास्टर टयूशन तो कर ही सकता है!"

दादी खड़ी-खड़ी बीवी का सफेद बैगन-सा चेहरा देखती रही, जो दिन की तरह चमकता था, धीरे-धीरे बैगनी भंटे-सा बन गया था। चेहरे के इस बदलाव का रंग सारे गांव में उड़ा। यहां तक कि वह मास्टरनी बाई के कानों तक भी जा पहुंचा।

बोली-"मैं जानती हूं, तुम जरूर पढ़ाने जाओगे।"

"कहां ?"—बदरी परसाद ने पूछा।

—"ओ हो, जैसे जानते ही नहीं।"

—"सचमुच नहीं जानता।"

—"तो सुन लो, चाहे इस कान सुनो, चाहे उस कान; दरोगा ने तुमसे अदावट¹ मोल ले ली है। अब उसकी बीवी तुम्हारे ऊपर फंदे डाल रही है। तुम उसकी लड़कियों को पढ़ाने मत जाना, जाओगे भी तो मैं जाने नहीं दूंगी?"

बदरी परसाद समझे ही नहीं कि यह मामला क्या है? बीवी की बातें अभी तक उनके कान में नहीं पहुंची थीं। इसलिए पढ़ाने-लिखाने का मर्म उनकी समझ में बिल्कुल नहीं आया। मास्टरनी बाई को भी भला यह भरोसा कैसे हो कि उसके मास्टर को सचमुच अब तक कुछ नहीं मालूम है और भरोसा जब चला जाये तो उसे वापस बुलाना कठिन होता है। बदरी परसाद अंत तक अपनी मिहरिया को नहीं समझा सके।

बीजाडांडी के चबूतरे ने सुआपंखी सांप-सी दौड़ लगायी। जबलपुर से मंडला को जोड़ने वाली एक सड़क है। सड़क की लाल मिट्टी हवा के हल्के झोंकों के साथ ही उड़ने लगती है। इसी धूल-भरी सड़क पर यह गांव बसा है—बीजाडांडी। कभी डंडियों में बीज तुलते थे—राई, रमतिला और तिली के। आज भी शुक्रवार की हाट में इन्हीं की भरमार होती है। बीजाडांडी उस हिंगना नाले से घिरा है, जो निवास से निकलता है और कालपी के तालाब से निकलने वाली निवारी नदी को लखनपुर-हरवंशपुर के पास अपने में समेटता मिड़की में जाकर नर्मदा से मिल जाता है। यहां से आग्नेय-पूर्व की ओर है बाईस मील दूर जबलपुर। पूर्व में जिले का सदर मुकाम मंडला है। उत्तर-पूर्व में इसकी तहसील निवास। विंध्याचल की पर्वत शाखाओं ने यह पूरा भाग घेर रखा है। एक ओर नागाघाटी, मोइयानाला के पास आकर इतनी घनी हो जाती है कि दिन में भी शेर लगते हैं तो दूसरी ओर चिरई डोंगरी के गरम पानी के झरने को घेरता बियाबान जंगल कालपी में झुरमुट की तरह छा जाता है। मोइयानाला और कालपी के बीच आठ मील की ऊबड़-खाबड़ पहाड़ियां हैं। उन्हीं में से एक उतरती पहाड़ी पर बीजाडांडी बसा है। मंडला यहां से अड़तीस मील है और जबलपुर बाईस। सड़क की दोनों ओर झोपड़ियां बनी हैं। हिंगना नाले के उस पार थाना है। नाले के इस पार मुसलमानों के घर हैं। उन्हीं घरों में से एक

---

1. बैर या झगड़ा

मस्जिद है, मस्जिद से थोड़ा चलकर ही खुला मैदान है। मैदान के एक कोने में स्कूल और काजीहौस है। दूसरे में मास्टर बदरी परसाद का सरकारी बंगला। बंगले के सामने वर्षों पुराना पीपल का झाड़ और झाड़ के नीचे बना कच्ची मिट्टी का चबूतरा। यहीं सामने सड़क है, जिस पर दिन-रात मोटरें चला करती हैं। रात को जंगली लकड़ी को ठेले ढोते हैं और उनसे भी ज्यादा बैलगाड़ियां। बैलगाड़ियों का एक काफिला-सा सारी रात यहां से चलता रहता है और बैलों के गले में बंधी घंटियों की 'टुंक टुकर टुंक' सारी रात बराबर सुनायी देती है। मास्टर के घर के आगे ही एक मैदान में बाजार लगता है, जहां बहुत-सी कच्ची झोपड़ियां हैं। आगे पानी की झिरिया है। उसके सामने सड़क के उस पार कुरमियों का टोला है। सड़क यहां ऊंची है और कुरमियों के घर पथरीली जमीन पर, सड़क के बहुत नीचे बने हैं। कुरमी टोले के एक किनारे पर बनियों की दुकानें हैं, दुकानों के बाद अहीरों के घर। दूसरे कोने में बाम्हनटोला। वह स्कूल के सामने तक आ जाता है और इसी टोले के एक छोर पर प्यासन दादी रहती है। दादी के सामने चार घरों के बाद पंडित सुखलाल का मकान है। सुखलाल के मकान से सड़क दिखती है। सड़क के इस पार एक ओर बदरी परसाद का चबूतरा दिखाता है और दूसरी ओर करीम मियां के घर का वह कोना, जिसे अब वह मस्जिद कहने लगा है। मस्जिद के सामने और पीछे, दोनों तरफ मुसलमान रहते हैं, संख्या में कुल बीस घर। सारे गांव में डेढ़-सौ घर होंगे, पर इतने घरों के बीच ये बीस घर एकदम अलग दिखायी देते हैं।

करीम मियां इन बीस घरों के नेता हैं। उमर में न तो जवान हैं और न बूढ़े और न अधेड़। तब हैं क्या, वही जानें। कारण उनकी सफेद कागज-सी दाढ़ी और पोपला मुंह उन्हीं के शब्दों में 'बिसमिल्लाह' हैं। रहीम मियां खाकसार-आंदोलन के एक कार्यकर्ता हैं और यद्यपि वह खाकी डरेस तो नहीं पहनते, पर उनके मन में एक बड़ी तमन्ना है। उसका पूरा रूप-रंग तो उनके मन के भीतर ही है। वह एक हल्की-सी रेखा उसकी इस तरह खींचा करते हैं–"अरे भाई-जान, हमीं ने हिंदोस्तान बनाया है और हमीं को खुदा ने हुकूमत करने यहां भेजा है। सो तो हम करते रहे, पर नास हो इन अंगरेजों का, खुदा का हुकुम हमसे छीनकर ले गये।"

और अंत की यही एक बात थी जो करीम मियां को मास्टर बदरी और सुखलाल से जोड़ती थी। ये दोनों भी यही चाहते हैं कि अंगरेज यहां से भाग जाएं। करीम मियां के सिर पर एक और बड़ा नशा छाया रहता है। वह सोचते

हैं, यदि अंगरेज यहां से चले गये तो यहां राज करेंगे कौन? राज करने का असल राज़ जानता कौन है? बस, हम! और कूबत किसमें है, जो राज चलाने का भेद जाने? करीम मियां को यह सोचते समय दरोगा गुलाम मुहम्मद से बड़ा बल मिलता है। इतनी बड़ी पुलिस उसके पास है। वह हमारा है तो उसे भी हमारे हवाले कर देगा। फिर.... फिर करीम मियां की फटी-सी लाल आंखें काली और गोल होकर चमकने लगती हैं, जैसे किसी मीठे सपने के बाद अक्सर होता है।

चार

कुरमीटोले में सबेरे से रार मच गयी। जवाहरसिंह के घर खींचतान मची थी। झगड़ों की जड़ थी उसकी बेवा बेटी। मुहल्ले-भर के कुरमी उसे घेरे खड़े थे। वह रो रही थी, जोर-जोर से किलप रही थी-"ए दइया मोहे मार डालो रे!"

उसकी आवाज पंडित सुखलाल के घर तक पहुँची। सुखलाल ठहरे पलीकमेन। जनता की सेवा उनका धरम है। उसकी हर कठिनाई को दूर करना उनकी सेवा है। किलपना सुना तो मन न रमा। अपना लाल अँगोछा कन्धे पर डालकर घर से निकल पड़े। बात-की-बात में कुरमीटोला पहुँच गये। उन्हें देखा तो बतिया का गला फट गया, घेरनेवालों ने बाडी ढीली कर दी। मजाल है किसी की, पंडित सुखलाल से आँख मिला ले। दरोगा तक उनसे डरता है। उनकी पहुँच बहुत ऊँची है। मंडला का अंग्रेज डिप्टी कमीश्नर कभी बीजाडांडी आता है तो सुखलाल महाराज की डेवढ़ी चूमे बिना नहीं रहता। कांग्रेस के बड़े कार्यकर्ताओं में सुखलाल की गिनती है। यह बात अलग है कि बड़े होने का मापदंड मंडला जिले की सीमा पार छोटा हो जाता हो। सुखलाल पंडित जोर से चिल्लाये-"क्या बात है जवाहर?"

-"कुछ नहीं पंडित जी, ऐसी कोई बात नहीं। बिना बात के यह लौंडिया बात बढ़ा रही है।"

बतिया का क्रंदन जैसे चीख उठा। बोली-"नहीं मेहराज, तुम भी हमारे बाप जैसे हो। तुमई फैसला करौ। जो कहाँ को न्यायो है......!"

सुखलाल दोनों को देखते रहे। कुछ जानें तब तो न्याय करें, साफ बात कोई नहीं करता। सुखलाल गरज पड़े-"ठीक बोलो रे, बात क्या है?"

जवाहर एकाएक काँप उठा-"पंडज्जी, कालपी के लछमी को जानते हो न, वह लछमी जो अब यहीं रहने लगा है।"

"नास हो तेरे लछमी की"

बतिया चिल्लायी–"मेहराज, तुमाये रहते जे मोरो धरम बिगाड़त हैं। कहन कों तौ मैं इनकी बिटिया हों, पर हैं सब कसाई मोरे लाने। मैं कहत हों, मेहराज, एक टंगिया लै लो और मोरी गरदन निकाल लेओ, पर ये कसाई तो मोहे धुआँ में घोटन चाहत हैं। चाहत हैं घुटत रहों–न मरों, न जिओं। सीतला माई सहाय भई, नोने आ गये, मेहराज।"

बतिया ने अपनी बात बड़े करुणा भरे शब्दों में कही थी। सुखलाल पिघल गये, पर उन्होंने काम लिया बुद्धि से। सबको शांत किया। बतिया को सब घेरे खड़े थे, उन्हें अलग किया। फिर सारा हाल पूछा। बतिया को सुखलाल बचपन से जानते हैं। वह सुवेगा के साथ खेली है। उनके घर आती-जाती रही है। आठ बरस की उमर में वह ब्याह दी गयी थी, सोलहवाँ लगा तो विदा की। चौथे दिन मरद को बाघ खा गया और पाँचवें दिन बतिया रांड बनकर बाप के घर लौट आयी। ससुरालवालों ने रहने नहीं दिया। उनका कहना था कि बहू कुलच्छनी है, आते ही लड़के को चाट गयी। गँवारों को कौन समझाये कि बहू क्या शेर से कहने गयी थी। सबका कहना था कि लड़का तो बचपन से हार-पहार जाता रहा है। फिर आज ही शेर ने उसे कैसे खाया।

बेचारी चुपचाप सारा लांछन झेल ले गयी और मांग का सिंदूर तथा हाथों की चूड़ियाँ फोड़कर फिर बाप के घर चली आयी, पर इस बार सबसे पहले माँ का ही सिर चढ़ा। सबेरे-सबेरे राँड का मुँह देखना पड़ता है और भी तो लड़कियाँ बैठी हैं घर में। बहू भी घर आनेवाली है और यह है जो देहरी की नकेल बनी बैठी है। जवाहरसिंह को बेटी पर दया आती, बेचारी का इसमें क्या दोष, पर जातवाले जब जीने दें तब न! त्योहार-बरत के दिन किसी की नजर बतिया पर पड़ जाती तो उसकी आँखें चढ़ जातीं। किसी के घर वह धोखे से चली जाती तो और मुसीबत। कइयों ने तो उसे साफ कहकर भगा ही दिया–"बेटी बतिया, त्योहार-बरत के दिन हमारे घर मत आया करो। हमारी भी बहू-बेटियाँ हैं। उनका तो ख्याल किया करो।"

बतिया ने त्योहार में निकलना ही लगभग बन्द कर दिया था। वह चुपचाप एक कोने में बैठी रोती रहती। अपनी बिथा किससे कहे, किसको सुनाये! एक बार उसने मरने की भी ठानी। वह पास की झिरिया में कूदना चाहती थी, पर पड़ोसी ने देख लिया और बचा लिया। उस दिन से जवाहरसिंह की आँखों में भी कनी आ गयी। लौंडिया हरामी है, गैलघाट मर गयी तो पुलिस का पहरा लग जायेगा। उसमें भी मुसलमान दरोगा। जितना बेइज्जत न करे, थोड़ा है।

बतिया पर एक जो छोटी-सी छाया थी, इसके बाद वह भी चली गयी। उसके ऊपर रह गयी चिलकती धूप, तवा-सी तपती और आग-सी लपटें मारती।

बाप इस फेर में रहा कि कोई मिल जाए तो उसके साथ बतिया को फिर बाँध दे। बाप का चाहा भी पूरा हुआ। पड़ोस का रंडुवा लड़का तैयार हो गया, लछमी। दो लड़कों को छोड़कर परकी साल उसकी मिहरिया प्रसूत के समय परलोक चली गयी। बतिया उसे खूब जानती है। दस कदम दूर का आदमी अनजाना रहा है? बेहद पियक्कड़। रोज देसी ठर्रा पीकर अपनी मिहरिया को बेहद मारा करता था। जुए में उसके सारे गहने चाट गया। काम-धाम कुछ है नहीं, खेती-बारी देखता है, वह भी जरा-सी है। दिन-भर निठल्ला घूमता है और रात को झोपड़ियों के चक्कर काटता है।

बतिया नहीं भूली। परकी साल की वह रात! सावन की झड़ी! बालों-सा काला अँधेरा। एकाएक आधीरात को अहीरों के घर जोर का शोर हुआ। इतने जोर का कि उसने पानी की धार भी तोड़ दी। सारे कुरमी दौड़ गये। देखा तो लछमी की मरम्मत हो रही थी। भोला अहीर की जवान बेटी के बिछौने पर जा पड़ा था, निगोड़ा। दो दिन पहले टुरिया ससुराल से आयी थी। इसे खबर क्या लगी, हरामजादे ने न आव देखा न ताव बीच रात को पिल पड़ा। कहते हैं ब्याह के पहले उससे कुछ साठ-गाँठ रही है, पर इससे क्या? ब्याह के पहले यहाँ किसकी नहीं रही? ब्याह के बाद तो अब वह अपने खसम की लुगाई है न?

लछमी किस जानवर से कम निकला जो उसने अपनी इज्जत तो रखी दर किनारे उसकी इज्जत पर भी धावा बोल दिया। कुछ तो सोचा होता कमीने ने यह भी न जाना कि बात साझे में बनती है। जोर-जबरदस्ती में कभी कुछ नहीं हो पाया और न हो सकता।

अहीर वैसे ही भयानक होते हैं। लड़की की चीख सुनकर सब फरसा लेकर चढ़ दौड़े थे। खैर तो यह थी, किसी ने फरसा नहीं चलाया, पर उनके मलगा जैसे हाथों ने लछमी की हड्डी-हड्डी तोड़ दी। उसके मुँह से सिसकियाँ निकलना भी बंद हो गई थीं। घिग्घी बंद हो गयी थी और आँखें सिकुड़कर जैसे बँध गयी थीं। कुरमियों ने हाथ-पैर जोड़े तब अहीरों ने छोड़ा, वरना उस दिन उसकी लाश ही बाहर आती।

ऐसे ही निखट्टू के गले बतिया बाँधी जा रही थी। वह सोचती है, उस दिन उसकी लाश हो, बाहर आती तो कितना अच्छा होता! यह दिन तो नहीं

देखना पड़ता। पंडित सुखलाल यह कहानी जानते थे। इसलिए सहज ही बतिया के प्रति उनके मन में उदार भाव जागे। उन्होंने सबको रफा-दफा किया। सबको घुड़काया, समझाया और दहशत भी दी कि यदि वे नहीं मानेंगे तो पुलिस में रपट हो जाएगी। रपट का डर कुरमियों को हमेशा रहा है। सब अपने-अपने घर चले गये। जवाहरसिंह को बैठालकर पंडित सुखलाल ने खूब समझाया। बतिया से पूछा कि वह लछमी से नहीं तो किससे ब्याह करेगी? बतिया इसका जवाब न दे सकी। वह कहती रही, ब्याह क्या गुड़ियों का खेल है। काठ की हाँड़ी एकई बार तो चढ़ती है, पर जवाहरसिंह यह मानने को तैयार नहीं थे। एक दिन की बात हो तो हो, रोज का रोना कौन ढोयेगा?

राांड़ बनी जवान बिटिया घर बैठी रहे तो मुसीबत ही सिर आती है। गाँव-भर के जवान कुत्ते जैसे उसके घर के चक्कर काटते हैं। वह किसे-किसे डांटे? किसे क्या कहे? लड़की न हुई, जी का जंजाल बनी! सारे गांव से झगड़ा कराके रहेगी।

सुखलाल को यह बात भी ठीक-सी लगी। उनने बतिया को अपने पास खींच लिया। उसके सिर पर हाथ फेरा। उसे समझाया और कहा-"तेरा बाप तेरे भले के लिए ही कहता है, बिटिया। तू ही अपने मन का लड़का चुन ले।"

बतिया सिसक उठी। वह किस लड़के का नाम बताये और जवाहरसिंह आज ही फैसला करने पर तुला था। एक घंटा यूँ ही बीत गया। तब बतिया ने पंडित सुखलाल की छाती से अपना सिर लगा लिया। सुखलाल का प्यार भरा हाथ उसके सिर पर घूमता रहा। इससे बतिया को बड़ा संतोष मिला। उसे लगा जैसे पंडित सुखलाल महाराज ने एक किनारा उसके लिए खोज दिया है। जो वह सोचती रही है, आज पूरा हो जायेगा।

कमलापत भी तो उसका पड़ोसी है। आजकल जबलपुर के कालेज में पढ़ता है, सारे गाँव का हीरा है। कुरमियों का तो कोहिनूर ठहरा। सात सौ पीढ़ियाँ तार दीं उसने कुरमियों की। धन्य है चरनदास! बेटा मिले तो तेरे जैसा। गाँव-भर चरनदास को सिर झुकाता है, वरना उसमें कूबत क्या है? जैसे सब कुरमी होते हैं, वह भी है, पर बेटे के करम से बाप का भाग खुला। निसपिट्टर भी उठकर चरनदास को कुरसी देता है। कमलापत अभी तक अनब्याहा है। कुरमी उसे दिन-रात घेरते हैं, पर वह हर बार फंदे से निकल भागता है। सुखलाल भी कमलापत को मानता है। बतिया सोचने लगी, कहीं कमलापत मिल जाये? उसके भाग सेंदुर नहीं सोना लगेगा। वह चुपचाप सोचती रही और

उसके मन ने जैसे एकाएक कह दिया, माँग ले बतिया, अपने मन का माँग ले। पंडित सुखलाल आज तुझे वरदान देने आये हैं। सुखलाल की कोई बात आज तक खाली नहीं गयी। इस विचार के आते ही बतिया के सारे आँसू सूख गये। उसे लगा जैसे सूखे और सपाट आकाश में कहीं से पानी भरा बादल का एक टुकड़ा घिर आया है। किसी कोने में कनेर खिल पड़ा है। वह मन-ही-मन अपने भाग की सराहना करने लगी, भगवान को असीसती रही, न ऐसा संजोग आता, न वह मन की बात कहती।

उसे लछमी का काला और बेहूदा चेहरा काँस के फूल-सा उजरा दिखने लगा। कहीं कमलापत मिल गया तो वह पहले देहरी टेकेगी लछमी की। उसे राखी बाँधेगी और एक बार तो सबकी नजर बचाकर उसके गले जरूर लगेगी। वह डाकू निकला तो धन उसके हाथ लगा। हरदौललाला[1] उसका कल्यान करें।

पंडित सुखलाल ने फिर पूछा तो अबकी बेर बतिया ने निसाखातर[2] होकर चरनदास का नाम ले दिया। बोली—''मेहराज, चरनदास जैसा ससुर मिले तो सेवा कर अपने भाग सराहों। हाथ-भर तुम लगा दो मेहराज, आगे की गैल साफ है।''

पंडित सुखलाल को काठ मार गया। वे बतिया का रांड़ चेहरा देखते रहे। औरत भी कैसी होती है, अपनी बिसात नहीं पहचानती। बस, औरत है इसलिए सभी मरदों के कान काट सकती है! सुखलाल जाने क्या सोचने लगे। उनकी चुप्पी ने बतिया का मन लता की तरह कंपा दिया। सुखलाल की आँखों का पानी न जाने कहाँ सूख गया और वह अपने-आप कह गये—''अरी कुल्छन, क्यों एक नया दरद पालती है। कमलापत जैसा हीरा भला फिर माटी में लौट सकता है। एक गलती तो कर दी कुरमियों ने—माटी से हीरे को निकाल दिया। अब वह माटी में वापस नहीं जा सकता। धरती पर रह, आकास में उड़ने के सपने न देख।''

पर सुखलाल के ओंठ तनिक भी हिल नहीं सके। जवाहरसिंह भी सुखलाल को देखता रहा। शायद सोचता था कि ऐसा कर दो पंडित जी तो फिर क्या कहना है, जनम-भर तुम्हारे चरण चूमूँगा। तुम्हारा ऋण समझूँगा, पर जवाहरसिंह यह न समझ सका कि ऋण की बात तो मूलधन के बाद आती है। मूलधन ही अभी गायब है तो ऋण की बात, कल्पना नहीं तो क्या है?

सुखलाल अंत तक अपने ओंठ नहीं खोल सके। उन्होंने बतिया का सिर

---

1. गांव का एक देवता 2. निश्चिंत

धीरे से अलग कर दिया, उठकर वे खड़े हो गये। बोले–"अच्छा बेटी, अभी तो चलता हूँ, बात करूँगा।" और सुखलाल यूँ सरक गये जैसे साँप सरक जाता है।

सुखलाल के सरकते ही कुरमियों ने फिर इधर आ घेरा। जैसे वे बामी के आसपास डंडा लेकर छिपे खड़े थे। बतिया ने देखा तो अबकी बार वह चुप नहीं रह सकी। उसने अपने हाथ से सारे बाल मींच डाले। उसकी आँखें लाल हो गयीं। उसका यह रूप अबकी बार लछमी भी देख रहा था। न जाने किसका इशारा उसने पाया कि उसका जूड़ा धर दबाया। उसे पकड़कर वह समझाने लगा, पर बतिया के जैसे दवांर[1] लग गयी। वह जरवा[2] जैसी झपट पड़ी और उसने तीन-चार जगह लछमी को काट खाया। लछमी चीखकर रह गया। बतिया उसके वश की नहीं रही। तब जवाहरसिंह भी क्रोध से काँप उठा। उसने अपनी बेंत निकाली और सटासट तीन-चार बतिया की पीठ पर जड़ दिये–"रांड़, नागन बनती है। सिर कुचल दूँगा, हरामजादी।"

बतिया बेतों की मार से निढाल हो गयी। वह जमीन पर सीधी पड़ी रही, जैसे अचेत हो। तब दो-तीन लोगों ने उसे उठाया। उसी हालत में लछमी के घर तक सब उसे ले गये। एक कमरे में उसे बंद कर वे लौट आये। लछमी आधी रात तक उसकी देह सेंकता रहा। जब वह सो गयी तो वह उसकी बगल में लेटा रहा। धीरे-धीरे उसने बतिया की कमर दबाई, पेट दबाया, फिर छाती दबाने लगा और कपास जैसी कोमल बेजान बतिया को उसने पीठ पर हाथ धरकर यूँ खींचा कि वह लछमी के करेजे से जा लगी। तब भी बतिया न सिसकी और न हँसी। उसे अब न बेंतों के दरद का भान था और न लछमी के नरम हाथों का।

सुनहरा सूरज निकला। लछमी को जैसे कुरमी टोले की घटना का भान ही नहीं था। वह रोज की तरह मुसकराता नीचे उतरा। थोड़ा ऊपर चढ़ा तो सारे कुरमी हाथ में लुटिया लिये जवाहरसिंह के घर आ धमके। सबेरे-सबेरे पंगत थी और जवाहरसिंह दौड़-दौड़कर सबका स्वागत कर रहा था। टोला की औरतें जुर गयीं और सारे बरातियों को गाली देने लगीं :

मन को एकऊ न आओ
मन को एकऊ न आओ
आये सारे खब्बीस।

---

1. जंगल में लगने वाली एक प्रकार की आग 2. बेरी का झाड़

इन प्यारी-प्यारी गालियों को सबके कान खुशी-खुशी सुनते रहे। बतिया सिकुड़ी हुई एक कोने में बैठी रही, उसमें जान ही नहीं थी। अपनी पहली शादी में भी वह इस तरह नहीं बैठी थी। तब तो वह आठ बरस की थी। गुड़िया की तरह उसने फेरे लगाये थे। बाद में जब ससुराल गयी तो बिना किसी हिचक के अपने पति से मिली थी। बाकी के आठ बरसों में गांव की बुढ़ियों ने उसे सब खोलकर समझा दिया था। ब्याह कोई पहेली नहीं रह गया था, उसके लिए। इसलिए सुहागरात की मोंगरे की तरह महकती सेज उसने अमरबेल की तरह पकड़ी थी।

बतिया के सामने वे तीन रातें एकाएक घूम गयीं। एक पल के लिए भी तो वह इन रातों में नहीं सो पायी थी। इन रातों की लम्बाई के लिए उसने हाथ जोड़कर प्रार्थना की थी :

आज सुहाग की रात
चंदा उमग मत जइयो।

सूरज का उँजेरा उसे लाल दहकते लोहे-सा लगा था, पर करम का खोट कि चौथी रात उसे देखने को नहीं मिली। तपे लोहे को किसी ने जैसे पानी में डुबो दिया। चौथी रात को उसका पति उसके लिए चांदी के लच्छे लाने वाला था। तोडर[1] बुरी तरह गड़ते हैं और ऐसी रातों में तो बे मानो खीलें बन जाते हैं।

पंडित सुखलाल ने सबेरे यह सब सुना तो एक लम्बी साँस लेकर रह गये। जीवन में पहली बार उन्हें हारना पड़ा था। सुखलाल का अनचाहा गांव में आज तक नहीं हुआ, पर वह इतनी हिम्मत भी नहीं कर सके कि दौड़कर पंगत रोक दें और चरनदास के बेटे कमलापत को सामने लाकर खड़ा कर दें। जैसे-जैसे सुखलाल सोचते आँखें भारी होती जातीं। अंत में कोरों से बूदें यूँ ढुलकने लगीं जैसे सबेरे की ओस ऊमर के पत्तों से धीरे-धीरे लुढ़कती रहती हैं। तभी सुवेगा का कंठ सुखलाल को सुनायी दिया। और औरतों के साथ मिलकर वह गा रही थी:

भले बिराजे जू, उड़ीसा जगन्नाथपुरी में भले बिराजे जू
कबसें छोड़ी मथुरा बिंदराबन, कबसें छोड़ी कासी।
झारखंड में आन बिराजे बिंदराबन के बासी।
तुम तो भले बिराजे जू...!

---

1. पांव का एक जेवर

अरे, सुखलाल तो भूल ही गये कि आज सोमवार है। चैत महीने का सोमवार। उन्हें भी तो पूजा कराने जाना है। यहाँ तो सब काम औरतों ने ही कर लिया, पंडित की जरूरत नहीं। सुखलाल यह सोचते ही रहे कि उन्हें फिर गीत की दूसरी पंक्ति तेज होती सुनायी दी :

नीलचक्र पै धुजा बिराजै, माथै सोहै हीरा।

स्वामी आँगै सेवक नाचै, कै दास कबीरा।

अरे, यह तो मास्टरनी बाई की आवाज है तो मास्टर भी आता होगा। आज तो उनका न्यौता है। सुखलाल तेजी से उठे और अपनी पोथी-पत्रा लेकर जजबानों की ओर चल पड़े।

पाँच

खर्रर खर्रर
ढिर्रर ढिर्रर ढिर्र्र्र्र् र् !!

धूल-भरी सड़क पर डामर बिछ रहा था। मशीन की आवाज सुनकर गाँव के लड़के वहाँ जमा हो गये थे। पंडित बदरी परसाद तब डाकखाने में बैठे डाक खोल रहे थे। अभी-अभी सुखलाल के यहाँ से न्यौता खाकर लौटे हैं। डाक से आयी चिट्ठियों पर सील लगायी और हरकारे को चिट्ठियाँ देकर अपने किलास में चले गये। लड़के ऊधम मचा रहे थे और एक-दूसरे को मार-पीट रहे थे। बदरी परसाद इन मामलों में बड़े सख्त हैं। लड़कों को बेहद मारते हैं। उनका कहना है कि बिना गुरु की मार खाये लड़कों को विद्या नहीं आती। जो जितनी अधिक मार खाता है, उतना ही बुद्धिमान होता है। इसलिए सारे लड़के बदरी परसाद से डरते हैं। अपने नायब मास्टरों को भी उन्होंने यही हिदायत दे रखी है। उनके दोनों नायब मास्टर उनकी ही तरह लड़कों को पीटने में किसी तरह की कमी नहीं करते। शायद इसी का कारण है कि बदरी परसाद का रिजल्ट सारे जिले में सबसे अच्छा रहा है। जब वे लखनपुर में थे, तब भी उनका रिजल्ट सारे जिले-भर में पहला आया था। बदरी परसाद लड़कों को गणित का एक सवाल देकर अखबार पढ़ने लगे। मोटे-मोटे हरूफों में लिखा था : जापानी लड़ाकू जहाजों ने कलकत्ते पर उड़ान की।

बदरी परसाद की लगाम किसी ने एकाएक रोक दी। यह क्या? वह आगे का समाचार बड़े चाव से पढ़ने लगे। उसे एक साँस में पढ़ गये। फिर अखबार टेबल पर रखकर, कुरसी पर पीठ टिकाते हुए, उन्होंने लम्बी साँस ली-"कलजुग है, अब नाश होने में देर नहीं।"

चपरासी ने उसी समय खबर दी कि दरोगा साहब आये हैं। बदरी परसाद को बिजली का करेंट लग गया। एक विचार अनजाने आ गया, थानेदार स्कूल

क्यों आया? क्या यही समाचार पढ़कर आया है? अब हिंदुस्तान में जापानियों का राज हो जायेगा, तो सुभाषचन्द्र बोस आजकल विदेश में हैं। यह सब उनकी लालहिंद सेना का कमाल होगा तो क्या दरोगा यही खबर देने आया है कि सुभाषचन्द्र बोस का राज होने वाला है? कई तरह के विचार एक साथ बदरी परसाद के मन में आये। कहीं दरोगा गलत बातें न करने लगे। राज किसी का हो, मास्टर के अधिकारों में कोई कमी नहीं कर सकता! दरोगा बड़ा होगा अपने थाने में। कहीं उसने कोई ऊटपटांग बात की तो......! मैं भी इस स्कूल का हेडमास्टर हूँ। बदरी परसाद अपनी छड़ी लेकर खड़े हो गये और बाहर आये।

—''अदाबअर्ज दरोगा, साहब!''

—''वालेकम सलाम, पंडिज्जी!''

—''कहिये दरोगा साहब, कैसे आना हुआ? आइए।''

दरोगा भीतर आकर कुरसी पर बैठ गये। बदरी परसाद भी एक कुरसी खींचकर सामने बैठ गये। दरोगा बोला—''वैसे ही आ गया पंडिज्जी, सोचा आपका स्कूल देख लूँ।''

मास्टर बदरी परसाद का सारा भय चला गया। खीसे से पान का डिब्बा निकालकर उन्होंने दरोगा गुलाम मुहम्मद के सामने बढ़ा दिया। फिर दोनों यहाँ-वहाँ की बातें करने लगे, बात आकर अड़ गयी कुरमियों पर। दरोगा कुरमीटोला ही जा रहा था। बतिया की शादी का सारा किस्सा बदरी परसाद कह गये। फिर बोले—''नीचों के यहाँ ऐसा ही होता है, थानेदार साहब। ये साले उरमी-कुरमी जो न कर बैठें सो थोड़ा।''

पर दरोगा की मुसीबत इतनी सरलता से तो टलनेवाली नहीं थी। बतिया ने कल रात अपने पेट में छुरा भोंक लिया और उसकी लाश पड़ी है। लछमी गायब है। हो न हो लछमी ने उसकी हत्या कर दी पर सब कहते हैं कि बतिया ने लछमी को स्वीकार कर लिया था। उस घटना के बाद तीन-चार रातें दोनों ने साथ ही बितायी हैं। इस बीच किसी तरह का झगड़ा नहीं हुआ। इसी समय पंडित सुखलाल वहाँ आ गये। उनके आते ही दोनों उठकर खड़े हो गये। बदरी परसाद बोले— ''लो भइया सुखलाल, आजादहिंद की फौजों ने कमाल कर दिया। जापानी जहाज कलकत्ता तक उड़ने लगे। अब जबलपुर है कित्ती दूर! आज पहुँचे या कल। अब तो बस राज तुम्हारा ही होगा, सुखलाल जी।''

—''नहीं बदरी परसाद जी, यह सब गलत है''—सुखलाल बोले—जापानी हमला हमारे लिये खतरनाक है। हम पर फर्क क्या पड़ेगा? अभी अंगरेज राजा

हैं, फिर जापानी हो जाएँगे। गाँधीजी ने तो इसका विरोध किया है और इस मामले में अंगरेज सरकार का साथ दिया है। कहा है कि पहले हम और किसी विदेशी के हमले को रोकें, फिर अंगरेजों से भिड़ें।

"ठीक है"–दरोगा ने कहा–"इसलिए तो 'व्ही' फार विक्टरी का बोर्ड भी कांग्रेस के नेताओं ने माना है, क्यों सुखलाल जी?"

"हाँ, दरोगा साहब, आप ठीक कहते हैं"–फिर बदरी परसाद की ओर देखकर वह बोले–"जरा अखबार तो देना, बदरी?"

बदरी परसाद ने अखबार दे दिया। सुखलाल उसे थोड़ी देर देखते रहे। उनकी नजर एक समाचार पर आकर ठहर गयी। उसे पढ़ते ही वह चौंक पड़े–"यह क्या?" वह बोले–"जबलपुर में हिन्दू-मुस्लिम 'राइट' हो गया।"

"क्या?"– दरोगा ने पूछा।

"हाँ, दरोगा साहब, हनूमानताल में कर्फ्यू लग गया है। हिन्दू-मुसलमान लड़ पड़े हैं, और..." समाचार की ओर ध्यान से देखकर सुखलाल बोले–"अरे, इसमें तो लिखा है कि जबलपुर के हिन्दुओं की एक लड़की भगाकर रहमतुल्ला नाम का एक आदमी बीजाडांडी ले गया है।"

"एँ एँ एँ एँ!" बदरी परसाद और थानेदार गुलाम मुहम्मद एक साथ बोल पड़े। थानेदार का चेहरा अपने-आप उतर गया। वह कुरसी से उतर पड़े। बोले–"चलता हूँ मास्टर, फिर कभी आऊँगा। अरे हाँ, मैं यह तो कहना ही भूले जा रहा था। बीवी ने कई बार आपकी याद की है। कभी आइए उस तरफ।"

दरोगा चले गये तो हिन्दू-मुस्लिम दंगों को लेकर कई तरह की बातें बदरी परसाद और सुखलाल के बीच होती रहीं। बदरी परसाद सचमुच कट्टर सनातनी थे। उनका विश्वास था कि धरम से बड़ी कोई चीज इस दुनिया में नहीं है और धरम की रक्षा अपनी जान देकर भी करनी चाहिए।

"यह कौन रहमत उल्ला है? यहाँ कहाँ छिपी होगी वह लड़की? हो न हो इसमें करीम मियाँ का हाथ है। तब इसका पता कैसे लगाया जाये?" मास्टर बदरी परसाद के सिर पर एक भूत सवार हो गया। उन्होंने निश्चय कर लिया कि जैसे भी हो, वह इस राज का पता लगाकर रहेंगे। इसके लिए उन्होंने जबलपुर जाने का निश्चय किया। वहाँ से ही इस समाचार के पूरे विवरण मिल सकते हैं। इस उत्साह में बदरी परसाद ने अपने नायब मास्टर को बुलाया और हिदायत दी कि स्कूल की निगरानी ठीक की जाय। वह अभी गाड़ी से

जबलपुर जा रहे हैं, कल तक लौट आयेंगे। बदरी परसाद ने अपनी जेब में हाथ डाला, दो रुपये थे। "काफी होंगे"–अपने-आप से वह बोले–"यहाँ से तो चार आने ही लगते हैं न जबलपुर के।"

बदरी परसाद स्कूल से बाहर निकले तो मोटर भी मिल गयी। हाथ देकर मोटर को रुकने का उन्होंने संकेत किया और तेजी से उस ओर बढ़ गये। सुखलाल भी स्कूल से बाहर आ गये, लेकिन वह अपने-आप बार-बार काँप से रहे थे। वह सोचने लगे, यह नेतागिरी किस काम की। एक लड़की की वह जान नहीं बचा सके। बतिया ने आखिर आत्महत्या कर ही ली।

कुरमीटोले में हो-हल्ला मचा था। जवाहरसिंह के घर के सामने लाश पड़ी थी, पास ही दो सिपाही खड़े थे। सिपाही थानेदार के आदेश की प्रतीक्षा में थे, परन्तु थानेदार तो करीम मियाँ के यहाँ बैठा कुछ और ही सोच रहा था।

शाम हो गयी। रोड पर डामर डालने वाला इंजन बंद होकर चबूतरे के सामने खड़ा हो गया। कुरमीटोले का हल्ला शांत नहीं हुआ और मास्टरनी बाई घर से निकलकर पीपर के झाड़ के नीचे आ खड़ी हुईं। बदरी परसाद बिना कुछ बताये कहाँ चले गये? उसी समय नायब मास्टर दुबे जी ने आकर खबर दे दी कि पंडिज्जी जबलपुर गये हैं, शाम तक लौट आयेंगे। मास्टरनी बाई के जी-में-जी आया, पर जब दादी ने आकर यह बताया कि जबलपुर में दंगा हो गया है और सारे शहर में पुलिस जमी है तो मास्टरनी बाई एकबारगी काँप उठीं।

"इन्हें क्या पड़ी है? और किसी के पाँव में काँटा क्यों नहीं गड़ा?" मास्टरनी बाई अपनी बेटी रामरती से कहने लगीं। रामरती भला क्या समझे? उसने पूछा–"क्या अम्मा? किसे काँटा गड़ गया?"

मास्टरनी बाई ने दाँत पीसे। मन हुआ एक चाँटा जड़ दें वह, उसके गाल में, पर मन मसोसकर रह गयीं, दादी सामने बैठी थी। वह रामरती को बेहद प्यार करती हैं। उसके सामने उसे डाँटना भी–मास्टरनी बाई को भारी पड़ता है। दादी ने चर्चा का विषय ही बदल दिया और दंगे की बात आयी-गयी हो गयी। कुरमीटोले की चर्चा ने बदरी परसाद की गैरहाजिरी में परदा डाल दिया।

रात का काला साया गहरा होता गया। तब जवाहरसिंह खुद थाने दौड़ा। वहाँ थानेदार था नहीं। हेड कांस्टेबल सलीमखाँ थाने के बाहर खड़ा था। जवाहरसिंह ने हाथ जोड़े। कहा–"हुजूर, कब तक लाश बाहर पड़ी रहेगी? लड़की कुल्छन निकली। मुझे तो पहले ही डर था पुलिस का। जिस मुसीबत से बचना चाहता था, सामने आ गयी।"

सलीमखाँ सख्त आदमी था। गरजकर बोला–"साले, हरामी, बहन...! तुम सबने मिलकर उस लड़की की जान ले ली। तुम सब हत्यारे हो। कहाँ है लछमी?"

"हुजूर...!" जवाहर काँप-काँप उठा।

–"हुजूर क्या, बोलता क्यों नहीं? कहाँ भगा दिया उसे? ठीक-ठीक बताओ, वरना बंद कर दूँगा थाने में तुम सबको, हरामी।"

–"हुजूर, लड़का नासमझ है, डर के मारे कहीं भाग गया होगा। वैसे बिसवास करें मालक, हम कोई हत्यारे नहीं हैं। भला कोई अपनी ही बिटिया को मार सकता है?"

"हम नहीं जानता"–सलीमखाँ चिल्लाया।

अब तक कुरमीटोला के दो-चार कुरमी और आ गये। सबने सलीमखाँ से बिनती की–"लाश सड़ रही है। उसे तुरंत रफा-दफा करना चाहिए।" सलीमखाँ भला बिनती से माननेवाला था। जैसे-जैसे कुरमी हाथ जोड़ते गये, सलीमखाँ पैर उठाता गया और फिर अपने भारी बूटों को झटके से ऊपर उठाकर उसने जवाहरसिंह को दे मारा और जोर से चिल्लाया–"राम सुखवा...!"

–"जी, खाँ साहब।"

–"यहाँ आ।"

–"अभी आया हुजूर।"

राम सुखवा ने एक जोर की सेल्यूट मारी। सलीमखाँ ने हुकूम दिया कि सारे कुरमियों को हथकड़ी लगाकर जेल में डाल दिया जाये।

"जी हाँ, खाँ साहब।"–वह हथकड़ी उठाकर चलने लगा तो सलीमखाँ ने जोर से गरजकर जवाहरसिंह से कहा–"जा बे हरामी, यहाँ खड़ा क्या देखता है?"

–"बहन–माँ–खूनी–बदमाश।"

रास्ते-भर सब रामसुखवा से बिनती करते रहे, पर वह भी कम सख्त आदमी नहीं था। आखिर हवा, पानी और जलवायु का ही तो असर होता है और वह सब पर बराबर असर कर रहे थे–चाहे सलीमखाँ हो या रामसुखवा। हिंगना नाले के पास तीनों-चारों कुरमियों ने रामसुखवा को घेर लिया। जवाहरसिंह उसके पैर पकड़कर बैठ गया। बाकी बिनती करते रहे–"कैसे भी सबको बचा लो भाई, सारे कुरमियों की लाज तुम्हारे हाथ है।" रामसुखवा आखिर पिघल ही गया। उसने उन सबको कोई ऐसा मंतर बताया कि सबके चेहरे सिहरते-सिहरते से खिल उठे। रामसुखवा वहीं खड़ा रहा और जवाहरसिंह

अपने साथियों सहित वापस थाने पहुँच गया। उन्हें देखकर सलीमखाँ फिर गरजा तो जवाहरसिंह ने दौड़कर उसकी मुट्ठी पकड़ ली। उसे खोलकर दस रुपये के दो नोट उसमें जवाहरसिंह ने रख दिये और बोला—''लाज तुम्हारे हाथ है, खाँ साहब!''

चैत की कड़कती धूप सावन के बादलों में ढंक गयी। सलीमखाँ का बज्जर चेहरा पानी हो गया। उसकी अंगारों की तरह चमकती लाल आँखों ने रंग छोड़ना शुरू कर दिया और बात-की-बात में सारा काम भी खतम हो गया। रात को दस बजे बतिया की लाश गेंवड़े के मरघट में जला दी गयी। उसके जलते ही सारे कुरमीटोले ने चैन की साँस ली, पर न जाने क्यों चरनदास के मन की अशांति और बढ़ गयी। उसे यह सब अच्छा नहीं लगा। यदि लड़की ने आत्महत्या की थी तो घूस देने की जरूरत क्या थी? और यदि लड़की को लछमी ने मारा है तो इससे बड़ा और कोई पाप नहीं हो सकता।

करीम मियाँ के घर रात-भर योजनाएँ बनती रहीं। थानेदार गुलाम मुहम्मद अपना कानूनी दिमाग लगाता रहा। कई तरह के तर्क-कुतर्क भी वह अपने-मन में सोचता रहा। करीम मियाँ ने हर जगह सहारा दिया—''हुजूर, इतनी फौज-फाटा के सामने डर काहे का?''

गुलाम मुहम्मद की सूनी नजरें करीम मियाँ को बराबर देखती रहीं।

छ:

आलस-भरी चैत की धूप!

हंसिया की धार में हलकी जंग लगी।

मास्टरनी बाई लगन के साथ रमायन पाठ कर रही थीं :

> करेहु सदा शंकर पद पूजा
> नारि धरमु पतिदेव न दूजा।
> वचन कहत भरि लोचन वारी
> बहुरि लाय उर लीन्हि कुमारी।
> कत विधि सृजी नारि जगमाहीं
> पराधीन सपनेहुँ सुख नाहीं।

यहाँ तक पहुँचते-पहुँचते मास्टरनी बाई के नेत्र भर आये। वह ठहर गयीं और श्रद्धा के साथ उन्होंने मस्तक झुका लिया। सुवेगा ध्यान से पाठ सुन रही थी। एकाएक पूछ बैठी–''क्या हुआ, काकी?''

''कुछ नहीं बेटी''– मास्टरनी बाई बोलीं–''कित्ता सच लिखा है रमायन में। अभी तक उनका पता नहीं है! न कुछ कहकर गये और न कुछ पूछकर। दादी बता गयी है कि जबलपुर में बेछड़ झगड़ा मचा है। भगवान न करे...।''

–''नहीं काकी, हमारे काका कोई साधारण आदमी थोड़े हैं, डरने की बात नहीं है।''

''हाँ बेटी!''–काकी ने लम्बी साँस ली और फिर रमायन पढ़ने लगीं। शायद क्षेपक लगाना भूल गयी थीं, इसलिए पाठ फिर पीछे से शुरू हो गया :

> करेहु सदा शंकर पद पूजा.......।

यहाँ से लेकर 'पराधीन सपनेहुँ सुख नाहीं, तक पहुँचते-पहुँचते मास्टरनी बाई की आँखें फिर गीली हो गयीं। ऐसा लगा जैसे यह प्रसंग पहली बार ही आया है। सुवेगा को लगा कि कहीं काकी फिर अरथ न समझाने लगे। अभी तो

उसने हर पंक्ति का अरथ बताया था, पर अबकी बार काकी ने अरथ नहीं समझाया। वह उसी राग से आगे बढ़ गयीं, पर सुवेगा के दिमाग में एक पंक्ति घूम गयी–

नारि धरम पतिदेव न दूजा।

वह सोचने लगी, सच कहा है रमायन ने। बिना पति के नारि का धरम ही नहीं बनता। जैसे वह पति के बिना नारि ही नहीं रहती। वह तो पति के हाथों में जाकर ही असल नारी बनती है। उसे अपनी गुइयाँ की बात याद आ गयी। परकी साल उसका ब्याह हो गया। मंडला के ओझाओं के यहाँ वह धूमधाम से ब्याही गयी। ससुराल से लौटी तो वहाँ के किस्से बड़े मनयोग से सुनाती रही और उससे भी ज्यादा मनोयोगपूर्वक सुवेगा सुनती रही। वह कहती थी, बहन मजा तो ससुराल में है, दिन–भर देवर और ननद छेड़खानी करते हैं। उनकी छेड़छाड़ में गुस्सा तो आता है, पर सच मजा भी खूब आता है। ससुराल की हर रात रंगीन होती है। हर रात एक नया ख्वाब आता है और दिन–भर वह पकता रहता है। इसके साथ ही वह अपनी पहली रात का किस्सा बड़े प्यार से कहती है। कहती है–"वह रात! वह रात... वह रात... वह रात...बस, वह रात ही रात थी गुइंया, बाकी रातें तो पहाड़ होती हैं। कितनी मीठी रात थी! कितनी मीठी! उस रात के पहुँचने तक तो यह देही बेकार–सी थी। उसी रात देह का धरम सफल हुआ। जैसे सैकड़ों बिच्छुओं ने पहले एक साथ डस लिया और फिर किसी ने एक हलका–सा हाथ फेरकर सारे डंक एक साथ उतार दिये!"

वह बहुत–सी बातें कर रही थी। उसकी पहुँच लम्बी थी। नदी–पहाड़ों में घूमने की बातें। घाटियों में चढ़ने–उतरने की बातें। नदी की धारा से अधिक गति के साथ सांस के घटने–बढ़ने की बातें, जैसे बातें–ही–बातें हों बस, और कुछ नहीं। सुवेगा अपनी सखी की इन बातों में से अपने लिए कुछ भी नहीं निकाल पायी थी। एक ही चीज वह जान सकी थी कि ब्याह के बाद कुछ ऐसा जरूर होता है, जो किसी क्वांरी लड़की को एक ही रात में भरी–पूरी औरत बना देता है।

सुवेगा की गवई देह मेंथी के पौधे की तरह निकली और धीरे–धीरे आम–सी बौरा गयी थी। इस उमर तक गांव की शायद ही कोई लड़की पहुँची हो। आम के बौराने के पहले ही कोई उन्हें उठा ले गया और जब उनके बौराने के दिन आते, तब उनके हाथों में आम थे। फिर कई तो ऐसी बिछड़ीं कि आज तक मिलने का मौका नहीं मिला। सुवेगा को मास्टरनी बाई ने जैसे सोती नींद से अचानक जगा दिया था।

उसे अपने सामने कई रंगीन चित्र बने दिखायी देने लगे। पंडित सुखलाल पिछले चार बरस से दौड़धूप में लगे हैं। एक ओर पंडिताई है, जिसके बिना घर का खर्चा चलना कठिन है। दूसरी ओर खेती है, जिससे घर-भर का पेट भरता है। तीसरी ओर 'पलीक सेवा' है, जिसके कारण थाने का दरोगा भी उठकर कुरसी देता है। उसी के कारण एक बार गांधी जी के पास सुखलाल को बैठने मिला था। इन सबके बाद जो समय मिलता है, वही वह सुवेगा के लिए दे पाते हैं। अपने मित्रों से कहने में भी उन्होंने किसी तरह की कसर नहीं की, पर लगता है सुवेगा की किस्मत ही साथ नहीं देती। पढ़े-लिखे लड़के दो-तीन हजार के नीचे बात नहीं करते। किसी बूढ़े के गले उसे न सुखलाल बांधना चाहता और न सुवेगा ही बँधना चाहती है। बाप के सिर पर जवान लड़की का भार बराबर बना है। सुवेगा जानती है कि उसका दादा रात-रात-भर नहीं सोता। दुगघो काकी गांव-भर में चर्चा करती रहती है। किसी का तो कोई संबंधी होगा। कोई तो उसे सहारा देगा और सुवेगा हर सहारे को आम की डार समझ बैठती है। सोचती है, अब बात पक्की हुई, तब हुई। ये बाजेवाले आये और यह शहनाई बजी :

मोरे राम-लखन से बनरा आली
कौन बिलमा लये री।
मोरो पूनम कैसो चंदा बना
सब जग उजियारो री।

तब वह उस पिछली खिड़की से खड़े होकर पूनम जैसे उजरे बने[1] को सबकी नजर बचाकर देखेगी। और वहाँ? उसकी गुइंया कहती थी-"दइया, ये मरद बड़े वैसे होते हैं। फेरे के बखत पंडत ने तो धीरे से हाथ छुवन की कई थी, उनने तो जोर सैं चींटी लै दई। बच गयी गुइंया, बरना भरे मंडवा के नीचे सीईईई निकर जाती।"

और सुवेगा चिंता में है वह अपनी सीईईई कैसे रोकेगी। कहीं उनने भी इसी तरह चिकोटी काट ली तो? इसके बाद सुवेगा फिर उड़ जाती है। वह अपने पी के देश चली जाती है, जहाँ उसकी सास है, ससुर है, देवर और ननद हैं, दिन-भर के उजियारे में हाथ-भर का घूँघट है और रात के अंधाखुक्ख अंधेरे में उनके चिकने हाथ हैं। दिन में चांदी के तोडर, बोंहटा, और करडोरा का वजन भारी

---

1. दूल्हा

हो जाता है। रात को जैसे सब उतरकर अलग हो जाते हैं। तब वह अपने प्रीतम से कहेगी :

हे पिया, तोडर मुझे काँटे जैसे गड़ते हैं,
मुझे नक्काशीदार हलकी-सी पायल ला दो!
हाथ की बंगरी कलाई तोड़ती है,
बजने वाली सोने की चूरी ला दो!
मेरी देह हलकी होगी,
तुम्हें उनकी खनक मिलती रहेगी!
ला दो न पिया......!

सुवेगा यह सब अपने मन में तो कह गयी, पर एकदम लाज के मारे दब भी गयी। सोचने लगी, कोई इस समय उसकी शकल देख ले तो क्या कहेगा। उसे अपने-आप अनुभव हुआ, मानो उसका गेहुँआ चेहरा सिंदूरी हो गया है। वह उठकर खड़ी हो गयी, सामने आइना रखा था, उसमें वह अपना मुँह देखने लगी। 'अरी ईईईई' एक हलकी-सी चीख उसके मुँह से निकली तो मास्टरनी बाई रुक गयीं। तब वे रमायन की आरती कर रही थीं : आरती सिरी रमायन जी की।

सुवेगा लजा गयी। आइना उसने वहीं रख दिया। मास्टरनी बाई ने दोनों हाथ झुकाकर बड़ी श्रद्धा-भगति से रमायन को परनाम किया। फिर पूछा—"क्या हुआ सुवेगा?"—"कुछ नहीं काकी, मुँह में एक फुड़िया हो गयी थी। नाखून से मसल दिया तो चीख निकल गयी।"

"ऐसा मत मसका करे, सुवेगा। नाखून में जहर होऊत है।" कहते हुए मास्टरनी बाई ने रमायन पटिया में रख दी। तब तक स्कूल से रामरती भी आ गयी। बोली—"अम्मा, छोटे पंडितजी के पास खबर आयी है, दादा आज संझा की गाड़ी से आ रहे हैं।"

मास्टरनी बाई ने भीतर-ही-भीतर चैन की साँस ली। सब परताप रमायन का है। यहाँ पाठ खतम किया, वहाँ उनके आने की खबर मिली। जय हो सीता मइया की, मन-ही-मन मास्टरनी बाई ने सीता मइया को सिर झुकाया। फिर बोलीं—"चल कुछ खा ले।"

मास्टरनी बाई ने आज अपनी बेटी को सबेरे की रोटियों के साथ आम का अचार तो दिया ही, साथ में थोड़ी सिन्नी[1] भी दे दी; वह सिन्नी, जो कल बाजार

---

1. मिठाई

जाने कितनी आंखें

से हरकारे के हाथ मँगवायी थी। सुवेगा ने भी दो रोटियाँ और एक सिन्नी का टुकड़ा ले लिया। दोनों खाने लगीं और मास्टरनी बाई को अपने-आप हलका-सा लगने लगा, जैसे अब तक एक भारी भार उनके सिर पर था, जैसे खुले मैदान में हवा-भरी गेंद ऊपर उछलती है, मास्टरनी बाई अपने उड़ते मन से चैत की ढलती धूप देखती गयीं। कब साँझ हो, कब मोटर रुके! इस उमर में भी यह प्रतीक्षा! गजब का परताप है महादेव का! और घरों में तो सबेरे से शाम तक सिर-से-सिर बजते हैं। यहाँ कभी बरतन नहीं खनके। बदरी परसाद कभी जोर से चिल्लाये भी हैं, तो तुरंत उन्होंने अपनी मिहरिया का घूँघट भी खींचा है। तब वह खिझियाकर कह देती है–''कैसे हो तुम! घर में मौड़ा-मौड़ी हैं और तुमें हैं सो लाज तक नयीं छू गयी!''

अपनी मिहरिया की बात सुनकर बदरी परसाद मुसकरा देते हैं और मास्टरनी बाई की अधेड़ उमर गुलाबी बनकर इन्द्रधनुषी हो उठती है। तभी कहीं से घूमता हुआ मुन्ना आ जाता है और मास्टरनी बाई के गले में हाथ डाल देता है। वे बड़े प्यार से उसे अपनी बाहों में समेट लेती हैं और एक साथ तीन-चार चुम्बन उसके गाल में जड़ देती हैं।

''कंघीईईईई, ऐनानानाना, चुटियायाया, चुटइयाया, चूराआआआ, चुरियायाया, तेल, बटन, सूजीईईईई...।''

रामरती ने आवाज सुनी। बिना कुछ पूछे ही उसे बुला लिया।

बोली–''अम्मां, हमें चूड़ी पहना दो न?''

''पहन ले बिटिया''–मास्टरनी बाई बोलीं।

मनिहारिन ने कांच का जड़ा खोंचा नीचे उतारा। बोली–''कैसी हो बाई?''

–''अच्छी हों री, और तैं?''

–''नोनें हैं मास्टरनी बाई।''

''कहूं गयी हतै का? बहुत दिनन में दिखी है?''

–''हओ बाई, मैके चली गयी हती।''

–''कहां है तोरो मयको?''

–''ढैंको में।''

–''चल, अच्छो करो, घरै हो आयी।''

–''हओ बाई, मोड़ा-मोड़ी नन्हें-नन्हें हैं। कबै जान मिलत है। तीन बरस में गयी हती।''

–''अरी, मैं तो पांच बरस हो गये, अबे तक नयीं गयी।''

मनिहारिन ने कुछ जवाब नहीं दिया। कांच का दरवाजा खोलकर वह कांच की चूड़ियां दिखाने लगी। लाल, हरी, पीली, नीली, चूड़ियों में सुवेगा, रामरती और मास्टरनी तीनों जूझी रहीं। मनिहारिन नजर उठाकर सामने भी डाल देती और देखती कि भीतर कहां क्या है? रामरती ने चूड़ियां चुन लीं तो मास्टरनी बाई ने सुवेगा से कहा–"तैं भी पहन ले।"

सुवेगा पहले हिचकिचाई, फिर उसने भी हाथ बढ़ा दिये। चार-चार चूड़ियों के बीच एक-एक लाख की भी उसने पहन ली। हाथ ऊपर उठाकर अपनी गोरी कलाई देखी और देखती रही। शायद उसे अपनी ही कलाई भा रही थी। गोरे-गोरे हाथों में रंग-बिरंगी चूड़ियां जैसे केसरिया कपड़े पर रंग-भरी पिचकरी चल पड़ी हो!

घंटे-भर में खरीद-फरोक्त हो गयी। मनिहारिन ने पानी मांगा तो रामरती भीतर से एक लोटा पानी ले आयी। उसे चुल्लू से पानी पिलाया। उसने अपने पिछोरे[1] के छोर से हाथ-मुंह पोंछे और फिर पालथी मारकर बैठ गयी।

बोली–"मास्टरनी बाई?"

–"बोल।"

–"सुना है, मास्टरजी जबलपुर गये हैं?"

–"हां री, और ऐसे गये हैं कि कुछ बता भी नयीं गये।"

– "एं, तुम्हें नहीं बताया?"

–"नहीं तो।"

–"अरी बाई, सुनो है, कोऊ हिन्दुअन की मोड़ी को उदहार करनवारे हैं। कहत है मुसलमान जबलपुर से कोई लोंडिया भगा लाये हैं।"

–"एें, मोहे तो नयीं मालूम री।"

–"जा तो औरई बुरो हो। मन्नुख[2] खों अपनी लुगाई से पूछ के काम करना चाहिए। अरी, समझाव तो मास्टरजी खों। का परी है ओहे या सब करन की। दरोगा कट्टर मुसड्डा है। करीम खां तो तुम जानत हो बाई, दोउ मिलखें मास्टर भइया खों मारन चाहत हैं।"

मास्टरनी बाई बिगड़ गयीं–"केसे हो सकत है? कौन मार सकत है उनखों। सबकी रच्छा करनवारे भोले हैं। तैं कैसी कहत है री?"

---

1. वह चादर जिसे औरतें साड़ी के ऊपर ओढ़ती हैं। 2. आदमी

मनिहारिन सकपका गयी। बोली—''बिगड़ौ ने बाई, हमखें का लेने-देने है। सुनो हतो, सो सोची आके बाई खों बता जाऊं।''

उसकी भोली बातों में मास्टरनी बाई आ गयीं। सोचने लगीं, सच ही वह हित चाहती है, वरना उसे बताने की क्या पड़ी है। मास्टरनी बाई ठहरी सीधी-सादी देहातिन। जबसे ब्याह के आयी है। मंडला और जबलपुर छोड़कर कोई शहर नहीं देखा। सनीमा जिंदगी में एक बार देखा है। वह भी अपने भाई के घर जबलपुर में, नाम भी उसका बिसर गया है अब। हां, उसका एक गाना जरूर याद है। वह गुनगुनाने लगीं।

मनिहारिन को मास्टरनी बाई ने अच्छी तरह बिठाया और अपना सारा दुखड़ा उससे वह बखान गयीं। वह तो रोज मास्टर को समझाती हैं कि घर भला और स्कूल भला, गांव से क्या लेना-देना है। आज यहां हैं, कल दूसरी जगह चले जाएंगे, नौकरी का क्या भरोसा। किसी से लगन लगाना ठीक नहीं, पर मास्टर जब माने तब न? कहते हैं, औरतों का दिमाग छोटा होता है। उनकी दुनिया उनके मरद और बच्चों तक ही सीमित रहती है। इसके आगे जैसे कुछ है ही नहीं। मास्टरनी बाई सुनकर सिर्फ खिजला उठती है, पढ़ी-लिखी होतीं तो मास्टर को कुछ और बताती भी। मास्टर तो ज्ञान की ऐसी-ऐसी बातें करते हैं, कि कुछ पल्ले ही नहीं पड़ता।

मास्टरनी बाई अब पूरे मूड में थीं। जो उनके मुंह में आ रहा था, कहे जा रही थीं। मास्टरजी जब-जब जैसा बोले थे और मास्टरनी बाई के पल्ले जिस ढंग से पड़ा था, सभी कुछ वह बता गयीं। यह भी कि अब यहां जापानियों का राज होगा और राजा होंगे सुभाष बोस। गांधी मिहराज का राज सफल नहीं हुआ। कलकत्ता में बम गिरे! दिल्ली चौपट हो गयी। जबलपुर में जहाज चक्कर लगा रहे हैं। सड़कें खोदी जा रही हैं। वहां गड्ढे बनाये जा रहे हैं। बम गिरे तो आदमी गड्ढों में जा छिपें। पहले भोंपू बजता है, तब आदमी छिपता है। फिर बम गिरते हैं।

इधर बम गिर रहे हैं, उधर अंग्रेजी सरकार गोली चला रही है। जनता को जबरन मार रही है। मुसलमान अलग जान लेने को उतारू हैं। हिन्दुओं की बहू-बेटियों को उठाकर ले जाते हैं। उन्हें कमरे में बंद रखते हैं और तब तक खाना नहीं देते, जब तक वे निकाह कराने को तैयार न हो जाएं। सनीमा घरों से बुरका डालकर हिन्दू लड़कियां भगाई जा रही हैं।

इसी प्रसंग में मास्टरनी बाई ने वह भी बता दिया, जो नायब मास्टर ने बताया था। यह कि मास्टरजी आर्य समाजियों से बातें करने जबलपुर गये हैं।

वहीं से किसी लड़के को तैयार करके लाएंगे। यहां करीम मियां ने जो लड़की छिपा रखी है, घेरा डालकर उसे बाहर निकालेंगे और यहीं आर्य समाजी पद्धति से उसकी शादी कर दी जाएगी। साथ में जबलपुर से लट्ठ बांधे गुंडे आएंगे। देखें किसकी दम है, जो चीं-चपड़ करता है?

मनिहारिन का काम शायद खतम हो गया था। अपना सामान उठाकर वह खड़ी हो गयी। बोली–''अपन खों का करने है, बाई। औरत जात भला जो सब का जाने, अपनो धरम अपने हात। अल्लाह खैर करे।''

मनिहारिन चली गयी, तब मास्टरनी बाई को पता लगा कि वह तो खुद मुसलमान थी, यह बात बतायी सुवेगा ने। सुवेगा बहुत-सी बातें जानती थी, पंडित सुखलाल ठहरे पलीक सेवक। उनके यहां हर किसम के आदमियों की भीड़ रहती है। गांधी मिहराज का कहना है कि क्या हिन्दू, क्या मुसलमान–सब एक हैं। उनके यहां रोज भजन होता है :

ईश्वर अल्ला तेरे नाम।
सबको सनमति दे भगवान।

मास्टरनी बाई ने सुना तो बहुत पछतायी। इसके साथ ही उनने तय कर लिया कि मास्टरजी के घर आते ही वह सारी बातें उनसे बता देंगी। मास्टरनी बाई ने अब अंदाज लगाना शुरू कर दिया–हो न हो करीमखां ने ही उसे भेजा है। बातों-ही-बातों में न जाने उससे क्या-क्या वह कह गयी। मास्टरनी बाई के पछतावों का अंत नहीं, पर अब पछताने से काम तो बनने का नहीं था। हां, अपनी बुद्धि के अनुसार उनने एक काम जरूर किया। सुवेगा के हाथ पंडित सुखलाल को बुला भेजा और उनके सामने सारी बातें दुहरा दीं। सुखलाल को आगाह भी कर दिया कि कहीं करीम और पुलिस दरोगा ने कोई जाल न रचा हो। सुखलाल ने ढांढस बंधाया–''बहू, डरने की बात नहीं है। हमारी ताकत कम थोड़े है फिर तुमने बात भी काफी पहले बता ही दी है।''

एक गिलास पानी पीकर और पान का एक बीड़ा खाकर सुखलाल चबूतरे के पास तक पहुंचे ही थे कि एक सवारी मोटर दरवाजे के सामने आकर रुक गयी, आवाज सुनकर मास्टरनी बाई बाहर निकल आयीं। मोटर से पहले बारह जवान डंडे लिये बाहर निकले और फिर मास्टर बदरी परसाद खुद नीचे उतरे। उन्हें देखा तो रामरती चिल्लायी–''दादा आ गये, दादा आ गये।''

सात

हरिया मुंह अंधेरे आ गया।

बदरी परसाद तब दतौन कर रहे थे। बाहर आहट सुनी तो चिल्लाये।

—‘‘कौन?’’

—‘‘मैं पंडज्जी, हरिया।’’

—‘‘आज बड़े भुनसारे आ गया रे।’’

—‘‘हां पंडज्जी, रात-भर नींद नहीं आयी।’’

—‘‘क्यों? मिहरिया तो अच्छी है न’’

—‘‘वो तो ठीक है, पंडज्जी।’’

—‘‘फिर?’’

‘‘ करीम के घर मौड़ी भयी है रात को।’’

‘‘क्या?—बदरी परसाद के हाथ दतौन रह गयी। जल्दी से मुंह साफकर वह बाहर आ गये।

—‘‘पालागों पंडज्जी।’’

—‘‘खुश रहो, हरी। कब हुयी रे मौड़ी?’’

‘‘रात को पंडज्जी। बड़ी रेर¹ पड़ी रही गांव-भर में। करीम की मिहरिया को बेहद दरद था, लगता था बचेगी नहीं। उसकी बड़ी मोंड़ी बुलाने आयी। कांजीहौस का फरका बन्द था तो दीवार फांद गयी और लगी हलूसने² किवारों को। हड़बड़ाके मेरी नींद खुली, तो माथा ठनका—कहीं अपनी बिटिया तो...। किवार खोले तो मौड़ी रो रही थी। वहां गया तो करीम की बीवी की हालत ही खराब थी, दरद से छटपटा रही थी, पर पंडज्जी, बस एक खुराक में मौड़ी चली आयी।’’

—‘‘तूने बड़ा अच्छा किया रे, बेचारी की जान बचा ली।’’

---

1. आवाज या शोर 2. हिलाने

–"नई पंडज्जी, बड़ी मुसीबत की बात है। करीम की यह तेरहवीं मौड़ी भी ठीक वैसई है, जैसे परकी साल की मौड़ी रही है। खुदा का जाने कौन-सा खौफ है पंडज्जी, पहली को छोड़ और कोई जीती ही नहीं और हर मौड़ी एकई रूप की होती है। सच मानो पंडज्जी, ओई टुरिया बार-बार जनम लेत है। बेचारो करीम, भगवान बचाये, ओकी मिहरिया खों।"

–"तू तो बहुत-सी दवाइयां जानता है रे, कुछ दे दे न?"

–"पंडज्जी, दवाइयन में एक डर है। हो सकत है कि फिर करीम के कुछ हो ही नहीं।"

–"अरे, तो उसे जरूरत क्या है? अब बुढ़ापे में संतान का क्या लोभ?"

–'खूब है पंडज्जी। पिछली बेर कही थी तो कहन लगो, नहीं चाही तुमारी ऐसी दवाइयां।"

"राम-राम"–पंडज्जी बोले–"तब तो निश्चय ही वही टुरिया बार-बार सता रही है करीम को।"

–"हां पंडज्जी।"

बदरी परसाद ने अपनी खड़ाऊ पहनी। बोले–"हरिया, पीछे की परछी में कुछ मेहमान पड़े हैं। उन्हें दिसा-फिराकत करवा ला।"

–"जी पंडज्जी।"

खट् खट् खट्

चट् चट् चट्

बदरी परसाद की खड़ाऊं दूर होती गयीं। काफी झुटपुटा था।

पीपर के पेड़ पर कौए और चिड़ियां शोर कर रहे थे, हलकी-हलकी पुरवाई बह रही थी। मास्टरनी बाई गइया की थान साफ कर रही थीं।

हरिया ने उनकी मदद की और गोबर साफ कर जमीन पर डंडा पीटा तो बछड़ा उठकर खड़ा हो गया–बांआं आंआंआ। बां आं आं आं आं।

बछड़े की आवाज सुनकर गइया भी रंभाई और हरिया पीतल की गंजिया लेकर चला आया। गइया लगते-लगते रामरती का छोटा भाई भी उठ गया और अपनी गिलसिया लेकर चला आया। मास्टरनी बाई ने फेन निकलता दूध डाला तो वह गिलसिया के नीचे चला गया और मुन्ना मचल पड़ा, गुस्से में उसने गिलास फेंक दी :

भर-भर प्याला दे री।

भर-भर प्याला दे री।

मास्टरनी बाई गुस्से से कांप उठीं। दो-चार चांटे उनने मुन्ना की पीठ पर जड़ दिये तो हरिया ने उसे गोदी में उठा लिया और मनाने लगा। रामरती होशियार थी। आधे कप दूध में आधा पानी मिलाकर गिलसिया भर लायी और रूठे मुन्ने को बात-ही-बात में उसने मना लिया।

हरिया पीछे गया तो जबलपुर के मेहमान उठकर जंभाई ले रहे थे। वह सबको हिंगना की ओर ले गया।

बदरी परसाद नहाकर वापस आये, पर आज पूजा करने में उनका मन नहीं लगा। वह रोज घंटों भजन करते, आरती उतारते, श्लोक पढ़ते और फिर दुर्गा सप्तशती का पाठ करते। आज वह केवल फूल-बेलपत्री चढ़ाकर उठ गये। मास्टरनी बाई जब तक परसाद लेकर आयीं, पूजा समाप्त हो चुकी थी। बोली-"पूजा हो गयी?"

-"हां...और करीम की लड़की मर गयी।"

-"कौन-सी?"

'अरी, वही जो रात हुई थी, जिसके बारे में हरीराम बता रहा था। न जाने क्यों बेचारे को हर साल भगवान लड़की देता है और उसी दिन उठा भी लेता है। कहते हैं पिछले दस बरस से वही लड़की बार-बार जनम लेती है और चली जाती है। जाने कौन-सा पाप है करीम का, जो उसकी मिहरिया भोग रही है!"

मास्टरनी बाई कुछ नहीं बोलीं। 'चिच्च-चिच्च' करते हुए भीतर चली गयीं। बदरी परसाद नाश्ता कर तैयार हुए तो हरिया सबको नहला-धुलाकर वापस ले आया। वे सब बदरी परसाद के साथ स्कूल चले गये। बदरी परसाद ने डाक खोली तो उनके नाम एक चिट्ठी थी, सरकारी चिट्ठी। क्या होगी यह? थोड़ी देर बदरी परसाद सोचते रहे। कई तरह के विचार उनके मन में आये-अच्छे भी, बुरे भी। फिर एक झटके में उन्होंने लिफाफा खोल डाला। पढ़ा तो दंग रह गये! आज स्कूल इन्स्पेक्टर आने वाला है-जांच के लिए।

बदरी परसाद ने तुरंत हरिया को आवाज लगायी और दोनों नायब मास्टरों को बुलाया। उन्हें आवश्यक आदेश देकर बदरी परसाद बाहर आये। सामने कांजीहौस की परछी में भंग घुट रही थी। जबलपुर के मेहमानों ने भंग पी, फिर खाना खाया। बदरी परसाद अपनी ड्यूटी के पक्के थे। वह इस समय भंग नहीं पीना चाहते थे। बहुत कहने पर भी अपनी प्रिय बूटी उन्होंने गले के नीचे नहीं उतारी। जबलपुर के लोग काम की जल्दी में थे, पर बदरी परसाद के लिए

सबसे बड़ा काम उनकी अपनी ड्यूटी है। उसे छोड़कर बड़े-से-बड़ा काम करने को कभी वह तैयार नहीं हुए, फिर आज कैसे हो सकते थे।

सूरज चमकते-चमकते आसमान की चोटी पर आया और उसके साथ ही स्कूल के सामने सवारी मोटर आकर रुक गयी। बदरी परसाद को समझते देर न लगी कि इससे इन्स्पेक्टर साहब ही आये हैं। वह आये तो पर रुके नहीं, खड़े-खड़े बदरी परसाद से दो-चार बातें पूछीं और फिर इन्स्पेक्सन का रजिस्टर मंगाया। रजिस्टर का पन्ना खोलकर उन्होंने अपने हस्ताक्षर कर दिये : 'वर्क फाउंड सेटिसफैक्टरी।'

बदरी परसाद बोले–''यह क्या इन्स्पेक्टर साहब? कुछ तो देख लीजिए। अभी आये और अभी चले! पान भी नहीं खाया।''

– ''तुम्हारा काम क्या देखना है, बदरी परसाद। तुम तो हमें भी पढ़ा दो। कालपी के स्कूल में कुछ गड़बड़ी है, इसलिए बिना इतला के वहां जा रहा हूं। चलने लगा तो मैंने सोचा किसी को तो इतला देनी ही चाहिए और वह तुम्हें भेज दी, हां, समय मिला तो लौटते वक्त पान तो नहीं खाऊंगा, भंग जरूर पीकर जाऊंगा और क्यों मास्टर साहब, रामरती कैसी है?''

– ''ठीक है तिवारी जी!''

''अच्छा!'' और तिवारी जी फिर उसी मोटर में बैठकर चलते बने।

बदरी परसाद के सिर से एक पहाड़ उतर गया।

मरियल धूप कांप उठी। उसी धूप में चबूतरे के नीचे बदरी परसाद बातों में लगे थे। बूढ़ी दादी लाठी टेकते चली आयी। बोली–''क्यों बदरी, इस महीने तेल नहीं लिया?''

''नहीं लिया?''–बदरी परसाद ने उलटे प्रश्न किया। दादी तिलमिला उठी। लाठी पटकते बोली–''देख, बन न रे बदरी! साफ कहे देती हूं, भट्टैया का तेल न खाएगा तो मुसीबत में पड़ेगा। तू कोई गांव से निराला तो है नहीं।''

एक आदमी ने पूछा–''क्यों पंडितजी भट्टैया का तेल खाते हैं आप?''

बदरी परसाद धीरे से बोले–''नहीं भइया, इस बुढ़िया की माया विचित्र है। कहती है जो भट्टैया का तेल न खाये उसका नास हो जाये। यही धंधा है इसका। इसी धंधे से इसने ढेर-सा पैसा जमा किया है और सबका सोना खरीदा है। भगवान जाने क्या करेगी इस धन का! आगे नाथ न पीछे पगहा। किसलिए इतना धन बटोर रही है!''

बदरी परसाद खड़े हो गये। दादी की लाठी पकड़कर बोले–''अरी दादी न लिया हो तो दे जा। भटकैया का तले खाये बिना भला शरीर मजबूत रह

सकता है!'' दादी मुस्करा पड़ी। उसका झुर्रियों-भरा चेहरा पूर उतरे किनारों-सा चमक उठा। उसने एक बार सबको देखा और उसी तरह लाठी टेकती और नयी कोपलों की तरह हवा में कांपती भीतर चल गयी।

थोड़ी देर के बाद बदरी परसाद भीतर गये, देखा-दादी बैठी बहुत-सी बातें कर रही हैं। वह शायद बदरी का ही रास्ता देख रही थी, भीतर आये तो दादी खड़ी हो गयी और उनके कान में सारी बातें बता गयी। ये सब बातें करीम मियां के बारे में थीं-उसने क्या-क्या कारस्तानी की है और आगे क्या कर रहा है, यह सब जानकारी दादी ले आयी थी। तेल बेचते-बेचते वह उस लड़की से भी मिल आयी थी, जिसे करीम मियां की सहायता से मुसलमानों ने बन्द कर रखा था। बहुत कुछ बताने के बाद बोली-''बहुत नोनी मौड़ी है बदरी!''

बदरी परसाद ने दादी की पीठ पर हाथ रखकर थोड़ा खिझाया और बाहर आ गये। बाहर जाकर उन्होंने सारी योजना लोगों को बता दी और हरिया को आवाज देकर चबूतरे को गोबर से लीपने का आदेश दिया। चबूतरे के नीचे ही एक हवन-कुंड बनाने की योजना तय हुई।

इस धरती ने धूप सोखी उधर मास्टर अपने बारह जवानों सहित करीम मियां के घर जा पहुंचे। बदरी परसाद थे बड़े व्यावहारिक आदमी। करीम की बेटी मर जाये और वह कुछ न बोले, हो ही नहीं सकता। गांव के रिश्ते-नाते ही कुछ ऐसे होते हैं कि एक का दुःख सबका दुःख बन जाता है। बदरी परसाद ने भी करीम के दुःख को अपना दुःख माना। वह भीतर चले गये और करीम की बीवी को कई तरह से समझाया। वह उसे भौजी कहा कहते थे। इसी रिश्ते के नाते बदरी परसाद ने करीम की बीवी को आगे के लिए आगाह भी कर दिया। फिर करीम से बोले-''करीम भाई, मैं ठहरा तुम्हारा पड़ोसी, दोनों का चौबीस घंटे का साथ है। ये आर्यसमाजी जबलपुर से आये हैं। तुमने हिन्दुओं की लड़की कहीं छिपाकर रखी है, इसका इन्हें पता लग गया है। मेरी सलाह है कि लड़की को चुपचाप बाहर निकाल दो, वरना जबलपुर की पुलिस में रिपोर्ट हो गयी है और अगली लारी से पुलिस भी आने वाली है। तुम्हारी भद्द न उड़े करीम, इसलिए अपना समझकर तुम्हें समझा रहा हूं।''

करीम की आंखों ने एक बार बदरी परसाद को सिर-से पैर तक घूरा। फिर वह बोला-''क्यों मास्टर, यह छल क्यों करते हो? मेरे घर में क्या तुमने लड़की छिपी देखी है? अरे, तुझसे छिपा क्या है बदरी, जा भीतर चला जा और खुद अपनी आंखों से देख ले।''

करीम मियां की बीवी ने बुरका डाला और वह बाहर आ गयी। बोली–''वाह मेहराज, कैसा पड़ोसी धरम निबाह रहे हो। जबरन पुलिस बुला कर फजीहत करन को विचार है का?''

बदरी परसाद सुन्न रह गये। अब क्या करें? सोचने लगे, क्या दादी झूठ कहती थी? पर नहीं, जबलपुर की पुलिस तक को इसका पता है। फिर...? बदरी परसाद हतप्रभ खड़े रहे और करीम की बीवी को देखते रहे। सोचने लगे, हमारे यहां की मिहरिया होती तो अलख जगा देती और एक औरत यह है कि सौत पालने को तैयार है। उनके मन में ढेर से प्रश्न एक साथ उठे–''क्या धरम के साथ ही औरतों की वृत्तियां बदलती हैं? क्या कोई हिन्दू औरत ही सौत को डायन समझती है! मुसलमान औरतों को क्या सौतों का भय नहीं है?''

बदरी परसाद यह भी जानते हैं कि करीम की बीवी बड़ी तेज है, उसे हमेशा अपनी मुट्ठी में रखती है। करीम की यह तीसरी शादी है, दोनों की उमर में बड़ा अंतर है। करीम बुढ़ापे के दरवाजे पर पहुंच रहा है तो यह औरत अनार का दाना है। करीम उसके सामने भीगी-बिल्ली बना रहता है। लगता है, यह बीवी अंधे के हाथ बटेर लगी है। करीम इसीलिए उसे पुड़िया की तरह बन्द रखता है। उसकी हर बात मानता है। बदरी परसाद ने बहुत समझाया, पर करीम ने बिल्कुल न स्वीकारा कि लड़की यहीं कहीं छिपी है।

बदरी परसाद ने आर्य-समाजियों से चर्चा की। थोड़ी देर बात करने के बाद सबने दौड़कर वह झोपड़ी घेर ली, जो दादी ने बतायी थी। तभी दो-तीन मुसलमान लाठियां लेकर बाहर निकल आये। करीम मियां भी खड़ा न रह सका। वह भी लाठी लेकर वहां पहुंच गया। करीम की बीवी ने यह देखा तो दंग रह गयी। वह दौड़कर करीम के पास पहुंच गयी और उसने करीम की छाती पर अपने हाथ जोर से पीटे।

बोली–''हाय दइया, मोहे का पता कि मास्टर सच कहत है।''

वह जबरन खींचकर करीम मियां को भीतर ले जाने लगी तो मुसलमानों ने उसे छुड़ाकर अलग कर दिया। करीम को यह अच्छा नहीं लगा कि उसी के सामने दूसरे उसकी बीवी को छुएं, पर वह कर क्या सकता था। यह मामला तो जात का था। वह बरसों से खाकसार-आंदोलन पर काम कर रहा है और इसलिए उसे डर था कि कहीं व किसी कारण से इस दल से अलग न कर दिया जाये। वहां करीम की बीवी बराबर चिल्लाती रही तो करीम ने अपने एक

जाने कितनी आंखें

अन्य साथी की सहायता से पकड़कर उसे घर में बंद कर दिया और बाहर से सांकल लगा दी। वह भीतर-ही-भीतर गुहार मारकर चीखती-चिल्लाती रही। बाहर का हल्ला अब तक इतना बढ़ गया था कि उसकी आवाज भीतर-ही-भीतर गूंजती रही।

यहां लाठियां उठ गयीं। गांव के और लोग भी जमा हो गये। अब यह झगड़ा गांव का झगड़ा बन गया। एक लड़की को लेकर पहली बार इस गांव में लाठियां उठी थीं। चरनदास का लड़का कमलापत भी शायद सबेरे गांव आ गया था। वह भी वहां आ पहुंचा। पहले तो उसने करीम को समझाने की कोशिश की। बोला-''करीम दादा, क्यों खून कराते हो? जिसकी लड़की, उसके हवाले करो। तुम्हें क्या मिलेगा इससे?''

करीम मियां तो चुप रहा, पर दूसरे मुसलमान चीख पड़े। एक साथ बोले-''क्या सबको बलि का बकरा बनना है? अल्लाह हो अकबर!''

बदरी परसाद ठहरे गुस्सेबाज आदमी। करीम की बाड़ी का बांस एक ही ध क्के से उखाड़कर तनकर खड़े हो गये-''किसमें ताकत है जो सामने आता है?''

बदरी परसाद के होंठ कांप उठे। उनका सारा शरीर गीली धोती की तरह कांपने लगा, आवाज भारी हो गयी।

जोर से बोल-''अरी ओ हिंदू की बेटी, जहां भी बन्द हो चिल्ला दे! हम-सब तेरी रक्षा के लिये खड़े हैं।''

थोड़ी देर सब शांत रहे। बस, हलकी-सी हलचल मुसलमानों की तरफ से होती रही। उनकी विवशता साफ थी। वे संख्या में कम थे। उनके पूरे शरीर से आग की लपटें निकल रही थीं। लगता था यदि संख्या में आधे भी होते तो आज न जाने यहां क्या कर डालते।

कच्चे झोपड़े से एक खरखराती आवाज आयी। लगता था मुंह में पट्टी बंधी है। बदरी परसाद के शरीर में हाथियों की ताकत आ गयी, बम भोले का नाम लेकर वह पिल पड़े और दो-चार धक्कों में ही उस झोपड़ी का दरवाजा खोल डाला। जैसे ही दरवाजा टूटा कि सबने एक खूबसूरत लड़की को वहां पड़ा पाया। उसके मुंह पर पट्टी बंधी थी, दोनों हाथ-पैर रस्सी से बांध दिये गये थे। बदरी परसाद ने हाथ-पैर खोले और उसे निकालकर बाहर ले आये।

मुसलमान बार-बार लाठियां उठाकर भी चला न पाये। बदरी परसाद ने कहा-''करीम भाई, यदि यह लड़की अपनी मरजी से मुसलमान होना चाहेगी तो भरोसा रखो हम उसे हरगिज नहीं ले जाएंगे।''

अनेक खूनी आंखों ने उस लड़की को घूरा। वह अधमरी कैद में पड़ी हिरनी की तरह भयभीत आंखों से सबको देख रही थी। बदरी परसाद ने उसके सिर पर हाथ फेरा। बोले–"डरो मत बेटी, तुम्हें जहां रहना हो रह सकती हो। मन सबसे बड़ा होता है, धरम बड़ा नहीं है। वह तो सुविधा के लिए होता है। आदमी आखिर सभी हैं, वह चाहे जिस धरम को मानते हों, चाहे जहां रहते हों!"

लड़की अब भी बोल नहीं पा रही थी। बदरी परसाद ने साफ-साफ पूछना ठीक समझा, बोले–" अच्छा बताओ, मुसलमान के साथ रहना है?"

उसने सिर हिलाकर नाही कर दी।

–"हिंदुओं के साथ रहना है?"

उसने सिर हिलाकर हामी भर दी।

–"तो तुझे वहीं शादी करनी होगी, जहां हम चाहेंगे।"

लड़की ने यह बात भी मान ली।

बूढ़ती सांझ के साथ ही 'ओम ह्वामहे स्व:' के बोल चबूतरे के नीचे गूंज उठे। शंख-घड़ियाल सबको जगा गये और पच्छिम की अंतिम लाली क्षितिज से उतरकर उस लड़की की मांग में समां गयीं। मास्टर ने उसके सिर पर हाथ फेरकर उसे खूब आशीस दिये। मास्टरनी तो जैसे लड़की की मां बन गयी थी। उसने बड़ी ममता के साथ सारा काम कराया।

रात दोनों ने स्कूल के एक कमरे में बितायी। वहीं उनकी पहली सुहागरात बीती। उन्हें घेरे जबलपुर के आर्य-समाजी पड़े रहे। बदरी परसाद का चबूतरा रात-भर हवनकुंड की आग से बनफेल[1] की तरह चमकता रहा और बदरी परसाद के खर्राटे उसका पहरा देते रहे।

करीम मियां रात-भर रह-रहकर पाड़े की आवाज[2] सुनते रहे। पहली बार पाड़ा इस तरह गला फाड़कर शायद चीख रहा था।

---

1. एक प्रकार की जड़, जो अंधेरे में बहुत तेजी से चमकती है।

2. पाड़ा (एक जानवर) का चीखना बहुत अशुभ माना जाता है।

आठ

मुंह-अंधेरे हरनाम सिंह का ठेला सामने आकर लगा। ड्राइवर ने ठेले के पीछे का दरवाजा खोला तो हरनाम सिंह चौंक पड़ा। किसी के कांखने की आवाज आ रही थी।

''क्या है, बादशाहो?''–बैठा-ही-बैठा वह जोर से चिल्लाया।

''हरकारा सरदार जी, जंगल में लतफत पड़ा था''–ड्राइवर बोला।

हरनाम सिंह एक हाथ से पगड़ी बांधते उठकर वहां तक पहुंच गया। झुककर उसने देखा–हरकारा बेहोश पड़ा था। खून में सना था और उसके सारे शरीर पर घाव-ही-घाव थे। सरदारजी ने पगड़ी बांधना बंद कर दिया। उसके सारे शरीर को एक बार भरी निगाहों से देखा, फिर सहज ही मुंह से निकल गया–''अरे, ओ बिरजू, मास्टरजी को बोल।''

बिरजू ड्राइवर तुरंत दौड़ गया। उस समय मास्टर बदरी परसाद चबूतरे के पास बैठे प्रभाती पढ़ रहे थे। साथ-साथ शंकर जी के सिर से पुरानी बेलपत्री और फूल निकालकर वह साफ करने में लगे थे। बिरजू थोड़ी देर वहीं खड़ा रहा। एकाएक उसकी हिम्मत नहीं हुई कि वह जोर से आवाज देकर बदरी परसाद को बुला ले। बदरी परसाद की आरती अटूट चल रही थी :

जागो गोपाल लाल,
भोर भये प्यारे!
ग्वाल-बाल सब करत कुलाहल,
जय-जय शब्द उचारे।

बदरी परसाद तन्मय थे अपने गोपाल को जगाने में, पर जैसे गोपाल की नींद गहरी थी। वह अटूट बनी रही। बिरजू ने सोचा, मास्टरजी का ध्यान शायद ही कभी टूटे। उसे जोर से आवाज देनी ही पड़ी–''पंडिज्जी, ओ पंडिज्जी!''

बदरी परसाद ने लौटकर बिरजू को देखा तो खड़े हो गये।

"पालागी पंडिज्जी"–उसने हाथ जोड़े।

प्रभाती के शब्दों को एक ही सांस में पीकर बदरी परसाद ने उसे आशीर्वाद दिया–"खुश रहो बिरजू! क्या है? सब ठीक है न?"

"नहीं पंडज्जी सरदारजी ने भेजा है। कहा है मास्टरजी को अपने साथ लेकर आना।" बदरी परसाद एक पल को सोच में पड़ गये। बात क्या है? सरदार तो खुद उस चबूतरे को चूमता है, उनसे जहां मिलता है, 'ससरीकार' करता है, फिर उन्हें बुलाने की बात कैसी? कहीं कल की बात कुछ बढ़ी तो नहीं। जरूर कुछ नयी बात होगी–बदरी परसाद को विश्वास हो गया। उन्होंने अपने कंधे पर पड़ा लाल अंगोछा झट कमर में लपेटा और उस ओर चल पड़े : खट् खट् खट् चट् चट् चट्! खड़ाऊ की आवाज के साथ भोर का धुंधलका उजला होता गया। छुईमुई-सी सफेदी में बदरी परसाद ने देखा कि उनका हरकारा खुले ट्रक पर लतफत अचेत पड़ा है। वह एकदम घबरा गये। एक उचाट भरकर वह ट्रक पर पर चढ़ गये और हरकारे के सिर पर हाथ फेरा। थोड़ी देर हाथ फेरते ही फागू ने आंखें खोल दीं और उठकर बैठने की कोशिश करने लगा। उसमें हिम्मत नहीं रह गयी थी, वह जबरन हिम्मत कर रहा था, यह बात साफ दिखायी दे रही थी। बदरी परसाद ने हाथ लगाकर उसे सुला दिया। बोले–"क्या हो गया फागू?"

फागू ने डाक का थैला धीरे-से आगे सरका दिया और धीरे-धीरे कुछ बोलने की कोशिश की, पर वह बोल न सका।

हरनाम सिंह अब तक अपने कपड़े पहनकर बाहर आ गया था। बोला–"मास्टरजी, आदमी दिलेर हो तो ऐसा! घोंटा के जंगल में शेर से भिड़ पड़ा। कमाल है जी, कमाल!"

हरकारे को जरा-सी हिम्मत मिली। बोला–"पंडज्जी, और क्या करता? साला मील-भर से पीछे लगा था। मैंने बहुत टाला, पर भीमकुंडी के नरवा में सामने आकर खड़ा हो गया। बस महराज, अपन भी तो गोंड का बच्चा है। साला इत्ता भी नहीं जानता कि अपने बड़े भाई का लिहाज कैसे किया जाये? थैला वहीं पटका और बरछी लेकर पिल पड़ा, पंडज्जी! सागौन के झाड़ की आड़ मिल गयी और उसके सामने के दोनों पैर दूसरी तरफ से मैंने पकड़ लिये। सागौन की पींड में साले की छाती वो रगड़ी कि बेटे को बाप की याद आ गयी होगी। घंटा-भर लड़ा महराज और इसी बीच एक चरवाहा आ गया। फिर

क्या था? दोनों ने पूरी कसर निकाल ली। भागा, स्यार जैसा लंगड़ाते-लंगड़ाते! नरवा से थोड़ी दूर पत्थर बनकर लुढ़क गया, पंडज्जी!!''

–''पर तेरी हालत भी तो बिगड़ गयी है रे!''

–''कहां महराज, चूना-हल्दी की सिकाई-भर पड़े, दो दिन में फिर ड्यूटी में हाजर। अपना थैला सम्हालो पंडज्जी, मुठभेड़ में वह भी तन्नक-सा फट गया है।''

बदरी परसाद ने देखा, फागू की आंखों में चमक है। वह अब कुछ शांत-सा लगा, पर उसके शरीर के घाव बहुत गहरे थे। चाहकर भी वह उठ नहीं पा रहा था। उसकी कमर जैसे टूट गयी थी।

हरनाम सिंह बोला–''पंडज्जी, अभी आया नरायनगंज से जी। हस्पताल ले जाता हूं इस कमबखत को।''

बदरी परसाद ठेले से नीचे उतर गये। हरनाम सिंह खुद ड्राइवर की सीट पर जा बैठा और गाड़ी स्टार्ट कर जैसे ही उसने गेयर डाला कि खर्र खररररर खर्र! गाड़ी चल पड़ी।

मास्टर बदरी परसाद ने आवाज लगायी। हरिया कांजीहौस की कोठरी से दौड़ा आ गया। बदरी परसाद ने डाक का थैला उसके हवाले किया और सड़क की तरफ बढ़ गये।

गिट्टी की सपाट सड़क पर सूरज की सोनियां किरनें एक रेखा-सी बनातीं बिखर गयीं। बदरी परसाद की खड़ाऊं के साथ ही वे रेखाएं चौड़ी होती गयीं और देखते-ही-देखते पीली सरसों की तरह ताजी धूप लहरा उठी।

तब मैदान के किनारे बंशी अपनी दुकान खोल रहा था–पान की छोटी-सी दुकान! उसने बदरी परसाद को देखा, तो झट पायलागों की और एक दयनीय मुद्रा में सामने खड़ा हो गया। बोला–''कुछ सुना पंडित जी!''

–''क्या?''

–''महराज दस मरे, पांच सौ घायल हुए!''

–''कहां रे?''

–''जबलपुर में, पंडज्जी। सुना नहीं आपने? रात को फिर पुलिस से मुठभेड़ हो गयी। रात की गाड़ी का ड्रेवर बता रहा था। सारे शहर में करफू है, करफू!''

''अच्छा!''–बदरी परसाद को अचरज हुआ। फिर बोले–''और?''

–''और महराज बड़ी खबर है–पांच सौ मरे हैं और हजार घायल हुए।

एक बम कलकत्ते में गिरा है। कहते हैं कोई शहर है पटना, वहां हवाईजहाज उड़े। बस महराज! महीना-भर की देर है, जपानी आ रहे है!''

–''कहां रे?''

–''हैंई, हिन्दोस्तान में पंडज्जी! ड्रेवर कहता था पेपर में छपा है, बड़े-बड़े हरूफों में छपा है।''

बदरी परसाद के ओंठ तिरछे हो गये। बोले, ''बंशी, जापानियों का आना खतरनाक है। गांधीबाबा कहते हैं, विदेशी वे भी। अभी अंगरेजी राज की मनमानी थी, फिर जापानी अपनी मनमानी करेंगे। इन्हें खदेड़ो, बंशी! गांधीबाबा कहते हैं, अंगरेज लड़ाई के बाद इस देश को छोड़ देंगे।''

– ''क्या बात है, पंडज्जी! अंगरेज भला इस देश को छोड़ने चले हैं? सोने की चिरइया कोई छोड़ता है। सुभाष बाबू ही आजाद करेंगे इस देश को। तो लाल सेना में भरती होंगे महराज!''

बदरी परसाद थोड़े नाराज हुए। बोले–''वह देख बंशी, पोस्टर पढ़ सकता है?'' बंशी ने अपनी दुकान में लगा पोस्टर पढ़ा–'व्ही फार विक्टरी।' बोला–''हां पंडज्जी, व्ही फार विक्टरी, सुभाष बाबू की।''

''नहीं हमारी!'' बदरी परसाद ने कहा–''अंगरेजों की विक्टरी हमारी विक्टरी।'' बंशी कुछ नहीं बोला। मुंह बनाकर खड़ा रहा। बदरी परसाद ने एक तीखी नजर से उसे देखा और फिर अपने घर की ओर चल पड़े।

घर में दादी डंडा लिये बैठी थी।

मास्टर को देखते ही बोली–''कल रात को फिर क्या हुआ बदरी?''

–''कुछ नहीं प्यासन दादी। मौज में रात कटी। हरनाम सिंह नरायनगंज गया है।''

–''नराय गंज....!''

–''हां दादी, हमारे यहां का वो गोंड हरकारा है न फागू, शेर से खूब लड़ा, बेचारा घायल हो गया है। उसे लेकर हरनाम सिंह अस्पताल गया है। आते ही जबलपुर के लोगों को अपने ठेले में ले जाएगा और उन्हें घर पहुंचा देगा! सब ठीक हो जाएगा, दादी!''

–''पर वहां तो करफू है रे, मैंने सुना है।''

–''रात को करफू है, दादी! हालत सुधर रही है। अभी गजट आता होगा। आगे के समाचार पता लग जाएंगे।''

"अच्छा!"–दादी ने कहा। उसने अपना हिलता सिर और हिलाया। बोली–"वह सरदार का बच्चा कब आएगा लौटकर?"

–"बस घंटे-भर में आता होगा, दादी!"

दादी ने डंडा पीटा और उठकर खड़ी हो गयी, बोली–"आने दे सरदार के बच्चे को, महीने-भर से तेल नहीं खरीदा उसने। भट्टैया का तेल न खरीदे और सुखी रहे, बीजाडांडी में कभी ऐसा हुआ है, बदरी?"

–"नहीं दादी, ऐसा कैसे हो सकता है?"

–"तो देख, सेर-भर तेल बहू को दे दिया है। एक रुपया का हो गया, एं!"

"दादीईईई...!" बदरी परसाद बोले–"तेल तो घर में था अभी।"

–"कहां से आ गया? क्या तू भी बाहर का तेल खरीदने लगा है? देख बदरी, ऐसा किया तो कभी सुखी नहीं रहेगा, समझा?"

बदरी परसाद ने केवल सिर हिला दिया। तब तक रामरती भीतर से रुपया ले आयी, रुपया लेकर दादी बेहद खुश हुई। बदरी परसाद ने चुटकी ली–"इतना धन गाड़कर क्या करेगी दादी, गरदन तो गिरगिटान की तरह हिलती है, जाने कब हवा के झोंके में खिसक जाय और दादी, जरा खबरदार रह, तेरे पीछे इलिया-तिलिया ही तो रहते हैं। कोई बिसवास नहीं उनका! किसी भी दिन घेंटुआ दबा सकते हैं।"

दादी ने जोर से डंडा पीटा और बिना दांत के मसूड़ों को वह मींचने लगी। बदरी परसाद हंस पड़े। बोले–"सांची बात हमेशा खोटी लगती है दादी! है न?"

वह दादी की तरफ देखने लगे। दादी उठकर खड़ी हो गयी। उसके सन जैसे बालों के नीचे गेंदा के फूल-सी परतें उघड़ती गयीं और बदरी परसाद ने उसी समय दौड़कर दादी के बायें गाल को चूम लिया–"मसखरी[1] कर रहा था, दादी।" दादी हंस पड़ी। उसके पोपले मुंह से जासौनियां जीभ बाहर निकली और लार छोड़कर भीतर चली गयी। तभी बदरी परसाद के छोटे-छोटे लड़के वहां आ गये। शायद अभी तक कहीं खेलने बाहर चले गये थे। दादी को देखकर सब मिलकर ताली पीटने लगे :

हिनौतावारी दाई ओढ़ कथरी,
हिनौतावारी दाई ओढ़ कथरी!

दादी कुछ खीझती, कुछ मुस्कराती, डंडा पीटती बाहर चली गयी।

जाने कितनी आंखें

नौ

खम्हेर खेड़ा!

देवी का जत्रा भरे और मेला न लगे। आज तक कभी नहीं हुआ। बीजाडांडी से दो फर्लांग जबलपुर की सड़क के किनारे एक टिकरे पर यह छोटा-सा गांव बसा है। देवी की एक छोटी-सी मढ़िया है वहां। भूपत सिंह पंडा पुजारी है। महीने में अक्सर एक बार यहां जत्रा भरता है। गांव-भर जुरता है और देवी को भेंट चढ़ाता है।

बदरी परसाद ठहरे शंकर के भगत! कहते हैं शंकर बाबा ने ही तो काली का रूप धरकर राक्षसों का संहार किया था, सो काली भई शंकर बाबा की आराध्य देवी। बदरी परसाद कहते हैं, "शंकर पहले काली को पूजते रहे हैं, फिर राम को। राम तो उनके दोस्त ठहरे। इन दोनों में सांठ-गांठ है। एक संहार करता है दूसरा जनम देता है, दोनों मिलकर ही इस दुनिया के साथ खेल खेलते हैं।

बदरी परसाद अपनी आस्था के पक्के हैं। जत्रा में वह जरूर जाएंगे, चाहे जो हो। उनका विश्वास है कि यदि स्कूल बंद न रहे तो भी शंकर खुद उनकी जगह आकर हाजिरी दे देंगे। यह बात अलग है कि कभी ऐसा समय नहीं आया। जत्रा के दिन स्कूल हमेशा बंद रहा है, लेकिन आदमी में भरोसे का बल बहुत बड़ा होता है। बदरी परसाद हर छन भरोसे के बल ही तो जीते हैं। अपने देवता से काम कराना वही जानें। ऐसी नकेल पकड़ते हैं उनकी कि मजाल है जो वह उनका काम न करें! मास्टरनी बाई ने उन्हें अक्सर रात को धूनी के किनारे बैठे और घंटों रोते देखा है। शंकर का नाम ले-लेकर वह सारी बातें कह जाते हैं। कहते-कहते खुद रोते हैं और जब आंसू आने लगते हैं तो अपने लाल गमछे से उन्हें बराबर पोंछते जाते हैं।

वह कहते हैं–"दुनिया बड़ी काइयां है। उसके सामने दरद खोलने से कोई फायदा नहीं है। सब स्वारथ के नाते हैं–चाहे लुगाई हो या लड़के! दूसरे की बात सुनकर हंसी उड़ाते है। मदद करने को कोई नहीं आता। ऐसी दुनिया के सामने

अपना दरद खोलने से खुद नयी मुसीबतें पैदा करना है। अपना दुःख तो बस, बम भोले के सामने है। वह अनसुनी नहीं कर सकता।'' मास्टरनी बाई ने कई बार बदरी परसाद को चबूतरे के ऊपर सिर पटकते देखा है। जब मुसलमानों की चपेट से उस लड़की को बचाना था, तब भी बदरी परसाद ने घंटों अपना सिर इसी तरह पीटा और जब उस लड़की का उद्धार हो गया तो मास्टरनी बाई ने उन्हें एकांत में भोले के सामने खुशी से नाचते भी देखा है। शंकर की मूरत को अपने कलेजे से लगाकर उन्होंने खुशी के अनगिनत आंसू उनके ऊपर गिराये हैं। तब बदरी परसाद देवी के दर्शन से कैसे मुकर सकते हैं?

पंडित सुखलाल को उस दिन मंडला जाना पड़ा। वहां से खबर आयी कि अंगरेजों ने गोली चला दी है और उदय सिंह नाम का एक विद्यार्थी शहीद हो गया है। खबर सुनते ही सुखलाल के शरीर में आग लग गयी, दूसरी गाड़ी पकड़कर वह मंडला चले गये।

यहां बदरी परसाद पर सुखलाल के परिवार का भी भार आ गया। वह अपने परिवार के साथ उसे भी लेकर खम्हेर खेड़ा की ओर चल पड़े। सुवेगा रास्ते-भर बदरी काका से बातें करती रही, तरह-तरह की बातें पूछती रही। बदरी परसाद चुपचाप हर बात का बराबर जवाब देते रहे।

–''काका जी, जबलपुर में करफू है?''

–''हां बेटी।''

–''तो पढ़ाई भी बंद होगी।''

–''हां बेटी, सब स्कूल बंद हैं।''

''अच्छा!'' इतना कहकर सुवेगा न जाने क्यों अपने-आप लजा गयी। उस समय यदि कोई उसके चेहरे को पढ़ सकता था तो शायद वह कमलापत ही था, पर वह तो वहां था नहीं। सुवेगा लगातार कई बातों के बाद स्कूल और कॉलेजों के बंद होने की बात बराबर पूछती रहीं। बदरी परसाद बेचारे क्या समझें। वह सुवेगा की हर बात का जवाब देते रहे।

खम्हेर खेड़ा पहुंचे तो देखा मढ़िया के सामने बेजा भीड़ है। अहीर और कुरमियों के कारसदेव[1] बिराजे थे। कारसदेव के पास एक त्रिकोन में उनके भाई थे सूरपाल। माटी के दो-चार घड़ों में कारसदेव बंधे थे और वहीं बांसों

---

1. बुंदेलखंड के अहीर और कुरमियों के आराध्य देव 'कारसदेव' हैं। उनके सम्मान में जो समारोह होता है, उसकी पूरी विधि यहां बताई गई है।

में बंधी थीं सफेद कपड़ों की झंडियां। कुरमी टोले का एक जवान सिर पर एक घुल्ला रखे था। घुल्ला के पास सेली[1] और नीम के झौरे थे। वह धीरे-धीरे डोलता था। जब जोर से डोलने लगा तो घुल्ले से बंधी सेली दो आदमियों ने पकड़ ली। वह जवान हू-हू की आवाज के साथ हुंकार भरने लगा, सामने ढोल, डमरू और घुंघरू के बोल खनक उठे। जवान को घेरे अहीर और कुरमी नीचे झुक गये। दो बार झुके और उठे और जब ढोलिये ने जोर की थाप दी तो सबके गले एक साथ फट पड़े-

डगरी ऐला दी अपने खोलन द्वार, हो ओ!
करवावै दुनिया बगरन मांझ, हो ओ।
ढीलें पड़ैला भुवरी भैंस कौ, हो ओ।
ढीलैं बछला नगनाचन गाय कौ, हो ओ![2]

गोट[3] ज्यों-ज्यों सरका, कारसदेव घुल्ले में उतरता गया। ढोलकिये को घेरे लोग हिलते-हिलते मचलते गये। देखते-देखते वह छन भी आया कि कारसदेव की सवारी उस जवान पर पूरी तरह उतर आयी। सेली सम्हालना मुश्किल हो गया।

पंडा भूपत सिंह ने गूगल की धूप दी। काली का तिलक लगाया और पास आकर घेरा तोड़ा। बाजिए शान्त हो गये, कुरमी और अहीर दूर हट गये, बीच में अकेला जवान रह गया, जो अब जवान नहीं था, कारसदेव था। कारसदेव को पंडा भूपत सिंह ने पूरा सम्मान दिया। नारियल पर नारियल फोड़े, बकरे और मुर्गियां भेंट चढ़ायीं। कारसदेव जोर-जोर से हिलने लगा। भूपत सिंह ने नीचे झुककर कारसदेव की अगवानी की; जय हो देव!

सब एक साथ चिल्लाये-"जय हो देव!"

पंडा बोला-"जिसे जो पूछना हो पूछ लो देवता से।"

एक-एक कर लोग कारसदेव के सामने आते गये। सबने अपनी-अपनी मुसीबतें उसके सामने रखीं। कारसदेव की सवारी बराबर भारी होती गयी। यह सेलियों[4] की परिच्छा का समय था।

मास्टर बदरी परसाद देखते रहे। मास्टरनी बाई वहीं खड़ी ध्यान लगाये थीं। रामरती अपने छोटे-छोटे भाई-बहनों को सम्हालने में लगी थी। वे उसके

---

1. छोटी रस्सी 2. कारसदेव का एक गीत, जिसे 'पंवारे' कहते हैं।
3. गीत 4. जो रस्सी पकड़े रहते हैं।

66 जाने कितनी आंखें

बार-बार सम्हालने पर भी नहीं सम्हल रहे थे। कोई मचल रहा था कारसदेव को छूने को तो कोई सामने पड़ा प्रसाद उठाने की जल्दी में था। कोई प्यास के मारे जैसे मरा जा रहा था। रामरती जानती है, ये सब लड़के परेशान कर रहे हैं। इन्हें प्यास-व्यास कुछ नहीं लगी। सब शैतान के अवतार हैं, कहा नहीं मानते। वह झुंझला उठी, किसी को गोद लेती! किसी को पैरों के बीच दबाकर पुचकारती, किसी को लाई-फूटा देने का वायदा करती। उसके पास बैठी थी सुवेगा। वह एकटक सामने देख रही थी। कारसदेव के उस पार कुरमियों के परिवार बैठे थे और सुवेगा ने वही देखा तो दंग रह गयी, थोड़ी ही दूर एक पत्थर पर कमलापत बैठा था, सूट पहने और टाई लगाये। जरूर स्कूल बंद है, कक्का ठीक कहते थे। सुवेगा ने एक लम्बी सांस ली। कमलापत पर नजर पड़ते ही सुवेगा की आंखें बदल गयीं। अब वहां कारसदेव नहीं था, न वह समारोह था, न वह भीड़। बस कमलापत था, एक मात्र कमलापत। वह एकटक उसे देखती रही। उसके बारे में सोचती रही। न जाने क्या-क्या? शायद यह-"इस दरेस में कितना उजरा और साफ दिखता है वह! सहरिया बन गया है पूरा। सऊर नहीं रहा गांव में रहने का। किसी ने आंख-भर के देख लिया तो नजर लग जाएगी, ऐसी कि लेने के देने पड़ जाएंगे। अरे ढिटौना[1] तो लगा लिया होता रे।"

सुवेगा ने बायीं ओर देखा। एक काली कलूटी गोंडिन कमलापत की ओर देख रही थी। सुवेगा ने अपने-आप अपने दांत पीस लिये, हो-न-हो यह नजर लगाये है, सोध[2] कर रहेगी, हरामजादी। अबे नासकटे, उठ! पथरा पर यूं बैठा है, जैसे कारसदेव तुझे ही चढ़ा है। काली तेरी रच्छा करें। भला आदमी अंडा की पुंगरिया[3] भी नहीं लाया होगा अपने साथ! अरे, शहर में अभी गया है, रहइया तो गंवई का है न रे! कुछ तो गांव के उसूल रख! सुवेगा ने अपने पोलके[4] के खीसे को टटोला। अंडे की पुंगरियां उसकी अंगुलियों में नाच गयीं-एक, दो, तीन, चार! अरे, एक तो वह उसे दे ही सकती है। वह उठकर खड़ी हो गयी कि जाकर एक पुंगरिया वह उसे दे आये, पर उसके ही पीछे

---

1. बच्चों को नजर न लगे, इसके लिए माताएं अपने बच्चों के माथे पर काजल की छोटी-सी बिंदिया लगा देती हैं। 2. नजर लगाना।
3. माना जाता है कि अंडे की पुंगरिया अनेक बाधाओं से रक्षा करती है, जो उसे अपने पास रखता है। 4. ब्लाउज।

की औरतों ने आवाज लगायी। उसे मन मारकर बैठ जाना पड़ा। फिर अपने करतब पर वह पछतायी। कैसे जा सकती है वह, वहां? सैकड़ों नजरें हैं। वे सब-की-सब तो उसे ही घूर रही हैं। उसने मन-ही-मन काली की प्रार्थना की–हे काली, असल की हो तो सबकी आंखें फूट जाएं।

उसने घूरकर एक बार सबको देखा। सबकी आंखें सलामत थीं। सबके डोरे पहले की तरह नाच रहे थे। उनकी आंखें कारसदेव की तरफ लगी थीं, जैसे देवता ने उन्हें बांध रखा था। सुवेगा को हैरानी हुई, देवी उसकी बात सुनती क्यों नहीं? क्या हो गया है उसे?

''जय कारसदेव की!''–पंडित सुखलाल की मिहरिया ने सामने आकर नारियल फोड़ा। सब उसे घूरने लगे, कोसे की साड़ी में समिटी वह कारसदेव को सिर झुका रही थी। बीजाडांडी के जन-नेता की मिहरिया भी कारसदेव को मानती है। ऐसा लगा जैसे खुद कारसदेव कृतार्थ हो गया। वहां सेलियों की ताकत कम होती गयी। यदि दो और सेलियों ने उठकर मदद न की होती तो अब तक सेलियों की पकड़ चली गयी होती। भूपत सिंह फिर सामने आ गया। उसने गूगल की तेज धूप का धुआं फिर कारसदेव के सामने छोड़ा। हल्दी रंगे चावल उसने कारसदेव को चढ़ाये। वह सुखलाल की मिहरिया के पास आ गया। बोला–''पानी लो मालकन!''

पंडिताइन ने चुल्लू में पानी ले लिया। पंडा पूरी पूजन करा गया। पूजा करने के बाद उसने सिर झुकाया। मन में न जाने क्या कहा। क्या मनौती मानी उसने, क्या वर मांगा कारसदेव ही जाने! कारसदेव ने दो बार जोर से सिर हिलाया–''जा एसई होगा।''

दुगघो काकी कृतार्थ हो गयीं। धन्य हो देवता! कमर में खुसे आंचल को बाहर निकालकर उसके सहारे दुगघो ने तीन बार धरती के पैर पड़े और घूंघट खींचकर वहां से उठ आयीं।

सुवेगा अनजाने ही खड़ी हो गयी। उसे खड़ा देखकर पंडा भूपत सिंह हंसा। बोला–''आ जा, बेटी।'' सुवेगा कांप उठी। उसके सामने की धरती हिल गयी। यह क्या किया उसने! सरम के मारे उसका सिर झुक गया। वह धीरे-से बैठने लगी तो दुगघो काकी ने दांत पीसते हुए कहा–''जा, पूछ ले तू भी, कुलच्छिनी।'' दुगघो काकी की आंखों के डोरे लाल हो गये। सुवेगा को तब भान हुआ कि उसने कितनी बड़ी गलती कर दी है। भारी भीड़ में उसे ऐसा नहीं करना था। मास्टरनी बाई ने स्थिति सम्हाल ली। बोलीं–''कुछ पूछना है, सुवेगा?''

''नहीं काकी, मैं का पूछ हों। प्यास लगी हती जौंन, तौ खड़ी भई।''

''तो जा पीआ न''–मास्टरनी बाई बोलीं। बदरी परसाद ने सुना तो उसे अपने पास बुला लिया और पानी पिलाने अपने साथ ले गये। और जब सुवेगा उसी पत्थर से लगकर पार हुई, जहां कमलापत बैठा था तो वह अपने-आप नयी कोपलों की तरह हिल उठी। उसे लगा जैसे पत्थर नहीं, उसे कमलापत ने छू दिया है। सुवेगा ने चाहा कि वह अपना हाथ भी आगे बढ़ा दे, कितने पास है वह। कमलापत ने उसे लौटकर देखा। वह एक निर्विकार हंसी से यूं हंस दिया, जैसे उसके साथ दूसरे भी हंस रहे हों। उसकी अनलगी हंसी सुवेगा को लग गयी, ''नासकटा, हंसता भी है तो सबके समान! उसमें जैसे छुअन नहीं है, कोई लगाव नहीं है। एक मैं हूं कि तेरे पास से डोलते ही सिहर उठी। एक तू है कि हंसता भी है तो दांत निपोरता है! उसमें भी लगाव नहीं है। है आखर कौन?...कुरमी का छोकरा न? चाहे कितना पढ़-लिख जाए, जात का असर कहीं जाता?''

सुवेगा ने बिना प्यास का पानी पिया। दो चुल्लू पानी मुंह में डाला और तीसरी चुल्लू से उसने अपना मुंह पोंछ लिया। मुंह पोंछते ही उसके कलेजे के दोनों किनारों में एक हल्की-सी कसक अपने-आप जाग गयी। कसाव में एक हल्का-सा ढीलापन तिर गया और तब सुवेगा को लगा जैसे उसके सीने का बोझ और भारी होता जा रहा है। उसने अनजाने ही अपनी धुतिया सामने खींच ली। शायद इस भय से कि पिछली भूल की तरह वह कहीं और कोई बड़ी भूल न कर बैठे।

दो घंटे तक कारसदेव की सवारी बनी रही। जब वह उतर गयी तो बदरी परसाद मढ़िया के भीतर चले गये। उन्होंने काली मइया को तिलक लगाया। पंडा भूपत सिंह ने पालागों की। उसके बदले बदरी परसाद ने खुश रहने का आशीर्वाद बांटा। फिर वह सबके साथ बीजाडांडी की ओर लौट पड़े।

सुवेगा को दो फर्लांग की सड़क कसक गयी। कमलापत वहीं रह गया था और सुवेगा के पैर हर कदम के साथ पीछे लौटने के लिए उठ रहे थे। उन्हें बार-बार बरजने[1] में सुवेगा को भरपूर मेहनत करनी पड़ी। घर पहुंचते-पहुंचते वह बेहद थक गयी और जाते ही खटिया पर यूं लुढ़क रही, जैसे धरती पर कद्दू लुढ़का होता है।

सुखलाल दूसरी मोटर से वापस आ गये।

मंडला की हालत खतरनाक है। हर गली में पुलिस चक्कर काट रही है। जबलपुर से पुलिस बुलायी गयी है। उदय सिंह का शव बाजे-गाजों के साथ उठाया गया और उस मजिस्ट्रेट के घर के सामने जाकर रुका, जिसने गोली चलाने का हुकुम दिया था। उसके घर के दरवाजे बन्द थे और गोलीधारी पुलिस पहरा दे रही थी। इतनी सावधानी न रखी जाती तो शायद आज उसके घर का कोई भी आदमी जिन्दा न रहता। जुलूस यहां रुका और मजिस्ट्रेट का नाम ले-लेकर उसके नाश होने का, सबने एक साथ नारा लगाया। नर्मदा के किनारे वीर शहीद उदय सिंह को सैकड़ों आंसुओं के साथ सुला दिया गया।

सुखलाल लौटने के बाद से ही बड़े गमगीन हो गये। उदय सिंह की मौत की छाया उन पर बड़ी गहरी थी। अपने घर से निकलकर वह बाहर आये तो मास्टर बदरी परसाद मिल गये, बड़ी देर तक दोनों बातें करते रहे। सुखलाल ने आजादी की लड़ाई की सारी कहानियां दुहरा दीं। सारे हिन्दुस्तान में आग लगी है। हर जगह अंगरेज सरकार ज्यादती कर रही है। गोलियों से लोगों को भूना जा रहा है। सुखलाल ने बताया कि बीजाडांडी में भी आग लग सकती है। बदरी परसाद ने सारी बातें तो सुनीं, पर यह बात उन्होंने नहीं मानी। बोले–''सुखलाल, तुम्हारी लीडरी इस गांव के लिए नहीं है। यहां के लोग तो सारी बातों से अनजान हैं। सब अपने-अपने काम में लगे हैं। किसे यहां फुरसत है कि आग लगाने दौड़े। यहां के मुट्ठी-भर लोग दिन में भी तो सोते रहते हैं, सुखलाल।''

सुखलाल ने इसका जवाब देने के लिए मुंह खोला, पर फिर वह बंद नहीं हो सका। दरोगा दो सिपाहियों के साथ आकर सामने खड़ा हो गया। उसने अपनी जेब से एक वारंट निकाला और सुखलाल के आगे बढ़ा दिया। उसे पढ़कर एक हल्की-सी मुसकान सुखलाल के ओंठों पर तैर गयी। बोले–''देखा मास्टर, आग यहां भी लग गयी है।''

''नहीं, तिवारी जी''–दरोगा गुलाम मुहम्मद ने कहा–''यह वारंट मंडला से आया है। आपने वहां 'फतह दरवाजा' के सामने भाषण दिया था।''

''अच्छा!''–सुखलाल ने एक संतोष भरी सांस ली। बोले–''आइए, दरोगा साहब।'' सुखलाल अपने घर की ओर बढ़े। थोड़ा चलकर उन्होंने सुवेगा को आवाज दी। सुवेगा के साथ दुगघो काकी भी आ गयीं, दोनों

ने दरोगा को देखा तो एक साथ चिल्ला उठी। सुखलाल की हंसी और बढ़ गयी। बदरी परसाद की पीठ पर हाथ फेरते हुए बोले—''बदरी, जाने कब लौटकर आता हूं। इन सबकी खबर रखना, सुवेगा की ज्यादा। और मेरी पूजा-पाठ कराने का सारा जिम्मा तुम्हारा। जजमान मेरे बिना अनाथ न रहें, इसका ध्यान रखना।''

बदरी परसाद का गला भर आया। सुखलाल ने अपना हाथ खींच लिया। एक बार लौटकर अपनी पत्नी की ओर देखा, जो आंसुओं से भीग रही थी। फिर जी कड़ाकर उन्होंने मुंह फेरा। बोले—''चलिए दरोगा साहब।''

पुलिस स्टेशन में आते ही सुखलाल ने देखा, उसकी दीवारों पर एक साथ बहुत से पोस्टर लगे हैं : व्ही फार विक्टरी।

सुखलाल अपने-आप हंसे। बोले—''गुलाम मोहम्मद, चलो तुमने अच्छा ही किया। विकटरी लाने का थोड़ा-सा वरदान तुम्हें भी मिल गया।'' मुस्कराते हुए वह हवालात के भीतर जा ही रहे थे कि हेड कांस्टेबल ने आकर खबर दी कि पुलिसवान आ गयी है। तिवारी जी हंसते हुए पुलिस लारी में जा बैठे। तिवारी जी के ओठों पर तैरती अजेय मुस्कान लिए : पुलिस लारी चल पड़ी, जबलपुर की ओर। जब वह चबूतरे के पास से गुजरी तो बदरी परसाद के साथ न जाने कितने लोगों ने एक साथ आवाजें लगायीं : महात्मा गांधी की जै।

दस

सरदार हरनाम सिंह ने हरकारे को ठिकाने से पहुंचा दिया।

उसके घाव सफेद पट्टियों से ढक गये थे और वह फिर चमकीला और चुस्त दिखायी देने लगा था। यह भी कोई विपदा है! कित्ती बार जंगली जानवरों से उसकी मुठभेड़ हुई है। मजाल है किसी की कोई सामने आ जाए। नागा घाटी में वनदेवता का चबूतरा वर्षों से बना है। उसी के पास एक जड़ी मिलती है। उसे मुट्ठी में दबा-भर लो, शेर कुत्ता न बन जाए तो परताब नहीं नागा घाटी के देवता का। इस बार फागू ने जरा-सी गड़बड़ कर दी। जड़ खतम हो गयी थी तो ले आना था। वह आज, कल करता रहा और बखत मिल गया उसके दुश्मन को।

फागू को जैसे मामूली-सी चोट लगी। बंधी पट्टियों में भी वह उसी तरह काम करने आ गया। बदरी परसाद ने कहा–‘‘नहीं फागू, अभी तुझे डाक नहीं दी जाएगी। इतनी दूर कैसे पैदल चल लेगा? थोड़े दिन आराम कर ले। तुझे तनख्वाह पूरी मिलेगी।’’

फागू हंस दिया। बोला–‘‘का कहत हो महराज। अरे, मसखरी कर बैठो बाघ। कभू तो मिल है। जै है कहां? ओके बाप-दादों खों तार दे हों। मार-मार के भैंसा न बना दों तो नाम फागू नहीं, पंडज्जी।’’

बदरी परसाद ने हंसकर उसकी पीठ ठोकी। बोले–‘‘आराम कर लो भोई, फिर बदला लेने की बात सोचना। जंगली जानवरों का क्या ठिकाना?’’

‘‘नयीं पंडज्जी’’–वह अकड़कर बोला–‘‘मजाल है हरामी की, फिन मोरे सामने आ जाए, आए तो माथ पटके बिना न रहे। बड़ी बीर[1] हों महराज, बाघ को। बाप-दादों से मरजादा चली आ रही है। कौन तोड़ सकत है जा मरजादा।’’
सरदार हरनाम सिंह ने मूछों पर हाथ फेरा–‘‘सब जगह ऐसा ही चलता है, बादशाहों। अपने जगाधरी में ही लो, मजाल है कोई जंगली जानवर फाटक तक

---

1. भाई

जाने कितनी आंखें

जाए!'' हरनाम सिंह इस तरह बोला, जैसे कोई बड़ी बात बता रहा हो। उसकी आंखें बिल्लोरी पत्थर की तरह चमक उठीं। लगता है, वह उस चमक के सहारे अपनी बीती जिन्दगी बटोरने की कोशिश कर रहा है। उसने लायलपुर के खेतों की चर्चा की। मुलतान के माल्हे के गुन गाये। अटक के पुल से किस तरह वह सिंधु नदी में कूदा था और किस तरह उसने दो-अनार की कलियों जैसी लड़कियों के प्राण बचाये थे। उसकी एवज में जब उनके बाप उसे एक खासी रकम दे रहे थे तो किस तरह उसने सत् श्री अकाल की जय बोलते हुए वह रकम नहीं ली। बहुत-सी बातें हरनाम सिंह बताता रहा, सब बातों में उसी की कहानी थी। बोला–''पिशावर की ही बात लो, मास्टरजी। हमनें वहां सालों लारी-ट्रक चलायी है। एक रात की बात है, अपने ठेले के सामने अचानक एक जाणौर आ गया। फिर क्या था मास्टरजी, हमने सोचा कि गल्ल की ए, इसको भी देख लिया जाए। हें जी, कसम वाहे गुरु की मास्टरजी, ठेले में बिरेक लगाया तो गड्डी वहीं-की-वहीं खड्डी हो गयी। उतरकर अवपनी करारी आवाज में जाणौर को वो ललकारा कि बादशाओ, फौरन नौ-दो ग्यारह! हें जी। अस्सी यूं किस तरह छोड़ दें। पीछा कित्ता हरामी के पिल्ले का। दस मील दे बाद कहीं ओंदा पता मिला। हें जी और सच मानो मास्टरजी, परताप वाहे गुरु का, उत्थे ढेर कर दिया हरामी को। दूसरे दिन शहर लौटा तो पता चला कि वो तो आदमखोर शेर था। हें जी, सरकार ने ओनू मारने के लिए बड़े इनाम दा इश्तहार किया था। अस्सी क्यूं पीछे रहंदा, म्हाराज। ये तो किस्मत खुलने की बात थी। हें जी। हाकिम खुद-ब-खुद अपनी गिराज में आया। जाणवर दी लाश अपनी गड्डी में लादकर ले गया और नकद इणाम दे गया। हें जी। 'ट्रिव्यून' में नाम छपा था अपना। अजी, एडीटर बोलते हैं कि आडीटर, राणा जंग बहादुर खुद अपनी तसवीर खेंच ले गये थे, ट्रक के सामने खड़ा कर। हें जी। लाट साहब णें खुद अपनी आंखों देखा जी फोटू को।''

फागू सुनकर खुश हुआ। बदरी परसाद ने सरदार जी के चेहरे को देखा। हरनाम सिंह अब भी अपनी मूंछों को टे रहा था। मूंछ और दाढ़ी के पीछे से उसका उजला चेहरा पूरा-का-पूरा झांक रहा था। बदरी परसाद ने उसकी तारीफ कर दी। फिर क्या था, हरनाम सिंह पंजाब के सारे किस्से बखान गया। देश हो तो पंजाब। बलिहारी है वहां की। यहां क्या धरा है, पर पापी पेट सब कराता है, लकड़ी बेचते-बेचते यहां तक खींच लाया। अब तो पंजाब की बातें गुजरे जमाने-सी लगती हैं।

जाने कितनी आंखें

बदरी परसाद काफी देर तक हरनाम सिंह की बातें सुनते रहे, सुनते-सुनते शायद उन्हें उबासी आ गयी थी। उन्होंने एक अंगड़ाई ली। बोले–''हरनाम सिंह, सुखलाल पंडित तो जेल चले गये।''

– ''तिवारी म्हेराज? जेल! क्यों जी?''

– ''मंडला गये थे, सरदार जी। वहां कोई भाषण दिया था। बस, इसलिए सरकार पकड़ ले गयी।''

''एं जी, सरकार कैसे पकड़ सकती है? सब कारस्तानी मुसलमान दरोगा की है। आप मानो-न-मानो जी, बात यही है। कहो तो पंडज्जी, अभी देखूं जाकर, साले कूं। हें जी।''

हरनाम सिंह अनायास अपने सिर का साफा सम्हालने लगा। यह देखकर पंडित बदरी परसाद चौंक पड़े। सोचने लगे, क्या भरोसा सरदार जी का, अपना ठेला लेकर सचमुच कहीं दौड़ न पड़ें थाने तक। बदरी परसाद ने बात धीरे-से समझायी–''हरनाम सिंह, यह सब दरोगा ने नहीं किया। सब सरकार ने किया है।''

सरदार भला कुछ सुन सकता था! बोला–''नहीं जी, अंगरेज क्या करेगा साला। सब हम करता है, मास्टर जी। नाम डालने को अंगरेज होता। हें जी। न रहे सरदार रणजीत सिंह, कब का पंजाब ले लिया होता। तुस्सी ने तो अखबार पढ़ा होगा म्हाराज, क्या दंगा मचा है पंजाब में। बगावत कर दी है सबने अंगरेजों के खिलाफ।''

''पर सरदार जी''–बदरी परसाद ने कहा–''फौज से पंजाबियों ने अभी तक अंगरेजों का साथ नहीं छोड़ा। कित्ती खराब बात है। हमें सामने कर अंगरेजी फौजें लड़ती हैं। हमारे सिपाही लड़ें तो मारे जाएं, न लड़ें तो मारे जाएं। बर्मा के पास युद्ध मचा है...।''

''हां जी, खूब जोर का मचा है...।'' हरनाम सिंह बीच में रोककर बोला।

–''सरदारजी, कहते हैं अंगरेज सरकार के तौर-तरीके अच्छे नहीं हैं। हिन्दुस्तान की फौजें सबसे आगे रहती हैं और उनके पीछे अंगरेजी फौजें। मार्च का आर्डर हुआ और सामने की फौजें न बढ़ीं तो पीछे के अंगरेज सैनिक उन्हें ही मारकर उनके ऊपर से आगे निकल जाते हैं। बेचारे हिन्दुस्तानी दोनों तरफ से पिसते हैं। सामने चने की तरह भूंजे जाते हैं और पीछे से गेहूं की तरह पीसे जाते हैं।''

''गजब की बात है ये तो। सुबह होने दो जी, सबसे पहले पंजाब को तार किये देता हूं। बोलूंगा : सब ज्वाण फौज की नौकरी छोड़कर वाहे गुरु की

शरण में चले आएं। फिर देखूंगा कि कैसे ये सुफेद मुंह के बंदर लड़ाई चालू रखते हैं। हें जी। अस्सी एक ज्वाण सवाल लाख के बराबर, म्हराज। सब ज्वाण कितनों के बराबर होंगे, जरा समझो तो। हें जी।'' बदरी परसाद हल्का-सा मुस्कुराये। हामी भरकर बोले–''सरदार जी, पंडित सुखलाल जेल चले गये, वरना अभी तुम्हें समझाते, लड़ाई अहिंसा से होती है, सरदार जी। गांधी जी कहते हैं, अंगरेजों को मारने दो, हम तो अहिंसा से अंगरेजों को भगाएंगे!''

''हें जी....?'' सरदार जी के चेहरे से जैसे खून चुआ जाता था–''पंडज्जी, बिणा मार के किसी की अक्कल ठिकाणें नहीं लगती। आजादी तो मिलेगी सुभाष बाबू से जी। बहादुर बाहर जाकर लड़ रहा है हमारे लिए। हें जी। जपानी फौजों से उसने सब बात कर रखी है। यूं अंगरेज हारे, यूं जापानी आये और यूं हिन्दुस्तान की गद्दी पर हमें बिठाकर यूं चले गये। सच मानो जी, तब कोई सरदार ही दिल्ली के तख्त पर बैठेगा। हें जी।''

''ठीक कहते हो सरदार जी।''–बदरी परसाद ने सिर हिला दिया। हरनाम सिंह अपने छोटे-से झोपड़े के भीतर चला गया। लकड़ी के फरदों से सड़क के किनारे उसने यह झोपड़ा बना रखा था। पिछले दस वर्षों से यहीं रहता है। सागौन की लकड़ी जंगलों से काटकर जबलपुर भेजना हरनाम सिंह का काम है। जबलपुर में किसी ठेकेदार से उसका सौदा तय है। उसे ही वह सारा माल बेचता है। वह उसका कोई रिश्तेदार है।

बाप-दादों के जमाने से हरनाम सिंह यह व्यापार करता चला आ रहा है, पर अब हरनाम सिंह को इस व्यापार में घबराहट होने लगी है। अंगरेजी राज था तो भी क्या बुरा था, व्यापार तो शांति से चलता था, पर अब तो सब तरफ तूफान आ गया है, आग लग गयी है। साला, किसी दिन का अखबार ऐसा नहीं मिलता, जिसमें लड़ाई की बातें न हों। यहां घर के भीतर अलग अंगरेज गोलियां चला रहा है। पंजाब में भी दनादन गोलियां चली हैं। हरनाम सिंह को वहां रहने वाले हर आदमी की याद आ जाती है। न जाने कितनों के वह गुन बखानता है। बातें करते-करते उसकी आंखें भर आती हैं। न जाने इनमें कौन बचा है, कौन शहीद हो गया? कौन जेल में है? कौन लड़ाई के मैदान में डटा है? लड़ाई में भरोसा किसका है, कब टें बोल जाए। उनमें सभी तो उसके हैं : सरदार हजारासिंह, गुरुनाम सिंह, हूरजीत सिंह, वीर सिंह, परबत सिंह....।

हरनाम सिंह पांच मिनट के बाद ही बाहर आ गया।

एक गिलास बदरी परसाद की तरफ बढ़ाकर बोला–''यह लो, जी।''

बदरी परसाद भंग के बड़े शौकीन हैं। कोई दिन ऐसा नहीं जाता जिस दिन भंग न पीते हों। उनका भांग का शौक जबलपुर और मंडला में भी प्रसिद्ध है। वहां से भी लोग भांग पीने बीजाडांडी आते हैं। उनका कहना है कि कोई भांग बनाता है तो मास्टर बदरी परसाद।

और सचमुच बदरी परसाद घंटो भंग पीसते हैं। भंग पीसने का उनका एक अलग लोढ़ा-सिलौटी है। भंग पीसते-पीसते वे भी बेहद घिस गये हैं। सौंफ, किसमिस, पिश्ता, बादाम, गुलाब के फूल, ककरी के बीज, कमल गटे और न जाने क्या-क्या एक साथ पीसते हैं बदरी परसाद। फिर दो लोटों में दूध-शक्कर के साथ उसका शरबत बनाया जाता है। तेज भांग पीने वालों के लिए भी बदरी परसाद के पास अलग इलाज है। तांबे के पैसे को आग में डाल दो। वह जब जोर से चमकने लगे तो भांग के शरबत में छौंक दो। एक गिलास भांग का असर दस गिलास भांग के बराबर हो जाता है और भी तेज बनाने के लिए धतूरे के बीज कहां गए हैं। सो एक बार जो भांग पीने आये यहां, बदरी परसाद के यहां से पूरी तरह छककर जाता है। बदरी परसाद लोढ़े को सीधा खड़ाकर शंकर की बटइया बना लेते हैं। उसे भंग चढ़ाते हैं : जय बम भोले, अगड़बम अगड़बम। फिर दो लोटों में वह यूं धार छोड़ते हैं कि नापनेवाला गज-सा बन जाता है वह। जब भंग पूरी तरह मिल गयी तो बदरी परसाद पालथी मारकर बैठ जाते हैं। आंख बंद कर मंतर पढ़ते हैं :

बूटी ऐसी छानिए,

भर भादों के बीच,

घर के जानों मर गये,

आप नशे के बीच।

और सच है भादों की आंख-फोड़ झड़ी लगी हो और कहीं बदरी परसाद की भंग मिल जाए, तीनों लोक की सम्पदा जैसे हाथ लग जाती है। भांग के नशे की दुनिया ही दूसरी है। उसके सामने जिन्दगी का हर नशा फीका है। हर मस्ती बेकार है।

हरनाम सिंह के हाथ से भांग लेते ही बदरी परसाद ने भांग के देवता अगड़बम महादेव का ध्यान किया। हरनाम सिंह भी दूसरा गिलास हाथ में लिये था। पीने के पहले उसने अपना गिलास आगे बढ़ाकर मास्टर जी के गिलास से लगाना चाहा तो बदरी परसाद ने अपना गिलास पीछे खींच लिया। बोले—‘‘सरदार जी, भांग शराब नहीं है। गिलास मिलाने का काम शराबियों का

है, जिनके दिल हमेशा टूटे रहते हैं। गिलास मिलाकर वे अपना टूटापन जोड़ना चाहते हैं, पर भांग पीनेवाले अमृत पीते हैं, हरनाम। यह शंकर की बूटी है, राक्षसों का पेय नहीं। इसके पीने वालों के मन अटूट होते हैं। इसलिए यहां गिलास मिलाकर पीने का रिवाज नहीं है। अरे सरदार, कच्चे पियक्कड़ दिखते हो। बूटी छाननेवाले तो दिल मिलाते हैं, गिलास नहीं।''

बदरी परसाद एक ही सांस में सारा गिलास गटगटा गये। होठों को पोंछते हुए बोले–''हरनाम सिंह, एक बार नाव में बैठनेवाले फिर कभी साथ नहीं बैठते, पर एक बार जो बूटी छान लेता है, कभी बिछुड़ता नहीं।''

'हें जी।''–हरनाम सिंह अपनी मूंछे साफ करते बोला–''चुस्त बात कही जी, म्हराज जी।''

भांग पीकर बदरी परसाद घर चले आये। उसके बाद लोटा लेकर टट्टी जाना जरूरी है, वरना भांग का असर नहीं होता।

जब वह निपटकर तैयार हुए तो सांझ हो गयी थी। इतवार का दिन सहज ही कट गया।

हिंगना के पास बदरी परसाद को करीम मियां मिल गए, सांझ का समय था। बदरी परसाद टहलने निकल गये थे। हरनाम सिंह भी उनके साथ था। मास्टर जी ने ठीक कहा है, बूटी छाननेवाले कभी बिछुड़ते नहीं हैं। हरनाम सिंह को लगा जैसे उन्हें एक बहुत बड़ा साथी मिल गया है।

करीम से पहले तो दुआ-सलाम हुई और फिर अखबारों की बातें होने लगीं। करीम ने लड़ाई के मामले में बहुत दिलचस्पी नहीं दिखायी। हरनाम सिंह ठहरा पंजाबी जवान। वो ढूंढ़-ढूंढ़कर बातें सुनाता रहा और करीम का चेहरा सूखकर भिलवां का फल बन गया। उसे कल्पना नहीं थी कि जबलपुर के दंगे में मुसलमान ही मारे जाएंगे। बदरी परसाद हरनाम सिंह की बातों का अच्छा मजा लेते रहे। हरनाम सिंह का चेहरा तरबूज की तरह पकता जा रहा था और करीम मियां कचरिया की तरह बराबर सूखता ही जा रहा था। जब कभी उसे हरनाम सिंह की बातों में विश्वास न होता, वह बदरी परसाद से पूछता –''क्यों पंडज्जी?''

बदरी परसाद भला क्या जवाब देते। हरनाम सिंह भांग के नशे में था, पर उन पर तो इतना नशा नहीं था। रोज पीने की आदत है, कित्ती भी भांग पी ली जाए, असर नहीं होता। बदरी परसाद की झिझक साफ थी। कई बार वह सोचते कि हरनाम सिंह को रोक दें और करीम मियां को विश्वास का जरा-सा

टुकड़ा दे दें, पर प्रसंग कुछ ऐसे आते कि चाहकर भी वह ऐसा कुछ न कर पाते।

करीम मियां ने एक लम्बी आह भरी और हरनाम सिंह की तरफ यों देखा, जैसे कोई बकरा कसाई की तरफ देखता है। हरनाम सिंह ने अपनी पगड़ी का छोर मुंह में ठूंसकर हंसी रोकी और आगे निकल गया। बदरी परसाद भी आगे बढ़ गये। थोड़ी दूर आगे जाकर हरनाम ने लौटकर देखा और बेहद खुश हुआ। उसे लगा जैसे उसने करीम मियां के पैरों की गति किसी जादू के प्रभाव से बांध दी है।

सांझ गहरी हुई।

वह पके हुए तेंदू[1] के रंग में बदल गयी। हरनाम सिंह बहुत खुश था—एक ओर सिर पर महादेव की सवारी और दूसरी ओर जीभ पर काली का कब्जा। उसके पैरों में गति थी। जब दोनों हिंगना नाले के उस पार पहुंचे तो हरनाम सिंह ने एक अजीब-सी आवाज सुनी। उसने हाथ बढ़ाकर बदरी परसाद को रोक दिया। बोला—‘‘कैसी आवाज है, पंडज्जी?’’

बदरी परसाद ने कान खड़े किये, सुनने की कोशिश की। आवाज बराबर आ रही थी : खट् खट् खट्, पर थी बहुत हलकी। लगता था जैसे बहुत दूर है। ‘‘कुछ गल्ल जरूर है जी। हें जी।’’—हरनाम सिंह ने अपनी मूंछों पर हाथ रखा।

—‘‘कुछ नहीं सरदार जी, कोई पत्थर बजा रहा होगा। आज तुमने बहुत पी ली है।’’

‘हें जी। पी तो ली है, पर कान धोखा नहीं दे सकते जी। कुछ जरूर है जी।’’ हरनाम सिंह बायीं ओर लौटा और नाले के नीचे उतर गया। ढाल से लुढ़कते पत्थर की तरह वह पल-भर में नाले के किनारे पहुंच गया। नाले का पानी छोटी-छोटी धाराओं में बंटा था। हरनाम सिंह ने जरा-सा पानी लेकर अपने मुंह पर लगाया और फिर अपने चारों ओर नजर दौड़ायी। अपने कानों को उसने सहारा दिया। अब तक बदरी परसाद भी नीचे आ गये थे।

खट् खट् खट्।

अब आवाज साफ थी। उसके साथ हल्की-सी खुसफुसाहट।

फिर खट् खट् खट्।

---

1. एक जंगली फल।

"की गल्ल ए मास्टर जी।" अपने-आप हरनाम सिंह जोर से चिल्लाया। उसकी आवाज सुनकर पुल के नीचे से दो आदमी बाहर आए। दोनों के हाथ में एक-एक गड़ासा था। हरनाम सिंह थोड़ा आगे बढ़ गया, पल-भर के लिए तो वह कांप उठा। उन दो युवकों ने शायद बदरी परसाद को पहचान लिया था। दूसरा हाथ उठाकर बोला–"अदाब अर्ज पंडज्जी।"

–"खुश रहो। कौन सलीम?"

–"जी पंडज्जी।"

बदरी परसाद ने गौर से देखा। वे दोनों थे सलीम और शेख–करीम मियां के धरम पुत्र।

हरनाम सिंह को बड़ी ताकत मिली। बोला–"ओये हरामी दे पुत्तर, अंधेरे में की करता है? अरे, मैं बोलता हूं, सरदार हरनाम सिंह।"

"कुछ नहीं, यूं ही महराज, दिसा फराकत कर रहे हैं।"–सलीम ने दांत पीसते हुए जवाब दिया बदरी परसाद को।

हरनाम सिंह गरज उठा–"गड़ासे लेकर दिसा-फराकत करते हो, क्यों जी? दुनिया-भर में झगड़ा मचा है, हिंगना भी कहीं झगड़ न पड़े, इसलिए। है न?" सलीम और शेख दोनों ने होंठ तिरछे कर जैसे जबरन हंसना चाहा।

हरनाम सिंह बोला–"पंडज्जी, ये हरामी के छोकरे जरूर कुछ कर रहे हैं। जरूर दाल में काला है।"

बदरी परसाद चुप रहे। इसका वह क्या जवाब दें। शेख को एकाएक गुस्सा आ गया। बोला–"देख सरदार के बच्चे, ज्यादा बात न कर।"

"ओए बल्ले, तू की कर लएंगा?" हरनाम सिंह ने दांत पीसे और आगे बढ़ गया। एक पत्थर उठाकर वह सीधा खड़ा हो गया। बोला "हरामजादों, ये न समझो गड़ासा पास है तो कोई पहाड़ हाथ में रखे हो। दुहाई पंच प्यारों की, दोनों को मूली की तरह न मसल दूं, तो पूत नहीं पंजाब का। हें जी।"

शेख भी गुस्से में झल्लाया तो बदरी परसाद सामने आ गये। बोले–"भाई, जरा-जरा-सी बात पर क्यों बरछी तानते हो?"

"जरा-सी बात है, मास्टर जी। उधर साला अंगरेज हमको कतल करता है और इधर ये हरामजादा लड़ने को सोचता है। अब्बे, जरा मिलकर चलना तो सीखो।" बदरी परसाद ने हरनाम सिंह के मुंह पर हाथ रख दिया। बोले–"चलो सरदार जी, क्यों व्यर्थ बच्चों से झगड़ते हो?"

उसका हाथ पकड़कर बदरी परसाद ने खींचा तो जैसे सलीम और शेख को धीरज आया। बोले–"अदाब अर्ज, पंडज्जी।"

बदरी परसाद ने दो-चार कदम ही बढ़ाये होंगे कि एक बड़ी-सी डलिया लेकर करीम नाले में उतरता दिखायी दिया। वहां बदरी परसाद और हरनाम सिंह को देखकर वह फक्क रह गया। उस अंधेरे में भी उसकी बड़ी-बड़ी लाल आंखें सफेद होतीं साफ दिखायी दे गयीं। हरनाम सिंह तुरंत ताड़ गया कि बात छोटी नहीं है। वह सलीम और शेख को पीछे छोड़कर नाले के नीचे चला गया। बाकी सब वहीं खड़े रहे।

नीचे से हरनाम सिंह चिल्लाया–"मास्टरजी।"

बदरी परसाद के पैर नहीं उठे। वह वहीं खड़े रहे। हरनाम सिंह लौट आया और आते-आते बोला–"मास्टरजी, गजब है। इन सालों ने गाय काटी है।"

"क्या, गाय काटी है?"–बदरी परसाद के दोनों नथुने एक-साथ फड़क उठे। वह सब सह सकते हैं, पर अपने धरम पर किसी का धब्बा उन्हें सहन नहीं होगा। फिर गाय तो देवी है। हिन्दू उसे पूजते हैं, उसका मूत पीते हैं, उसका गोबर खाते हैं। वह अब तक चुप थे। जोर से बोले–"क्यों करीम?"

"हां पंडज्जी"–करीम अनजाने ही कह गया–"एक बूढ़ी गाय थी, महाराज। दस रुपयों में घोंटा से खरीदकर लाया था।"

बदरी परसाद अब आपे में नहीं रहे। उनकी दोनों भुजाएं फड़क उठीं। सरदार हरनाम सिंह ने तो करीम मियां का हाथ ही पकड़ लिया, पर बदरी परसाद इतने अविवेकी नहीं थे, धीरे से बोले–"तुम तीनों को थाने चलना होगा।"

सलीम और शेख ने इसका विरोध किया, पर करीम तुरंत तैयार हो गया। बोला–"चलो, बेटे।"

हरनाम सिंह थाने तक बराबर करीम का हाथ पकड़े रहा। थाने जाकर हरनाम सिंह ने ही मुंशी को रिपोर्ट लिखवायी, रिपोर्ट लिखवाते-लिखवाते वह न जाने कितनी बार कांप उठा। इसी बीच थानेदार भी आ गया। उसे देखकर सलीम और शेख को जैसे जान वापस मिल गयी। दोनों अब गरज-गरजकर बातें करने लगे। सलीम बोला–"सलाम अब्बा जान।"

थानेदार खुद सूख गया। थाने के अन्दर अब्बा कहता है। हिन्दू कांस्टेबलों की कमी नहीं है। बात कहीं ऊपर तक न पहुंच जाए। डिप्टी साहब हैं अंगरेज और अंगरेज चाहे जैसा हो कानून का पक्का होता है। कहीं बात उसके कानों तक पहुंची तो...।

गुलाम मुहम्मद ने समझदारी से काम लिया। उसने करीम और उसके दोनों बेटों को डांटा। मुंशी को उसने रिपोर्ट लिखने का हुकुम दिया और कहा–"मुंशीजी, मौके पर जाकर तहकीकात करो।"

हरनाम सिंह अपनी पूरी ताकत के साथ दांत पीस-पीसकर रिपोर्ट लिखवाता रहा। शेख और सलीम अब अपनी तीखी नजरों से दरोगा को भी देखने लगे। दोनों मन-ही-मन कुछ गुनगुनाये। शायद कह गये : साला ये भी हरामी है! अपना होकर गला काटता है!

करीम के चेहरे पर ऐसे कोई चिन्ह नहीं थे। वह अनुभवी था और जानता था कि उसी रपट में ताकत होती है, जिसमें थानेदार दिलचस्पी लेता है, वरना ऐसी रपटें तो रोज थाने में दर्ज होती रहती हैं। दर्ज करना यदि थानेदार का काम है, तो दाखिल दफ्तर करना भी उसी का काम है। करीम मियां क्या उन बातों को भूल सकता है जो रोज थाने में होती हैं। जंगलों से लकड़ी काटने वालों की बैलगाड़ियां जब्त कर ली जाती हैं। उनका मामला अदालत में महीनों बाद रखा जाता है।

तब कहा जाता है कि जब्ती के समय सारी लकड़ियां हरी थीं। अब सूख गयी हैं। देहाती गाड़ीवाले बेचारे कितना भी सबूत क्यों न दें कि लकड़ी उस समय भी इसी तरह सूखी थीं, पर अदालत को मना नहीं पाते। करीम मियां ने यह भी देखा है कि जिस पर दरोगा का खौफ हो जाए, उसे खुदा भी नहीं बचा पाता। परमिटों को लेकर दरोगा यूं फाड़ डालता है, जैसे छिवला के पत्ते। बेचारे गोंडभोई खड़े सब देखते रहते हैं और फिर बिना जुर्म के हवालात के भीतर कर दिये जाते हैं। क्या खाकर वे यह साबित करेंगे कि उनके पास परमिट रहे हैं। परमिट कटाने के बाद ही उन्होंने बांस काटे हैं। बचने का कहीं कोई उपाय है तो बस एक थानेदार की पूजा। दरोगा खुश है तो समझो भगवान खुश है।

करीम हर शुक्रवार को देखता है, कितने देहाती बाजार आते हैं! सब अपने साथ डबलियों में घी, दूध और दही लाते हैं। तरकारी की डलियां अपने साथ बांधकर लाते हैं। ये सब दरोगा की भेंट चढ़ते हैं। दरोगा सारे हफ्ते अपने दोस्तों को तरकारी बांटता है। करीम ने कभी एक पैसे की तरकारी नहीं खरीदी, जब से यह नया दरोगा आया है।

करीम मियां इसलिए निसाखातर था। दरोगा के ऊपर उसे पूरा भरोसा था। मजहब और जात दोनों से दरोगा बंधा है, छूटकर कहां जा सकता है। दरोगा

ने मुस्कुराते हुए कहा–''मास्टरजी, आप चिंता न करें, रिपोर्ट लिख ली है। मामले की पूरी तहकीकात की जाएगी। किसी तरह की बेइन्साफी नहीं होगी। मेरे रहते किसी तरह का जुर्म नहीं हो सकता।'' फिर मुंशी की तरफ देखकर दरोगा जोर से गरजा–''जाकर अभी तहकीकात करो।...और बैठो तुम तीनों यहीं। सच हुआ तो हवालात में बन्द किये बिना न रहूंगा।'' दरोगा ने अपनी लाल आंखों से तीनों को एक बार देखा और भीतर चला गया।

बदरी परसाद, हरनाम सिंह को लेकर खुशी-खुशी लौट आये।

तब काफी अंधेरा हो गया था और गांव की झोपड़ियों में हलके-हल्के चिराग टिमटिमाने लगे थे।

ग्यारह

हरनाम सिंह ने दूसरे दिन तहकीकात का पता लगा लिया।

बदरी परसाद से सारी बातें कह सुनायीं और बदरी परसाद ने सुना तो दांतों तले अंगुली दबाकर रह गये। जो गाय करीम ने काटी थी, थाने के सारे मुसलमान सिपाहियों ने छककर खायी। थाने के रजिस्टर में लिख दिया गया कि वह गाय नहीं बकरी थी।

बदरी परसाद को यह बात भी पता चल गयी कि इस मामले को लेकर थानेदार दोनों पर नाराज हो गया है। वह खार खाये बैठा है। कहता है–"ऐसा कोई कानून नहीं है, जो गाय काटने में रोक लगाये।"

बदरी परसाद की नजरें अचानक आकाश की ओर उठ गयीं। सूरज तेज था और उसकी तेज रोशनी में सारा नीला आकाश चमक रहा था। वहां की छाया-मात्र से धरती का अंग-अंग चिलचिला उठता। बदरी परसाद को लगा, जैसे यह सारी चिलचिलाहट उन्हीं के ऊपर टूट पड़ना चाहती है। थाने का दरोगा इसी तरह बातें नकारता रहा तो बीजाडांडी का क्या होगा? दरोगा का ऐसा करना धरम के विरुद्ध है। यदि वह लगातार इसी तरह के काम करता रहा तो धरम का क्या होगा?

हरनाम सिंह ने पूछा–"क्यों पडज्जी, क्या दरोगा ठीक कहता है? कानून में ऐसा कुछ नहीं लिखा?"

बदरी परसाद को जैसे किसी ने माचिस की तीली छुआ दी। वह चौंककर जाग उठे, जैसे अब तक उनका मन कहीं और उड़ रहा था। सम्हलते हुए बोले–"यह तो कानून की बात है, सरदार जी। उसकी पोथी तो बहुत बड़ी है। उसका हिसाब-किताब भी बहुत बड़ा है। उसमें क्या-क्या लिखा है, क्या-क्या नहीं, कम-से-कम मेरी तो समझ के परे है। मैं तो बस एक बात जानता हूं–वस्तु का मूल्य उसकी उपयोगिता में है। गाय हमारी सम्पत्ति है। हमारी धरती का ध न है। उसी का चरैया तो सागर-मंथन कर गया है।"

"नहीं म्हराज" सरदार हरनाम सिंह जों कह गया, जैसे किसी कथावाचक के प्रश्न पर वहाँ बैठी जनता एक साथ बोल पड़ती है।

बदरी परसाद ने हरनाम सिंह को आगे नहीं बोलने दिया–"सरदार जी, मुझे तो बस आशा की किरन कहीं दिखती है तो भोले में। वही जग-भर का रखैया है। वही सागर मथैया का गुरु रहा है। हरनाम। सरकारी दफ्तरों में तो अंधेर ही अंधेर है। अंगरेजों ने तो सबके ऊपर जैसे किमाच डाल दिये हैं। आग लगाकर वह ताप रहा है और यह तपन एक काली छाया की तरह दूर-दूर तक छायी है। उसका अंत सरदार, किसी-न-किसी दिन, जरूर अंत होगा।

थोड़ा रुककर वह बोले–"क्यों सरदार जी, कहीं कृष्ण ने गांधी के रूप में हो तो जनम नहीं लिया।"

"जरूर लिया है, पंडज्जी। आपने तो ठीक कहा। हें जी।"–दाँत निकालते हुए हरनाम सिंह बोल गया।

"तो फिर दरोगा के ये पाप कब तक चलेंगे सरदार जी?"

बात छोटी-सी थी, पर सरदार को वह तीर-सी लगी। बोला–"आप कहें म्हराज जी, तो अभी थाने जाकर थानेदार की अक्कल ठीक कर दूं?"

हरनाम सिंह खड़ा हो गया था।

उसी समय लाठी टेकते हुए प्यासन दादी आ गयी। आते ही अपना डंडा जोर से पटककर बोलीं।–"क्यों रे सरदार..."

"सत श्री अकाल दादी।" सरदार ने तुरत जवाव दिया। दादी ने आशीर्वाद दिया-दूधो नहाव पूतौ फलौ। और दिन होता तो सरदार दादी से भिड़ पड़ता, न बीबी और न ठिकाने का घर-बार फिर यह आशीष किस काम का, पर आज कुछ बोला नहीं।

दादी ने डंडा पटका–"अब नासकटे, ये तो बता तेल कितै से लेता है?" सरदार खुले मुँह से दादी की ओर देखता रहा। दादी ने फिर डंडा पीटा–"अबे नास हो जै है, सरबनास। तेल तो भट्टैया को, जो न खाय नरक जाय।" सरदार ने दोनों हाथ जोड़ लिये– "ठीक कहती हो दादी। क्यों मास्टर जी?" फिर मुँह पलटकर सरदार ने पूछा "पर दादी एक बात बताओगी?"

–"क्या?"

–"उस दरोगा को कभी तेल बेचा है?"

दादी के न्याय को यह जैसे एक चुनौती थी। बोली–"हां हरनाम, जौनें दिन आओ तो तौने दिन एक पीपा उसे दे आयी ती।"

–"पर पैसा?"

दादी चुप रही, न जाने क्या सोचने लगी। हरनाम सिंह समझ गया था, थानेदार ने पैसे नहीं दिये। उसने भला किसी को पैसे दिये हैं। सारे गांव में वह छाया है भूत की तरह। उस पर जैसे कोई अफसर है ही नहीं? हरनाम को लगा दरोगा का राज पक्का है। बीजाडांडी की जनता का खून पीकर ही वह अपनी प्यास पूरी करेगा।

बदरी परसाद ने एक व्यंग्य भरी चुटकी ली–"सरदार जी, मुश्किल तो उसकी होती है, जो सीधा होता है।" दादी की ओर मुड़कर वह बोले

–"अरी दादी, परलोक का भी कुछ ख्याल है? न्याय क्या ऐसा होता है? दरोगा के सामने तेरा भी दम घुट जाता है।"

दादी एकाएक काँपने लगी! हाथ का डंडा जोर से फर्श पर पटककर अपने पोपले मुँह को उसने इतने जोर से बंद किया कि बीच की जीभ बेचारी यों ही पिस गई उसके सूखे शरीर में एक गरमी-सी दौड़ गयी। शरीर की सिकुड़ने अनजाने ही फैलने लगीं और लम्बे-लम्बे डग भरती वह हिंगना नाले की तरफ चल पड़ी। उसकी चाल देखकर बदरी परसाद और सरदार हरनाम सिंह दोनों दांतों तले अँगुली दबाकर रह गये।

बदरी परसाद स्कूल पहुँचे ही थे कि नायब मास्टर रतनलाल दुबे ने खबर दी कि लखन पुर से डाक का थैला आ गया है। चौथी क्लास के लड़के धूम मचा रहे थे। क्लास के कप्तान को बुलाकर मास्टर बदरी परसाद ने जोर की डांट लगायी। उन्होंने आदेश दिया कि जो भी लड़का ऊधम मचाये, उसका नाम ब्लैक बोर्ड पर लिख दिया जाए। डाक खोलकर वह आते हैं तब ऐसे लड़कों को उचित सजा दी जाएगी।

बदरी परसाद लड़कों से जितना प्यार करते थे, उन्हें जितनी अच्छी तरह से पढ़ाते थे, उतनी ही सजा वह लड़कों को दिया भी करते थे। उनका कहना था कि बिना गुरु की मार के विद्या नहीं आती। मास्टर की छड़ी में ही जैसे विद्या देने का सामर्थ्य है। इसी आस्था ने जैसे 'मारना' बदरी परसाद का धरम बना दिया था। उनकी पतली बेंत देखकर लड़के कांप उठते थे। एक बेंत दो दिन से ज्यादा नहीं चलती थी और मार के सामने भूत भी भागते हैं। मजाल है किसी लड़के की कि बिना सबक किये स्कूल आ जाए।

बदरी परसाद के आते ही सारे स्कूल में व्यवस्था आ गयी। पहली क्लास के लड़के बराबर मिलकर चिल्लाते ही रहे। इस पर उनका वश भी नहीं था।

उनके पढ़ने का तरीका ही ऐसा है। एक कहता है 'ग' गणेश का, तो फिर सब एक साथ चिल्ला पड़ते हैं ग-'गणेश' का। दूसरी क्लास के लड़के स्कूल के बाहर क्यारियों कि सफाई में लगे थे। तीसरी कक्षा में शायद गणित का पीरियड था। एकदम खामोशी छाई थी वहां।

बदरी परसाद ने डाक खोली, सारी चिट्ठियां देखीं। कैशबैग की सील तोड़ी। आज वह खाली था। इसके बाद यहां से जाने वाली ताजी चिट्ठियों पर सील लगायी। कैशबैग में रुपये रखे और फिर उसका मुँह बंदकर दिया। नया थैला उन्होंने हरकारे को दे दिया। उसने मोमबत्ती की लपट में चमड़ा गरम किया और थैले के ऊपर सील लगाकर पीतल की एक मुहर जड़ दी। उसने मुहर पंडित जी को दिखायी। बदरी परसाद ने देखा, वह मजबूती से लग गयी है। उस पर बने गोले में साफ लिखा है : ब्रांच पो. आ. बीजाडांडी।

बीच की तारीख भी बराबर साफ है। बदरी परसाद ने राहत का अनुभव किया। एक बड़ा काम निबट गया, सामने रखीं कुरसी उन्होंने अपने पास खींची और टांग फैला दी। उसी समय नायब मास्टर चौथी क्लास के एक लड़के को पकड़कर ले आया। बोला–''पंडज्जी, ये लोंडा बदमाशी पर तुला है। कहा नहीं मानता।''

''क्यों रे?'' बदरी परसाद ने अपने पैर नीचे खींच लिये।

उनकी लाल-आँखें देखकर लड़का सकपका गया और काँपने लगा। बदरी परसाद ने पूछा–''क्या करता है दुबे जी यह?''

–''पंडित जी, यह लौंडा जोर-जोर चिल्लाता है 'ग-गधे' का, जबकि किताब में लिखा है, 'ग-गणेश' का। कितनी बार रोका, पर कहा नहीं मानता।''

नायब मास्टर ने उसके कान मरोड़े और बोला–''क्यों बे, और कहेगा ग-गधे का।'' भयातुर लड़का काँपता रहा। बदरी परसाद की बेंतो का कमाल वह रोज देखता रहा है। वह रोज ही देखता है कि किस तरह बड़े पंडित जी दांत पीस-पीसकर लड़कों की हथेली पर बेंत बरसाते हैं। कोई हाथ नहीं खोलता तो वह उसकी पीठ पर दे मारते हैं। बेचारा कुलबुला उठता है–''नयीं पंडज्जी, अब ऐसो न कर हों। अब पढ़के आहों गुरु जी... तुमारे पैर पड़ों...तुम्हारों गू खाओं, छोड़ देओ पंडज्जी।''

कई लड़के नाच-नाच उठते हैं, पर बदरी परसाद पूरी सजा दिये बिना नहीं मानते। लड़के की आँखें घूमने-सी लगीं। उसके सामने अँधेरा लग गया। इसी अंधेरे में उसने देखा कि एक हफ्ते पहले कुरमी टोला के अगरिया को कितनी

बेजा मार पड़ी थी, बेहोश होकर वह क्लास में गिर पड़ा था। तब खुद बड़े पंडित जी ने उसके सिर पर पानी डाल-डालकर चेतना वापस लायी थी। इतनी मार खाकर भी अगरिया का बाप मुँह नहीं खोल सका था। इतना दबदबा है बड़े गुरु जी का।

जैसे-जैसे ये चित्र उसकी आँखों के सामने उतरने लगे, वह और अधिक काँपने लगा। उसे कांपता देखकर बदरी परसाद खुद घबराये। हाथ बढ़ाकर उन्होंने उसे अपने पास खींच लिया और खींचने के इस एक क्षण में उस लड़के को लगा जैसे अब उसकी साँस वापस नहीं आ सकेगी, पर दूसरा ही क्षण उसके लिए अद्भुत था। बड़े पंडज्जी ने एक मीठी गोली उसके मुँह में रख दी और धीरे से उसके गाल चूम लिये। लड़के को लगा जैसे अब तक वह एक सपना ही देख रहा था। बड़े गुरु जी की गोद से उठकर वह खड़ा हो गया और हँसने लगा। उसके नन्हें-नन्हें दूधिया दाँत बदरी परसाद को बड़े सुन्दर लगे, पर बनावटी ढंग से दाँत पीसते हुए बोले—''क्यों रे, ग...।''

''गधे का गुरु जी गधे का'', जोर से चिल्लाता हुआ लड़का भाग खड़ा हुआ। बदरी परसाद की हल्की-सी मुस्कराहट बढ़ते-बढ़ते तेज खिलखिलाहट में बदल गयी। नायब मास्टर तब भी खड़ा था। बदरी परसाद ने उसी तरह हँसते हुए कहा—''क्या दुबे जी, आप भी जरा-जरा-सी बातें मेरे सामने लेकर आते हैं।'' बिना कुछ बोले नायब मास्टर वहाँ से चला गया।

इसी समय बदरी परसाद के कानों में लड़कों के झगड़ने, दौड़ने और कुछ लड़कों के रोने की आवाज सुनायी दी। उन्हें यह ताड़ते देर न लगी कि यह आवाज चौथी क्लास से आ रही है। वह अपना बेंत लेकर उस ओर चल पड़े। उनके पहुँचते ही सब शांत, बस क्लास का कप्तान टेबल के पास खड़ा था! बदरी परसाद ने उससे पूछा—''क्या हुआ, बंटू?''

बंटू उतर देने की अपेक्षा और सिसकने लगा। वह उमर में सबमें छोटा था, पर पढ़ने में सबमें होशियार भी। इसीलिए उसे क्लास का कप्तान बनाया गया था, पर कई बार क्लास के बदमाश लड़के उसका कहना नहीं मानते थे और तब बेचारा बंटू रोने के सिवाय और कर ही क्या सकता था। यदि शिकायत करो तो आफत, न करो तो भी आफत। शिकायत कर देने से छुट्टी के बाद कई लड़के मिलकर उसे परेशान किया करते थे। बदरी परसाद के पूछने पर भी वह कुछ नहीं बोला केवल नीचे नजर झुकाये क्लास की उन लड़कियों की ओर देखने लगा, जिनकी शिकायत वह शायद चाहकर भी नहीं कर पा रहा था।

थोड़ी देर के बाद क्लास के एक दूसरे लड़के ने बताया कि सलीमा और फरीदा गणित के सवाल नहीं कर रही थीं, तो बंटू ने तख्ते पर उनका नाम लिख दिया। सलीमा ने उठकर नाम मिटा दिया तो बंटू ने फिर दो बार नाम लिखा। अबकी बार फरीदा ने ब्लैक बोर्ड पर लिखे सारे नाम मिटा दिए। इसलिए अब बंटू ने अपनी कापी पर उनका नाम लिखा। यह देखकर क्लास के दो-चार लड़के उसे और तंग करने लगे। फरीदा ने उसकी चुटइया जोर से खींची और बोली-"बाम्हना रे बाम्हना, तोरी चुटइया मोटी, तोरी अक्कल छोटी।"

फरीदा का साथ सलीमा ने दिया। उस लड़के ने सारी बातें बड़े पंडित जी को कह सुनायीं। उस लड़के ने यह भी बता दिया कि बाद में कुछ लड़के बंटू की आँख बन्दकर उसके साथ मुड़थपड़ी खेलने लगे।

सुनकर बड़े गुरु जी उठे। उनकी बेंत अपने-आप काँपने लगी। वह जोर से चिल्लाए-"बंटू की आँख किसने बन्द की थी?"

चारों तरफ घोर शांति । कोई कुछ न बोला। तब गुरुजी ने यही बात बंटू से पूछी। बंटू जोर से सिसकने लगा। उसी तरह उसने बताया-"गुरु जी, सलीमा ने आंख बंद की थी और फरीदा ने चांटा मारा था। इसके बाद पीछे की बेंच के पांच लड़कों ने थप्पड़ लगाए और फिर तो गुरुजी सब को खूब मारा।" बंटू जोर-जोर से रोने लगा। बदरी परसाद इतनी बड़ी बात टालने वाले नहीं थे। बच्चे अनुशासन बचपन से ही सीखते हैं यही उमर है जब उनपर संस्कार का प्रभाव पड़ता है। उनके विद्यार्थी गलत राह पर जाएं, ऐसा हो सकता है? बदरी परसाद चिल्लाए-

-"खड़े हो जाओ जिस-जिसने बंटू को मारा हो।"

दो-चार लड़के खड़े हो गये। धीरे-धीरे और खड़े होने लगे। लगभग आधी क्लास खड़ी हो गयी, पर सलीमा और फरीदा खड़ी नहीं हुईं। आँखों में बदमाशी तब भी भरी थी। वे दोनों हँस रही थी। यह देखकर बदरी परसाद को गुस्सा आ गया, दाँत पीसते हुए वह उनके पास पहुँचे और दो-दो चाँटे उन्होंने दोनों के गालों पर इतने जोर से जड़ दिये कि वे लाल हो गये। गोरे गालों में खून उतर आया और दोनों एक साथ रो पड़ीं। उन्हें मारते ही बदरी परसाद के तन-बदन में आग लग गयी, गुस्से में काँपते वह क्लास के बाहर आ गये और स्कूल का फरका खोलकर सड़क की ओर चले गये। वहाँ उन्हें प्यासन दादी मिल गयी, पर बदरी परसाद ने दादी से कोई बात नहीं की स्वयं दादी चिल्लाती रही-"अरे, ओ बदरी निसपिट्टर तो घोंटा गया है।" वह उसकी बात पर बिना कुछ ध्यान दिये, घर की तरफ चले गये।

चार बजे छुट्टी का घंटा बजा और लड़के उछलते-कूदते अपने-अपने घर चले गये। नायब मास्टर ने आकर बदरी परसाद को बताया की थानेदार की लड़कियाँ पूरे समय खूब रोती रहीं। अब तक बदरी परसाद का गुस्सा उतर चुका था। वह बहुत देर तक पछताते रहे। बोले–''तब से यहीं चबूतरा में बैठा हूँ दुबे जी, बड़ा खराब लग रहा है। बच्चियों पर हाथ उठ गया, फूल-सी प्यारी बच्चियाँ!'' नायब मास्टर ने कहा–''और पंडित जी, कहीं दरोगा सुनेगा तो?''

इस सम्भावना के सामने आते ही बदरी परसाद के मन से पश्चाताप के आँसू अपने-आप सूख गए, वह चबूतरे से उठकर खड़े हो गये। बोले–''दुबे जी, मास्टर हूँ कोई घसियारा नहीं, अच्छे-अच्छे को पानी पिलाया है। दरोगा होगा वह अपने घर का। लड़का चाहे गुलाम का हो या नवाब का, स्कूल में दोनों बराबर हैं। यदि थानेदार लड़कियों को गुलाब का फूल समझता है तो या तो उन हरामजादियों को वह रोके इन बदमाशियों से या स्कूल से नाम कटाकर ले जाए अपने घर। डरो मत दुबे जी, ऐसे कई दरोगे देखे हैं।''

नायब मास्टर चुपचाप सिर झुकाकर चला गया। बदरी परसाद भी नीचे उतरे और सड़क पर घूमने लगे। उनका सबसे नन्हा लड़का दौड़कर उनके पास आ गया। बदरी परसाद ने बड़े प्यार से उसे उठाकर गले लगा लिया।

सरदार हरनाम सिंह अपनी परछी पर बैठा था। उसने पंडित जी को आवाज दी। बोला–''गुरु जी, पान तो खा जाओ।''

उसी समय बंशी ने अपने पान के ठेले से आवाज लगायी–''पायलागों महराज, पान तो खाये जाओ।''

सरदार हरनाम सिंह भी अपनी परछी से उतर आया और बंशी के ठेले के सामने आ खड़ा हुआ। सरदार बोला–''अब दो-दो खिलाओ जी।'' बंशी मंडला के बढ़िया पान साफ करने लगा। पान लगाते-लगाते बोला–''सुना कुछ आपने गुरु जी?''

–''क्या बंशी?''

–''आज का अखबार नहीं देखा?''

–''नहीं तो। कोई खास बात है?''

–''हाँ गुरु जी। देखो तो।'' अखबार निकालते हुए बोला–''क्या बड़ा-बड़ा लिखा है :

कलकत्ता में बम गिरा।

सिंगापुर का जहाजीबेड़ा ध्वस्त।

जाने कितनी आंखें

इलाहाबाद की मस्जिद आग में भस्म।

कई घरों में छापामार हमले।

हिटलर की फौजों ने सारा नगर लूटा।

बंशी अखबार की सारी हेडिंग एक साँस में पढ़े जा रहा था। सरदार हरनाम सिंह ने उसे बीच में ही रोका। बोला–''क्या पढ़ा जी? ...हिटलर की फौजों ने इलाहाबाद लूट डाला?''

''हाँ, सरदार जी।'' बंशी बिना कुछ समझे कह गया। उसकी बात सुनकर बदरी परसाद भी चौंक पड़े। बोले–''जरा अखबार तो दिखा बंशी।''

बंशी ने चुपचाप अखबार दे दिया। बदरी परसाद बहुत देर तक साँस साध सारे हेडिंग शुरू से अंत तक देखते रहे। सरदार हरनाम सिंह बार-बार ''कमाल है जी, कमाल है जी'' करता उसी पेपर पर उचटती-सी नजर डालता रहा। बदरी परसाद ने अखबार अच्छी तरह पढ़ा। फिर बोले–''अखबार खरीदते-भर हो बंशी, पढ़ना तुम्हें नहीं आता।''

''क्यों पंडित जी?''–उसने पूछा।

–''अरे देखता नहीं। यह खबर वारसा की है। वारसा इस देश में नहीं है। वह पोलैंड की राजधानी है।''

सरदार हरनाम सिंह ने एक लम्बी चैन की साँस ली। बंशी अब तक पान बना चुका था। एक-एक पान उसने दोनों को दिया। फिर बदरी परसाद ने हाथ फैला दिये तो उसने थोड़ा-सा जर्दा उनके हाथ में रख दिया। बदरी परसाद ने यहाँ जर्दा फाँका और वहाँ बंशी गुनगुना उठा :

कृष्ण चले बैकुंठ को, राधा पकड़ी बाँह,

यहाँ तमाकू खाय लो, वहाँ तमाकू नाँय।

–''क्यों पंडज्जी?''

बदरी परसाद तो अखबार में उलझे रहे, कुछ बोले नहीं, पर हरनाम सिंह खूब जी खोलकर हँसा। बदरी परसाद का नन्हा-सा लड़का भी हँस पड़ा और उसकी हँसी देखकर बंशी ने उसे गोद में उठा लिया।

बदरी परसाद की नजरें घूमती-घूमती एक जगह ठहर गयीं और वह जोर से पढ़ने लगे :

जबलपुर, सोमवार। समाचार मिला है कि सेंट्रल जेल में बंद सत्याग्रहियों ने भूख हड़ताल कर दी है। उनका कहना है कि जेलर का व्यवहार राजनितिक बंदियों के साथ ठीक नहीं है। इस तरह की शिकायत तो कई दिनों से चली

आ रही है, पर झगड़ा उस समय खड़ा हो गया जब सेंट्रल जेल के सुपरिटेंडेंट मि. एस. कैनेथ ने न केवल पंडित सुखलाल तिवारी की यह बात अस्वीकार कर दी कि शाकाहारियों का भोजन मांसाहारियों से अलग बनाया जाय, बल्कि पंडित सुखलाल के जोर देने पर मि. कैनेथ ने कोड़े लगाने की धमकी दी। स्मरण रहे पंडित सुखलाल तिवारी मंडला जिले के एक प्रतिष्ठित कांग्रेसी नेता हैं और हाल ही फतहदरवाजा में भाषण देने के अभियोग में उन्हें बीजाडाँडी में पकड़ा गया था।''

समाचार सुनकर सब स्तब्ध रह गये । बदरी परसाद ने सिर हिलाकर इतना ही कहा–''तो सुखलाल अब जबलपुर चले गये।''

हरनाम सिंह ने गरदन मटकाते हुए कहा–''जियो पंडत सुखलाल, वाहे गुरु तुम्हारी रक्षा करें।''

इसी समय करीम मियाँ भी अपनी झोपड़ी से निकल आया।

–''अदाब अर्ज पंडज्जी।''

खुश रहो, करीम। क्या हाल है?''–सहज ही बदरी परसाद ने पूछ लिया।

–''ठीक है महराज। आज के अखबार में पंडत सुखलाल का नाम छपा है। देखा है आपने?''

–''वही देख रहा हूँ, करीम।''

करीम थोड़ा पास आ गया। अब वह बदरी परसाद से लगभग लग चुका था। बंशी ने करीम को पान नहीं दिया, मुँह बनाकर वह उसकी ओर देखता रहा। हरनाम सिंह अपनी मूँछें हाथ से टेने लगे। करीम ने किसी की ओर ध्यान नहीं दिया। बदरी परसाद के कान के पास अपना मुँह ले जाकर बोला–''क्यों पंडज्जी, क्या होगा इस सत्याग्रह का?''

बदरी परसाद ने अखबार अलग करते हुए कहा–''गाँधी जी कहते हैं सत्याग्रह से बड़ा कोई अस्त्र नहीं है। तुम देखना तो करीम मियां तीसरे दिन अंगरेजों की अक्कल दुरुस्त हो जाएगी?''

–''और क्यों पंडज्जी, जेल में मुसलमान भाई हैं कि नहीं?''

–''क्यों नहीं करीम, तुम सबको अपनी तरह क्यों मानते हो? क्या सभी मुसलमान लीग में है? क्या तुम्हारी तरह सभी खाकसार दल के सिपाही हैं? वहां की तो नहीं जानता, मंडला की जेल में एक चौथाई मुसलमान थे।''

''अच्छा''–करीम को आश्चर्य हुआ।

बदरी परसाद ने कहा–''तुम्हें अचरज हो रहा है करीम मियाँ, पर सब

तुम्हारी तरह नहीं हैं। यह मत भूलो कि यह भेदभाव ज्यादा नहीं चलेगा। तू ही बता यदि मैं तेरे घर जाऊँगा तो क्या मेरी भौजाई बाहर निकलकर मुझसे बातें नहीं करेगी?''

–''क्यों नहीं पंडज्जी! क्यों नहीं करेगी वह? वह तो तुम्हारे सामने बुरका भी नहीं डालती।''

''तब?''–बदरी परसाद ने सीधा प्रश्न पूछा।

करीम अगल-बगल झांकने लगा! थोड़ी देर चुप रहने के बाद वह बदरी परसाद के लड़के को खिलाने लगा–''तुम्हारा नाम क्या है, बेटे?''

लड़का किसी तरह का जवाब दे कि वहाँ रामरती आ गयी और लड़के को उठाकर ले गयी। करीम मियाँ ने कहा–''कित्ता खूबसूरत बेटा है?''

किसी ने कुछ जवाब नहीं दिया तो वह फिर बोला–''अब समझा पंडज्जी, जहल में कमबख्त दोनों बंद हैं... हिन्दू भी और मुसलमान भी। दोनों साथ रहते हैं, साथ खाते-पीते हैं, पर बेचारे मुसलमानों को अब वहां भी गोश्त खाने को नहीं मिलेगा। वहां भी हिन्दुओं ने सत्याग्रह मचा दिया है।''

हरनाम सिंह बोल पड़े–''हां सूअर का गोश्त!''

''ये सरदार जी''–करीम चीख पड़ा!

बदरी परसाद ने कहा–''मांस न खाने की बात गाँधी बाबा की है करीम और उसे हिन्दू व मुसलमान दोनों मान रहे हैं। समझे।''

''समझा।''–एक आँख दबाकर वह यों बोला जैसे उसके सिर पर किसी ने लट्ठ दे मारा हो।

बदरी परसाद ने बंशी को अखबार लौटाया और बाम्हनटोला की ओर बढ़ गये। सुखलाल के घर पहुँचे तो वहाँ का नजारा ही अलग था। दुगघो काकी रार दे-देकर रो रही थीं और सुवेगा बाहर परछी पर बैठे सिसक रही थी। बदरी परसाद ने सुवेगा के हाथ पकड़ लिए। बोले–''अब तो स्यानी हो गयी हो सुवेगा, कुछ समझदारी से काम लो। क्यों व्यर्थ रोती हो?''

दुगघो काकी ने बदरी परसाद की आवाज सुनी तो और जोर से रो पड़ीं–''अरे भइया रे, अब मोरो का हू है रे?''

बदरी परसाद ने समझाया–''क्यों पागल बनी हो भौजी, जेल में सुखलाल अकेले थोड़े हैं। बड़े-बड़े नेता बंद हैं। गांधी जी, नेहरू जी...।''

दुगघो काकी पर इसका कोई असर नहीं पड़ा । वह उसी तरह रोती रही। रो-रोकर सुनाती रहीं कि रात को सपने में सुखलाल आये थे। उससे कह गये

हैं कि बस अब मिलना नहीं होगा। उन्हें फाँसी लगने वाली है। इसके बाद दुगघो काकी वह सारी बातें बखान गयीं जो सुखलाल ने सपने में बतायी थीं और जिन्हें वह मौत के बाद चाहते हैं। सपना रात-भर चला और सुखलाल रात-भर दुगघो के बालों पर हाथ फेरते रहे! उसकी पीठ सहलाते रहे। उसके आँसू पोंछते रहे। सबेरे उन्हें फाँसी लगने वाली थी। लड़कों ने रो-रोकर दुगघो काकी की नींद तोड़ दी, वरना वह अपने सामने उन्हें फाँसी पर लटका भी देख लेतीं। दुगघो काकी को भरोसा हो गया कि सपना झूठ नहीं है और उन्हें निश्चय ही फाँसी पर लटका दिया गया है।

बदरी परसाद की अक्ल यहाँ काम नहीं कर पायी। औरतों के सामने सदा ही पुरुष की अक्ल मारी गयी है। वह अपने भरमजाल को ऐसा फैलाती है कि बेचारा आदमी कुछ नहीं कर पाता। वह मक्खी की तरह मकड़ी के जाले में फंसा छटपटाता रहता है। बदरी परसाद के मन में विचार आया कि वह उठकर सुखलाल की तरह दुगघो काकी की पीठ पर हाथ फेरें और समझा दें कि भौजी, यह सपना एकदम गलत है। उनके मन में आया कि वह उसके आंसुओं को अपनी हथेलियों से सुखा दें और अपनी छाती से उसे लगाकर इतने जोर से चिपटा लें कि फिर दुगघो के मुँह से बोल न निकल सके। इससे दुगघो काकी को राहत मिलेगी। बदरी परसाद जानते हैं कि पुरुष की छाती में बड़ी ताकत होती है। एक बेल की तरह लिपटकर स्त्री अपना भार हलका कर लेती है। जब तक पुरुष की छाती है औरत की साँस चलती है। उसकी जिंदगी जैसे उसी से बंधी है। बदरी परसाद कम-से-कम एक बार तो उसे जिंदगी देकर फिर समझा तो सकते हैं कि यह सपना झूठा है, भौजी। सुखलाल तो जेल में नेता बन रहे हैं, भरोसा नहीं है तो आज का अखबार देख लो, पर बदरी परसाद के पैर नहीं उठ सके। दुगघो काकी उसकी भौजी जरूर है, पर वह बात को गलत समझे। स्त्री की अक्ल का ठिकाना नहीं होता। वह जाने कब, कहाँ और किस तरह बहक जाए। बहुत चाहकर भी बदरी परसाद उसे अपनी छाती का सहारा नहीं दे सके। तब उन्हें दूसरा उपाय सूझा। उन्होंने सुवेगा को पकड़कर छाती से लगा लिया और उसे समझाने लगे। जब दुगघो काकी ने अखबार की बात सुनी तो एकदम चुप हो गयीं, जैसे किसी मिल का भोंपू बजकर एकाएक बंद हो गया।

बदरी परसाद कुरसी खींचकर बैठ गए। बोले-"अरी भौजी, भइया की नेतागिरी के उपलक्ष्य में क्या चाय नहीं पिलाओगी।"

सुवेगा भीतर जाकर अपने काका के लिए चाय बनाने लगी और बदरी परसाद अपने दूसरे भतीजे और भतीजियों को खिलाने लगे।

बदरी परसाद ने अकेले चाय नहीं पी। दुगघो काकी को भी साथ देना पड़ा। चाय के साथ भी सुखलाल की चर्चा चल पड़ी। जेल में मुसीबतें कम नहीं हैं। अंगरेज सिरकार गिरफ्त लोगों को कैदियों की तरह रखती है। जरा-सी गड़बड़ी की कि पिटाई शुरू! और गांधी महराज हैं सो कहा मानते नहीं। कहते हैं सुराज लेने के लिए कुरबानी करनी पड़ती है। उसके बिना सुराज नहीं मिल सकता।

दुगघो काकी की आँखों में आँसू आ गये। क्या कुरबानी मेरे मरद की ही चाहिए गांधी बाबा को? बदरी परसाद ने समझाने में किसी तरह की कसर नहीं रखी। कई तरह की आशाएं उन्होंने बंधायी। बस दो दिन ही का समय है, फिर सारे गाँव में पंडित सुखलाल की जय के नारे गूंजेंगे। हारों से लद जाएंगे सुखलाल भइया और दुगघो काकी के साथ उनकी फोटू खींची जाएगी। वह फोटू अखबारों में छपेगी, पर दुगघो काकी भला माननेवाली है। यह सुनकर तो उसका कलेजा और दो टूक होने लगा, समाज-सेवा भी कोई सेवा है? वैसे ही दिन-भर वह बाहर फिरते रहते हैं, जैसे दुनिया-भर की सारी चिंता-फिकर उन्हीं के सिर पर है। अब उनकी जय-जयकार होगी। वे मालाओं से लाद दिये जाएंगे। उनकी फोटू ली जाएगी। फोटू अखबारों में छपेगी।... तो दुगघो काकी कहीं की नहीं रहेंगी। उनकी ढलती उमर न जाने और कितनी मुसीबतें सहेगी। उन्हें यह सब अच्छा नहीं लगा। वह जोर से चिल्लायी—हमें उनकी फोटू नहीं छपवानी, बदरी भइया! उन्हें जल्दी से घरै बुला दो, बस रात-रात-भर नींद नहीं आयै। अरे भइया, फोटू छपवाने की साध है तो खुद काहे नयीं चले गये...?''

दुगघो काकी अपने-आप रुक गयी। उन्हें लगा जैसे उन्होंने कोई बेजा बात कह दी है। कोई ऐसी बात उन्होंने कह दी है, जो कहनी नहीं चाहिए। बदरी परसाद कुछ बोल नहीं पाये। दुगघो काकी ऐसा कह जाएंगी, उन्हें भरोसा नहीं था। सुखलाल को वह अपना सगा बड़ा भाई मानते हैं। उनके जेल जाने से बदरी कम दुःखी नहीं हैं, लेकिन कोई उपाय भी तो सामने नहीं दीखता, जिससे वह सुखलाल को छुड़ाकर बाहर ला सकें। तब...?

बदरी परसाद के चेहरे का रंग बदल गया और सुवेगा ने शायद यह भाँप लिया। बोली—''नहीं कक्का, बुरा मत मानो, अम्मां की आदत ही ऐसी है। न आव देखें न ताव, जो जी में आय बक देती हैं और तुम हो, सो हमारी खबर

लिये मरे जा रहे हो।'' वह बदरी काका के पास आ गयी। बदरी परसाद ने उसे आँख-भर कर देखा। उनकी सूखी आँखें सजल हो गयीं। सुवेगा की बेबस लहराती पलकें भी जैसे झुक-झुककर बदरी काका से माफी माँग रही थीं। उसकी उमर जैसे अपनी ही देह से फटकर बाहर आकर कहती थी : काका, दद्दा को कुछ हो गया तो मेरा कौन बैठा है?

बदरी परसाद सब-कुछ भूलकर उसकी उभरती देह को देखने लगे। दिन, महीने और बरस बीतते जा रहे हैं। देह की जोत तेज होती जा रही है, जैसे भीतर-ही-भीतर देह का धरातल बढ़ता जा रहा है। सुखलाल सिर पटककर रह गये, पर कोई लड़का नहीं ढूँढ़ पाये। उन्हें यहां से फुरसत ही कब मिली है! और वह स्वयं... क्या कर सकते हैं। उन्होंने अपनी तरफ से जितना हो सका है, कब नहीं किया और अब तो यह सारा गाँव ही उनके लिए सिरदर्द बन गया है। न जाने कितनी आँखें जैसे उन्हें फाड़-फाड़कर घूर रही हैं जगह-जगह मोरचे लगे हैं : करीम मियाँ, निसपिट्टर गुलाम मुहम्मद, कांसटेबल सलीम खाँ, सलीमा, फरीदा...!'' और बदरी परसाद कुछ सोचते कि उन्हें लगा कि उनके सामने सुवेगा नहीं सलीमा खड़ी है, जिसे आज ही उन्होंने मारा है।

उसके गोरे गालों से कहीं घर जाते-जाते खून न चू गया हो। यही हालत फरीदा की होगी बदरी परसाद को लगा कि वह दोनों के गाल पकड़कर दबा दें, ताकि उनसे खून न आ पाए। इस विचार के साथ ही उनके हाथ अपने-आप आगे बढ़ गये। वे सुवेगा के भरे गेंहुए गालों से जा टकराये। लड़खड़ाते बदरी परसाद ने अपने को सम्हाला और सुवेगा यह समझ नहीं सकी कि कक्का के हाथ गालों को हल्के-से छूकर वापस क्यों चल गये?

बदरी परसाद आये थे दुगघो काकी और सुवेगा को साहस देने, पर खुद हिम्मत हारकर उठ बैठे। एक बार उन्होंने दुगघो काकी को देखा, दूसरी बार सुवेगा को और अंत में उन छोटे-छोटे लड़कों जो घी और रोटियों को लेकर भीतर रसोईघर में झगड़ रहे थे और आपस में मारामारी कर रहे थे।

बदरी परसाद बाहर आ गये तो उन्हें हाथ में डंडा लिये प्यासन दादी आती दिखी। वह हाथ में एक लोटा लिये थी, बदरी ने पूछा–''एमें का है, दादी?'' दादी ने अपनी कमर जरा सीधी की और पोपले मुँह से बोली–''और का हो है रे बदरी, भट्टैया को तेल...।'' दादी फिर झुक गयी और सुवेगा को देखकर जोर से बोली–''काये री रांड, सुवेगा, फिर सुध लेत नयीं बनें, तेल खतम हो गओ तो जाके लै आऊँ दादी के घर से। है कित्ती दूर, रांड झट शीशी उठे है

और बनिया के चली जैहे। अरी, कीरा पर हैं, जो दादी के संग छल कर हौ तो। गाँव-भर के नौने क लाने ही तो कहत हों कि अरे नासकटे हरो, भट्टैया को तेल पियो। एइको तेल पीके किसन भगवान ने कंस कौ मारौ हतौ।''

बदरी परसाद मुस्करा पड़े। बोले–''इत्ता पैसा इकट्ठा करके क्या करोगी प्यासन दादी? काहे को सारे गांव को परेशान किये हो।''

दादी ने तेल का बरतन और डंडा नीचे धर दिया और कमर जरा ऊपर उठायी और दोनों हाथों की अंगुलियों को जोर से चिटकाते हुए बोलीं–''नास हो जाए गारी देने वारों को! तैं बार-बार का कहत है रे बदरी, मैं पैसा जमा करत हों तो तोरो सिर काये चढ़त है। और देखों तो गांव को कौन माई को लाल है जो घेटुंआ दबात है मोरो।'‛

बदरी परसाद में डंडा उठाकर दादी के हाथ में थमा दिया। बोले–''डंडा मत छोड़ा करो दाई! गरदन वैसे ही हिलती है।'' प्यासन दादी ने अपनी सफेद आँखों को ऊपर उठाकर बड़े अजीब ढंग से बदरी परसाद की ओर देखा और आगे बढ़ गयीं। सुवेगा यह खड़ी-खड़ी देख रही थी और हंस रही थी। उसने दादी का हाथ पकड़ लिया । तब तक दुगघो काकी भी बाहर निकल आयी।। परछी तक आते-आते उनके पैर एकदम रुक गये। शायद कोई दूर बेछेरा[1] गा रहा था:

लिली पंचरंगी डोर,
तोर कटरी दिल बसे मोर
राती रहे बह्या सबेरे जाना।

---

1. बुंदेलखंड का लोकगीत।

जाने कितनी आंखें

बारह

गुरुवार की संध्या! रोज की तरह वह आज भी शांत थी। खुरों से धूल उड़ाते जानवरों ने जब हिंगना पार कर गेंवडे में पैर रखे तो बदरी परसाद ने भी हिंगना पुल पार कर लिया था। सामने पुलिस थाना था और थाने से लगा दरोगा का घर। महीना-भर हो गया। रोज शाम को बदरी परसाद यहाँ ट्यूशन पढ़ाने आते हैं। सलीमा और फरीदा जब यहाँ आयी थीं तो उन्हें किसी बात का सऊर नहीं था। पढ़ाई-लिखाई से गोल! पढ़ाई है तो बस बदरी परसाद की। महीने-भर में टंच कर दिया। यह देखकर बेगम भी खुश थी। मास्टर मन लगाकर पढ़ाता है। कभी नागा नहीं, कोई खोट नहीं, वह काम का पक्का है तो बात का भी। इसलिए शाम होते ही बेगम, मास्टर का रास्ता हेरने लगती है। पढ़ाते-पढ़ाते जब मास्टर थक जाता है तो एक गिलास दूध लाकर वह सामने रख देती है। सात बजे के बाद बदरी परसाद कभी वहाँ नहीं रुके। तब चबूतरे में लोगों की भीड़ होती है। साधु-संत आरती करते हैं और जब कभी वे रहते तो बदरी परसाद की आरती कहां गयी है? एक हाथ में आरती की थाली और दूसरे में घंटी लेकर वह घंटों नाचते हैं। नाचते-नाचते जब तन्मय हो जाते हैं तो 'बम अगड़बम' के बोल निकालने लगते हैं। तब सबको लगता है, जैसे साक्षात् शंकर वहाँ उतरकर ताण्डव कर रहे हैं।

आज भी बेगम ने मास्टर का स्वागत किया, पर रोज की तरह सलीमा और फरीदा अपना-अपना बस्ता लेकर नहीं आयीं। यह देखकर बदरी परसाद ने आवाज लगायी-''बटी सलीमा... ओ फरीदा बेटी!

दोनों में से एक भी नहीं बोलीं। बेगम ने उन्हें कुरसी दी और वह खुद पलंग पर बैठ गयी। बोली-''न आने दो मास्टरजी, स्कूल से आते ही बिगड़ी हैं। कहती थीं, बड़े गुरुजी ने खूब मारा है तो हम उनसे नहीं पढ़ेंगे।''

बदरी परसाद हँस पड़े। बोले-''बच्चों की आदत ही जिद करने की है। लड़कों और बंदरों में फरक ही क्या है, बीबी जी! क्लास में अपने कप्तान को

इन दोनों ने खूब पीटा; बड़ी शैतान हैं, ये छोकरियाँ। और बीबी जी बचपन में कौन शैतान नहीं होता? हाँ, मास्टर के नाते आखिर मुझे कुछ तो नियम पालने पड़ते हैं। स्कूल में लड़कों को दंड न दो तो शायद पढ़ें ही नहीं। बीबी जी, हमने तो बेहद मार खायी है अपने मास्टर की और उसी का फल है कि आज आनंद कर रहे हैं।''

—''हाँ मास्टर जी, आप ठीक कहते हैं! मैं थोड़े आपसे कुछ कह रही हूँ। मैंने तो इन्हें बहुत मनाया, पर...!''

—''मैं अभी मना लेता हूँ, बीबी जी। देखूँ ये कैसे नहीं आतीं? बेटी...ओ बेटी सलीमा...अच्छा फरीदा तू ही आ जा... आ तो भला।''

दोनों में से कोई टस-से-मस नहीं हुई। पलंग पर उसी तरह दुबकी पड़ी रहीं। बेगम ने कहा—''मास्टर भइया, कहती थीं अब्बा को आने दो तब बताएंगे।'' मास्टर बदरी परसाद जोर से हंसे और इतनी जोर से बोले कि दोनों उनकी बात बराबर सुन लें—''बीबी जी, मैं इनके सामने इनके अब्बा को भी पीटूंगा। मास्टर हूँ, कोई छोटा आदमी हूँ? मास्टर को हक है हर विद्यार्थी को मारने का, समझीं।''

बेगम जोर से हँसी। बोली—''अड़ियल हैं हरामजादी दोनों। आप चिंता न करें मास्टर जी, उनसे कहकर दोनों की अक्ल दुरुस्त करवा दूँगी। कल पढ़ेंगी ही।''

बदरी परसाद उठ बैठे। बोले—''अच्छा बीबी जी तो चलूँ।''

—''नहीं मास्टर जी, ऐसे कैसे हो सकता है। आप बैठिए मैं अभी आती हूँ।''

बदरी परसाद कुरसी पर बैठ गये। बेगम थोड़ी देर के बाद एक गिलास दूध लेकर बाहर आ गयीं। दूध में कई तरह के मसाले भी पड़े थे। मास्टर ने चुपचाप दूध ले लिया। एक घूँट पीकर उन्होंने उसके स्वाद की तारीफ की। बेगम तारीफ सुनकर हल्के-हल्के यूँ मुस्करायीं, जैसे सबेरा होते ही कमल की एक-एक पंखुड़ी मुस्कराती है। वह एकटक मास्टर को देखती रहीं।

बदरी परसाद पाँच मिनट में ही सारा दूध गटगटा गये और फिर उनमें जरा-सी हलचल हुई तो बेगम ने कहा—''आप आज पढ़ाएंगे नहीं तो क्या हुआ, समय तो पूरा करना ही होगा।'' बेगम ने यह बात जिस ढंग से कही और उसके कहने में जो एक विचित्र खीझ-सी थी, बदरी परसाद फिर उठ नहीं सके। बेगम ने उठकर बगल के कमरे का दरवाजा लगा दिया, जहां उनकी दोनों बेटियां या तो सो रही थीं या सोने का बहाना कर रही थीं।

फिर बोलीं–''बुरा न मानिए मास्टर जी, बच्चे ऐसे ही होते है।''

–''नहीं बेगम इसमें बुरा मानने की क्या बात है? मैं तो चाहता हूं, ये दोनों अव्वल-दरजे पास से हों।''

''बड़े नेक ख्याल हैं आपके!'' बेगम ने कहा। फिर थोड़ी देर वह जोर-जोर से थूक लीलती रहीं और पूरे कमरे में घूमती रहीं। मास्टर बदरी परसाद चुपचाप सिर नीचा किये बैठे रहे। बीच-बीच में वह या तो दीवार पर टंगी घड़ी को देखते थे या कभी बेगम के उस बनते-बिगड़ते चहरे को जो कभी गुलाबी हो जाता था, कभी जासौनी और कभी मोगरे की तरह फूला हुआ उजरा और साफ!

थोड़ी देर के बाद बेगम ने ही मौन तोड़ा। बोलीं–''मास्टर जी, सुना है आप जादू-मंतर जानते हैं?''

''नहीं तो''–बदरी ने आश्चर्य से कहा।

बेगम के चेहरे पर शरारत भरी मासूमियत उतर आयी। उसकी कजरारी आँखों में एक साथ कई रंग उतर आये। बोलीं–झूठ न बोलो मास्टर जी, हमने सब सुन रखा है। तुम्हारे पास एक जादू है। उसके बल पर तुम कई काम कर सकते हो। हाँ मास्टर जी, लड़का भी दे सकते हो...?''

बेगम का चेहरा यह कहते ही अपने-आप झुक गया। बदरी परसाद चक्कर खाने लगे। उनका कंठ बार-बार सूखने लगा। बोले–''आपको किसी ने गलत बताया है बीबी रानी, लड़का हम कहां से दे सकते हैं। वह तो उस भोले की माया से ही मिलता है।''

बेगम ने बदरी परसाद के पैर पकड़ लिए–''तो अपने भोला से कह दो, मास्टर भइया, मुझे एक बच्चा दे दें, बस एक लड़का! लड़कियों का भरोसा क्या है, ये तो ठहरीं परायी फसल।'' बेगम ने बदरी परसाद के पैर जोर से पकड़ लिए और बदरी परसाद बिजली के लगातार लगने वाले धक्कों से जैसे पत्थर बन गये। वह बेगम की पीठ और उस पर गिरती रेशमी साड़ी के छपे पल्लू को देखते रहे। वह यह भी देखते रहे कि उनके बालों में खुसी सोने की सांकल सांस के हर उतार-चढ़ाव के साथ किस तरह हिल रही है। उसके साथ ही एक भय उनके मन में जागा... यदि एकाएक दरोगा आ जाए तो? या कोई सिपाही ही थाने से आ जाए? इस भय ने काफी बल पकड़ा और बेगम के दोनों हाथ पकड़कर उन्होंने उसे खड़ा कर दिया। बेगम अपने को छोड़ चुकी थी, वह एक लता-सी ढीली होकर फिर बदरी परसाद के कंधों से जा लगी। अबकी बार उसने

बदरी परसाद की पीठ पकड़ ली और काँपते स्वरों में बोली-"हमने खूब खिदमत की है मास्टर भइया, बहुत पीर जगाये हैं, बड़ी भभूत लगायी है। फकीरों को बेहद दान दिया है, पर ऐसा लगता है कि हमारे धरम में ऐसा कोई खुदा नहीं है, जिसकी ताकत हो हमें एक बेटा देने की।"

बदरी परसाद चाहकर भी अलग नहीं हो पाये। बोले-यह गलत है बीबी रानी, सब धरम बराबर हैं। सबका खुदा एक है। उसकी ताकत को चुनौती इंसान नहीं दे सकता।" बेगम चीख उठीं। बोलीं-"उपदेस तो बहुतों ने दिया है, मास्टर। लड़का कोई नहीं दे सका। मुझे तो बस एक लड़का चाहिए है, केवल ऐक लड़का और मुझे इस बात का भरोसा है मास्टर, कि केवल तुम्हारे मंतर ही लड़का दे सकते हैं। जो जादू-टोना मुझ पर करना चाहो करो, मास्टर भइया! जल्दी मंतर चलाओ, मास्टर कहीं लड़कियां जाग न जाएं...।"

बदरी परसाद चेतना शुन्य खड़े रहे। दिमाग एकदम दिवालिया हो गया उन्हें यह भी नहीं सूझा कि थोड़ा-सा साहस वह बेगम को दे दें। बेगम शायद सोच रही थी कि ऐसा समय फिर कभी नहीं मिलेगा-न लड़कियों को मार पड़ती, न वे ऐंठती, न आज अकेले में मास्टर मिल पाता। एक लड़के के लिए उसने क्या नहीं किया... फकीर, साधु-संत, मस्जिद में नमाज, मुल्लाओं की अमलदारी! आधी रात को अकेल पीरों की दरगाह छानी है। भभूत खायी है। फकीरों का आसरा तका है पर कहीं कोई सुनवायी नहीं हुई। सुनवायी तो बस मास्टर ही कर सकता है जिसे मंतर आते हैं। आरती करते बखत जो नाच उठता है और तब जिस पर शंकर भगवान उतर आते हैं। कहते हैं शंकर में बड़ी ताकत है। वह चुटकी बजाते लड़का दे सकता है। मास्टर सिद्ध है। मास्टर साधक है। चाहे जो हो इसे छोड़ना नहीं चाहिए।

उसने बदरी परसाद की कमजोरी का भी पूरा लाभ उठाया। एक झटके के साथ ही अब दोनों बेगम के गद्देदार बिस्तरे पर थे। वहाँ पहुँचते ही जैसे बदरी परसाद सब-कुछ भूल गये। उन का सोया पुरुषत्व उस झटके के साथ ही एकाएक जाग उठा। उनके हाथों में अजगर की ताकत आ गयी। उनने अपने दोनों हाथों से बेगम की पूरी देह पकड़ ली और बेगम आंख बंद किये लड़का पाने का सपना देखने लगी।

एक, दो, तीन, चार ...और आठ!

थाने का घंटा बजा। उसमें आठवीं ठोकर लगी तो मास्टर ने अनुभव किया कि वह भी हलका हो गया है, बहुत हलका। बेगम का चेहरा शर्म और खुशी

के मारे दिये की बाती-सा हो गया। एक गिलास गरम दूध लाकर फिर उसने बदरी परसाद ने सामने रख दिया । बदरी परसाद ने देखा, इस बार वह केवल दूध है, उसमें मेवे नहीं हैं।

बदरी परसाद जब जाने के लिए खड़े हुए तो बेगम ने पास आकर एक बार फिर बदरी परसाद का आलिंगन किया और कानों के पास अपना मुँह ले जाकर धीरे से पूछा–''क्यों मास्टर जी, लड़का ही होगा न?''

तेरह

मुरगे की बांग देने के पहले किसी ने दरवाजा खटखटाया!

बदरी परसाद हड़बड़ा कर उठ बैठे। दरवाजा खोला तो थाने का सिपाही सरन सिंह खड़ा था। बदरी परसाद का चेहरा फक्क पड़ गया। अनेक विचार उनके मन में आये। सरन सिंह ने बताया कि दरोगा साहब बुला रहे हैं। करीम मियां की बाड़ी के पास खड़े हैं।

बदरी परसाद ने देखा बाहर काफी झुटपुटा था। सड़क एकदम सूनी और शांत थी। कुत्ते भी रात-भर की चिल्लाहट से थककर कहीं दुबक गये थे। इतने सबेरे थानेदार का बुलाना... जरूर कोई राज है इसमें वह सोच ही रहे थे कि उनकी पत्नी ने पीछे से आकर उन्हें पकड़ लिया। सिपाही सरन सिंह को देखकर वह बोलीं–क्यों रे सरन, क्या बात है?''

–''दरोगा साहब ने पंडज्जी को बुलाया है, बाई!''

–''इतने समय? कहां हैं दरोगा?''

सरन सिंह ने उस झुटपुटे में अँगुली दिखाने का असफल प्रयत्न किया।

–''वह खड़े हैं बाई जी, करीम खाँ की बाड़ी के पास सड़क पर।''

''करीम की बाड़ी के पास।''–मास्टरनी बाई का माथा ठनका बोलीं–''वहाँ क्यों? जा, उनसे कहना यहीं आ जाएं। मैं चाय बनाती हूँ।''

सरनसिंह लौटा और दौड़ गया।

बदरी परसाद वहीं खड़े रहे। उनकी पत्नी ने हाथ पकड़ा, बोलीं, –''चलो, दरोगा की नीयत ठीक नहीं दीखती। तुम्हें कल लड़कियों को नहीं मारना था।''

''वह कारण नहीं है–बदरी परसाद एकदम बोल पड़े।''

–''तो? और कुछ हुआ कल?''

बदरी परसाद चुप रहे। इसका जवाब न दे सके, गलती से जो निकल

जाने कितनी आंखें

गया, उस पर पछताने लगे। तभी दरोगा की आवाज सुनायी दी। वह जोर-जोर से गालियां दे रहा था मास्टर को। बहुत भद्‌दी गालियां और ललकार रहा था बाहर आने को–"अबे मास्टर, तेरी ऐसी की तैसी, हरामी, साले, बहन... बाहर आता है कि नहीं? उल्लू का पट्‌ठा!'

गालियाँ सुनीं तो बदरी परसाद क्रोध से काँप उठे। उनके नथुने फड़फड़ाने लगे। उनकी पत्नी ने उनका हाथ पकड़ लिया, पर एक झटके के साथ ही उन्होंने अपना हाथ छुड़ा लिया और कूदते हुए बाहर निकल आये। उस समय बदरी परसाद को देखते बनता था। लगता था कोई सताया सिंह अपनी माँद से निकल रहा है। सड़क पर उतरते ही वह गरजे–"गाली क्यों देते हो, दरोगा जी?"

दरोगा नरम नहीं पड़ा। वह उसी तरह गंदी-से-गंदी गालियां देता रहा। बोला–"हरामी, तूने हमारी फूल-सी लड़कियों को क्यों मारा? मैं खून पी जाऊँगा। तुझे जेल में बंद कर दूगां।"

सुनकर बदरी परसाद के मन से एक बहुत बड़ा कांटा बाहर निकल गया। दरोगा निश्चय ही अपनी बेटियों के कहने पर आया है। बेगम ने कुछ नहीं कहा, जैसे ही उनके मन का यह चोर भागा कि वे और बौखला गये। करीम मियाँ की बाड़ी में लगे बाँसों में से एक को उन्होंने एक झटके में ही उखाड़ लिया। बाँस ऊपर उठाकर वे दरोगा की ओर लपके–आ सामने, असल हो...!" दरोगा को शायद यह उम्मीद नहीं थी। वह सोचता था कि मास्टर गिड़गिडाने लगेगा और घबरा जाएगा। उन्होंने सरन सिंह को बुलाया, पर अब तक वह चम्पत हो चुका था।

आवाज सुनकर खांसता हुआ करीम मियां जरूर बाहर निकला। उसे देखकर बदरी परसाद और जोर से दहाड़ने लगे। इसके बाद ही बदरी परसाद ने बांस ऊपर उठाकर पूरी ताकत से उसे दरोगा के सिर पर पटकना ही चाहा था कि दरोगा नीचे झुककर बच गया और दौड़ता हुआ थाने की ओर भागा। थोड़ी दूर बदरी परसाद ने उसका पीछा किया, पर मस्जिद के आगे वह नहीं गया। थानेदार तब तक भाग चुका था और करीम न जाने कहां दुबक गया था। यहां की आवाजें सुनकर सरदार हरनाम सिंह की आंख जरूर खुल गयी थी। वह उठकर बाहर आया और बदरी परसाद को इस रूप में देखकर दंग रह गया। जब पूरा मामला उसे पता चला तो उसने बदरी परसाद को और हिम्मत दी। बोला–"चलो मास्टर जी, साले को थाने के अंदर चलकर मारें।" बदरी परसाद ने समझदारी से काम लिया। बोले–"नहीं सरदार जी, अब तो

भाग ही गया है और डरपोक आदमी का पीछा नहीं करना चाहिए।" बदरी परसाद जब लौटकर आये तो उनके चबूतरे के सामने दो हरबोले[1] खड़े सरमन के गीत गा रहे थे:

कि हरमोरे राम जी!

उस दिन बदरी परसाद ने प्रभाती नहीं गायी। उनका मन बिगड़ गया था। थानेदार से इस तरह के व्यवहार की उन्हें आशा नहीं थी। जरा-सी बात और तिल का ताड़ बन गयी। स्कूल में कितने ही लड़कों को सजा दी जाती है, यदि सब इसी तरह झगड़ने लगें तो... तो स्कूल का चलना मुश्किल हो जाएगा।

बदरी परसाद नहाकर चबूतरे पर बैठ गये। उनके सामने मिट्टी के बने शंकर जी थे। बदरी परसाद रोज काली मिट्टी से शंकर की मूर्ति बनाते हैं। उसे बायीं हथेली पर रखकर पूजन किया करते हैं। आज भी उन्होंने यही किया, पर मन तो कहीं और था। सलीमा और फरीदा के चेहरे उनके सामने झूल रहे थे। सहसा ही कुहरे की एक पर्त उनके सामने छा गयी। अब वहां चम्पा की तरह हंसती-फूलती बेगम थी। बेगम का चेहरा सामने आते ही बदरी परसाद की सारी देह झनझना उठी। ओफ, कितना रोमांचक स्पर्श था उस का! उस रोमांच का असल अनुभव जैसे बदरी परसाद ने अब किया। तब वे संकुचित और भयभीत थे, पर अब...! दूसरे ही पल एक बड़ा-सा पत्थर उनके मस्तिष्क से आ टकराया। बदरी परसाद बैठे-ही-बैठे कांप उठे। यह सब बेगम का जाल है। थानेदार रात को घर लौटा होगा और बेगम ने जरूर ही सब-कुछ बता दिया होगा, वरना थानेदार मूरख नहीं है। लड़कियों को मारने की बात पर वह झगड़ा नहीं कर सकता था। इसके साथ ही पुराने सारे किस्से बदरी परसाद के सामने घूमने लगे... लखनपुर की काली! उसका जुलूस! तब वहां भी हमीद खां दरोगा था। उसने जुलूस को रोकना चाहा था, पर वह न रुका। तब मस्जिद से पत्थर आये। एक पत्थर मूर्ति के दाहिने हाथ में लगा और हाथ के टूटते ही वहां तहलका मच गया। इसी के बाद इन्क्वारी हुई और दरोगा को तन्नुजुल किया गया था। उसके बाद बदरी परसाद तो यहां चले आये पर हमीद ने यह बात जरूर

---

1. बुंदेलखंड की एक विशेष जाति जो कांधे में कांवर रखकर, बहुत सबेरे घर-घर जाकर माता-पिता भक्त सरमन के गीत गाती है और उससे जो भिक्षा मिलती है, उससे ही अपना पेट भरती है।

गुलाम मुहम्मद से बतायी होगी। बदरी परसाद ने सोचा, असल में झगड़े की जड़ यहीं से शुरू होती है। फिर बीजाडांडी में भी तो कितने ही प्रसंग सामने आये हैं... करीम मियां का झगड़ा, जबलपुर की लड़की का उद्धार, हिंगना के नीचे की घटना और, और...और इन सबके ऊपर बेगम... बदरी परसाद सहसा रुक गये। उन्हें एक गहरा झटका-सा लगा। ये सब काम तो बदरी परसाद ने भलाई के लिए किये, धरम की भलाई के लिये!

पर... उन्होंने सोचा, उस दिन उन्हें बेगम के पास नहीं ठहरना था। बेगम ने जो कुछ किया, उसमें ही छल रहा है। थानेदार असल में इसी बात पर बिगड़ गया और वही क्यों, कोई भी बिगड़ सकता था। ...पर, पर बेगम यह बात क्यों बताएगी? क्या उसे बताना चाहिए?... एक दूसरा विचार बदरी परसाद के सामने आया। नहीं, यह नहीं हो सकता। यदि बेगम मास्टर को बदनाम ही करना चाहती तो वह उसी समय चिल्ला सकती थी। उसकी सारी भाव-भंगिमा बड़ी सहज थीं। उसके नयनों की भाषा स्पष्ट थी।

बदरी परसाद के सामने बेगम का लाल, गुदगुदा और मासूम चेहरा उभर आया। उसकी हर मुद्रा में एक ललक थी। उसका मातृत्व ही जैसे तब चीख रहा था।

एक लड़के की लालसा उसके शरीर को कंपा रही थी। उसके पेट में जैसे रह-रहकर एक मरोड़ उठती थी। उसको खाली पेट किसी लड़के को अपने गर्भ में छुपाने के लिए मचल रहा था। वह ठीक ही कहती थी–''लड़कियों का क्या भरोसा मास्टर, वे तो बाग की चिड़ियां हैं। आज यहां, कल फुर्र! खड़ी फसल कब कौन काटकर ले जाए और खेत को सूना कर जाए, किसे पता है? खानदान का तारनहार बेटा ही होता है। उसके बाद खानदान का नाश हो जाएगा!''

इन विचारों के साथ ही मास्टर का मन अपने-आप हलका हो गया। नहीं, कल की घटना का यह परिणाम नहीं हो सकता। ये सब पुरानी बातें हैं, जिनने थानेदार को भड़काया है।

बदरी परसाद ने मिट्टी के महादेव को पानी से नहलाया–'गंगेश्च जमुनेश्च गोदावरी सरस्वती...!' रामरती बड़ी देर से खड़ी यह सब देख रही थी। दादा कब से महादेव हाथ में लिये हैं और नहला अब रहे हैं। वह एकाएक हंस पड़ी, जोर से हंसी। उसकी हंसी ने मास्टर की ध्यानमुद्रा को बरबस तोड़ दिया। वह कुछ झिझके। आज पूजन करना उनके लिए कठिन हो रहा था। सम्हलकर बैठते

हुए उन्होंने जल्दी-जल्दी मंतर पढ़े और फिर महादेव का विसर्जन भी कर दिया। आज उन्होंने न भोग लगाया और न धूप दी, न आरती गायी। केवल शंख फूंका वह भी शायद इसलिए कि बाप-दादे ऐसा कह गये हैं। यह देखकर सबसे ज्यादा दु:ख रामरती को हुआ। उसका आज का परसाद चला गया। वह भीतर दौड़ गयी और उसने अपने सारे भाई-बहनों को बिचका दिया कि आज दादा ने भोग नहीं लगाया। फिर क्या था? सब चिल्ला पड़े। अपनी अम्मा को सबने घेर लिया। मास्टरनी बाई जब बाहर आयी, तो देखा कि बदरी परसाद एक साध से बातें कर रहे हैं। वह कोई परकम्बा बासी साधु था, शायद अभी आया था। उसके चेहरे में एक चमक थी। मास्टरनी ने मन-ही-मन श्रद्धा से मस्तक झुका लिया। बदरी परसाद से कुछ पूछने की हिम्मत वह नहीं कर पायीं। भीतर जाकर उन्होंने सब लड़कों को जरा-जरा-सी शक्कर दे दी और लड़कों ने उसे ही परसाद समझकर खा लिया।

सूरज चढ़ने लगा। थोड़ा-बहुत खाकर बदरी परसाद स्कूल पहुंचे तो सबसे पहले उन्होंने एक ड्राफ्ट बनाया—एक शिकायती ड्राफ्ट। शिक्षा-विभाग के विभागीय अधिकारी के नाम एक लम्बी शिकायत उन्होंने लिखी। उसकी नकलें मंडला के डिप्टी कमिश्नर और पुलिस के सुपरिटेंडेंट को भेजीं। उसमें यह भी लिखा कि थानेदार ने रिपोर्ट लिखने इन्कार कर दिया था। ऐसा हुआ भी था। बदरी परसाद पूरे खिलाड़ी थे। कैसे, किस तरह उन्हें चलना चाहिए, यह सब अच्छी तरह आता था। सबेरे ही थानेदार की हरकतों का पूरा हवाला लिखकर चपरासी के हाथ पुलिस-स्टेशन भेजा था। थानेदार ने वह कागज फाड़ डाला था। आंखें तरेरते हुए उसने चपरासी से कहा था—"जा, अपने मास्टर से कहना, जो करना चाहे कर ले!"

बदरी परसाद ने इसे एक चुनौती के रूप में स्वीकारा और कमर कसकर तैयार हो गये, जो भी हो वह थानेदार को इसका मजा चखाकर रहेंगे।

तीनों अरजियां लिखकर बदरी परसाद ने नायब मास्टर दुबे को सुनायीं और फिर पहली डाक के थैले में ही उन्हें बन्दकर रवाना कर दिया। अरजियां देने के बाद बदरी परसाद को लगा जैसे सारी उलझनें सुलझ गयीं हैं और फैसला अब उनके पक्ष में होते देर नहीं लगेगी।

चौदह

मौत का समाचार हवा में फैलता है!

झगड़े की बात कानों में गूंजती है–एक कान से दूसरे कान।

दरोगा और मास्टर के झगड़े की बात भुनसारे तक सारे गांव में फैल गयी। कई तरह की बातें होने लगीं। बहुतों ने मास्टर की हेंकड़ी[1] को सराहा, कुछ ने धिक्कारा भी। थानेदार से झगड़ाकर मास्टर की खैर नहीं। थानेदार के अधिकार कम नहीं हैं।

बदरी परसाद की बात अलग थी। वह अरजी देकर ही जैसे सारी बात भूल गये। अब तो बाकी का दर्द अफसरों के सिर पर है। उनका दृढ़ विश्वास था कि अन्याय नहीं हो सकता। दरोगा ने जो किया है, उसकी सजा उसे भुगतनी ही होगी। इसी विश्वास पर बदरी परसाद सारे गांव को मुंहतोड़ उत्तर देते रहे। गांव में तरह-तरह की चर्चाएं होती रहीं, पर बदरी परसाद सबसे परे अपने-आप में रमे रहे। सलीमा और फरीदा आठ-दस दिन तो स्कूल नहीं आयीं, किन्तु फिर आने लगीं। जाती भी कहां? गांव में दूसरा स्कूल तो था नहीं। पहले कुछ दिन उनके साथ थाने का सिपाही आता रहा। वह स्कूल के बरामदे में बैठा रहता। बदरी परसाद को यह अच्छा नहीं लगा, थानेदार सरेआम उनके ऊपर पहरा बैठा दे। एक दिन उन्होंने सिपाही को बुलाकर बड़े प्रेम से समझा दिया कि स्कूल के बरामदे में उसे अगले दिन से बैठने नहीं दिया जायेगा। यदि वह साथ आता भी है तो उसे स्कूल के बाहर, गेट से दूर बैठना होगा। इस घटना के बाद दूसरे दिन से सिपाही ने आना बंद कर दिया।

बुधवार का दिन था। सलीमा और फरीदा को लेकर स्वयं बेगम स्कूल आयीं। बदरी परसाद ने देखा तो उनके पैर अड़ गये। फटी आंखों से उन्होंने बेगम की ओर देखा और इस बारे में कुछ और सोचते कि बेगम उनके बहुत

पास आ गयी थीं। उठकर बदरी परसाद ने उन्हें कुरसी दी और उत्सुक निगाहों से देखने लगे।

बेगम ने कहा—''मास्टरजी, उनकी तरफ से मैं माफी मांगने आयी हूं। उनका तो स्वभाव ही लड़ाका है। ये बेटियां आपकी हैं। फेल न हों, यही अरजी है''—बेगम के मन का संशय उनके चेहरे पर साफ उतर आया। न जाने कितने दिनों से वह इस संशय की आग में जलती रही हैं। शायद थानेदार भी बाद में इस पर सोचकर पछताया होगा। आखिर लड़कियों के लिए दूसरा स्कूल तो है नहीं। यहीं उन्हें पढ़ना होगा और यदि बड़े मास्टर की नजर खराब है तो फिर पास होने की बात तो दूर की ही होगी। बेगम जानती थी कि लड़कियों की पढ़ाई का बिगड़ना अच्छा नहीं है। थानेदार की लड़कियां अनपढ़ रह जाएं, इससे बड़ी लज्जा की बात और क्या हो सकती है? बदरी परसाद ने बेगम के अंतर में छिपे भय को पूरी तरह पहचान लिया। बोले—''नहीं बीबी रानी, आप चिंता न करें। हमारा पेशा बहुत पाक है। इन छोटी-छोटी बातों पर हम नहीं जाते। किसी मास्टर को जाना भी नहीं चाहिए। बेचारी लड़कियों ने हमारा क्या बिगाड़ा है, जो हम उनसे बदला लें। जैसी वे आपकी लड़कीं, वैसी हमारीं। रही दरोगा साहब की बात, सो वह तो अब अफसरों की बात हो गयी है। इसके लिए आप माफ कीजिए और लड़कियों को बराबर स्कूल भेजती रहिए।''

बदरी परसाद ने सलीमा और फरीदा को बुलाया और उनके सिर पर हाथ फेरा, पर दोनों ने मुंह बना लिया।

बेगम ने कहा—''मास्टरजी, वह दौरे पर गये हैं, इसलिए मैं चली आयी। वह बड़े हठी हैं। अपनी अड़ के कारण ही हमें भी कई बार परेशानी हो जाती है, पर मास्टर साहब, आपने जो एहसान किया है, मैं उसे जिंदगी-भर नहीं भूलूंगी।'' एहसान भूलने की बात ने बदरी परसाद को काफी पीछे धकेल दिया। बीती हुई रात और उस रात की रानी बेगम उनके सामने उतर आयीं। उन्हें बेगम का चेहरा उसी तरह तना हुआ और लाल दिखायी देने लगा। उसकी मुस्कराहट उन्हें काट गयी। तभी बेगम ने कहा—''मास्टरजी, शाम को घर आइएगा?'' जिस ढंग से बेगम ने घर आने का यह निवेदन सामने रखा, उसके सामने बदरी परसाद डोलने-से लगे। उसकी बातों में कितनी मनुहारें छिपी हैं, सहसा उनके ओंठ खुले, मानो वह आने की हामी भरना चाहते हों, पर उसी समय वे बंद भी हो गये। थोड़ी देर चुप रहने के बाद वह बोले—''बेगम साहब,

आने की बात तो अब लाचारी हो चुकी है। हमारा पेशा ही शराफत का है। जो कुछ हो चुका है, उसके बाद अब आना कैसे हो सकता है?''

''फिर इनकी ट्यूशन कौन करेगा, मास्टर?''–बेगम ने बड़े दयनीय शब्दों में प्रश्न किया।

–''अब इसकी जरूरत इन्हें नहीं रही बेगम साहबा, ये दोनों अपने-आप पढ़कर पास हो जाएंगी और जो इनकी समझ में न आये, मुझसे स्कूल में कभी भी पूछ सकती हैं।''

बेगम काफी देर बैठी रही और हावभाव से बराबर बदरी परसाद को मनाती रही। बदरी परसाद बराबर टालते ही रहे। उन्होंने न खुलकर हां कहा और न नाही ही की। तभी वहां सुवेगा आ गयी।

–''परनाम कक्का जी!''

–''खुश रहो बेटी। सब ठीक है न?''

–''हां कक्का, बस यूं ही स्कूल घूमने चली आयी।''

उसने बेगम की ओर देखा तो बेगम की काली भवें वक्र हो गयीं। वह उठी और दोनों लड़कियों को छोड़कर कम्पाउण्ड के बाहर चली गयी।

सुवेगा ने पूछा–''कक्का, दद्दा का कोई समाचार मिला?''

''हां बिटिया''–वह बोले–''कल हरनाम उनसे मिलकर आया है। कहता था बहुत अच्छी तरह से है। उसने खबर भिजवायी है कि किसी तरह की कोई चिंता न करें।''

बदरी परसाद ने सुवेगा को कुरसी पर बैठाया। वह वहां बैठी, सामने के लड़कों पर बराबर नजर डालती रही। बदरी परसाद अपना काम भी कर रहे थे और सुवेगा से बातें भी कर रहे थे। उसी समय डाक आ गयी और जब उसे खोला तो एक चित्रवाली मासिक पत्रिका उसमें निकली। बदरी परसाद ने वह सुवेगा की ओर बढ़ा दी। बोले–''ले, इसे पढ़ना और मुझे बताना कि इसमें क्या लिखा है?''

सुवेगा ने खुश होकर वह पत्रिका ले ली और फिर उलट-पुलटकर उसके पृष्ठ देखने लगी। देखते-देखते उसने सहसा पूछा–''क्यों कक्का, दद्दा कब तक जेल से आएंगे?''

–''बस बेटा, अब देर नहीं है। लड़ाई विचित्र रूप लेती जा रही है और उसमें जितनी परेशानियां अंगरेजों को होंगी, हमारे नेताओं को उतना ही लाभ होगा और अब तो सुखलाल बड़े नेता बन गये हैं। तुझे चिंता काहे की है मेरे रहते?''

"हां कक्का, तुम्हारा ही तो सहारा है।"–एक लम्बी सांस लेकर वह बोली। थोड़ी देर रुककर उसने कहा–"कक्का, बऊ ने तुम्हें अभी बुलाया है।"

"अभी?"–बदरी ने आश्चर्य से पूछा।

–"हां कक्का!"

–"सो क्यों?"

–"मैं क्या जानूं। मुझसे कहा जाकर बुला ला, सो मैं आ गयी।"

"अच्छा चल, आता हूं।"–बदरी परसाद अपना काम जल्दी करने लगे।

सुवेगा ने कुछ कहने के लिए मुंह खोला, पर वह बस खुला ही रह गया। उसका चेहरा एक साथ कई तरह से बना-बिगड़ा, फिर कुछ कांपती और कुछ खीझती-सी आवाज में उसने कहा–"कक्का, कोऊ आये हैं, सो अम्मां ने अब्भे बुलाओ है।"

"कौन आया है?"–बदरी परसाद ने फिर प्रश्न किया।

सुवेगा शायद नहीं चाहती थी कि उसके काका ऐसा कोई प्रश्न पूछें। वह उठकर खड़ी हो गयी। अपने आंचल का छोर मुंह में ठूंसते हुए उसने कहा–"सब मुझी से पूछोगे, कक्का? मैं क्या जानूं कि कौन-कौन आता है!"

"खुलरीवाले तो नहीं हैं?"–बदरी परसाद ने अंदाज लगाया।

"मैं क्या जानूं!" कहकर सुवेगा दौड़ती भाग गयी। उसके पायल की आवाज स्कूल से निकलकर मैदान तक भागती गयी। बदरी परसाद बराबर उसे भागते देखते रहे। खड़ी फसल का कोई भरा-पूरा खेत हवा के झोंकों के साथ जैसे अपने-आप आगे खिसकता जा रहा है।

सड़क के किनारे सरदार हरनाम सिंह मिल गया, बाहर खड़ा-खड़ा वह साफा बांध रहा था। सुवेगा अपने-आप उसके पास दौड़ गयी। हांफते हुए वह रुकी और बोली–"क्यों हरनाम काका, दद्दा से मिले थे? अरे आकर बता तो जाते कि क्या कहा है उनने! अम्मां तो दिन-रात रोती हैं।"

"तेरी अम्मा पागल हो गयी है।"–हरनाम सिंह ने हंसते हुए कहा। अपनी दाढ़ी सहलाते हुए हरनाम बोला–"वह तो वहां लिड्डर बन बैठे हैं बेटा, मस्ती ले रहे हैं वहां वह! बिलकुल अपने जैसा रंग-रूप हो गया है उनका। ये लम्बे बाल, ये लम्बी दाढ़ी...!" हरनाम ने अपने दोनों हाथ हवा में यों फैला दिये जैसे वह उस आकार को अपने हाथ में ही पकड़ लेगा–"चंगे हैं जी, सुवेगा जी, फिकर मत करो!" अपने ढंग से हरनाम कह गया।

सुवेगा हंस पड़ी–''तो सरदारजी शक्ल भी तुम्हारे जैसी हो गयी है?''

''हां, हां, ...न...न...!'' हरनाम सिंह ने चौंकते हुए कहा–''मजाक करती है बेटा? ठैर, बताऊंगा जब तेरी कुड़माई होगी। अपना ठेला तक नहीं दूंगा बारात के लिए...!''

सुवेगा ने जीभ निकालकर अंगूठा दिखाया–''सिंगट्टा!''

''बिराले, बिराले, आखर मौका मेरा भी आएगा''–हरनाम ने कहा।

''धत्तेरी''–कहकर सुवेगा भागी तो हरनाम ने आवाज लगायी–

''अरी सुन तो, भागती काहे को है। तेरे लिए कुछ लाया हूं...।''

सुवेगा एकदम रुक गयी और लौट पड़ी। हरनाम सिंह अपनी झोपड़ी से गुलाबी रंग का एक दुपट्टा निकाल लाया। उसे दिखाते हुए बोला–

''यह लाया हूं, तेरे लिए।''

''तो दे।'' सुवेगा उसे लेने के लिए आगे बढ़ी। हरनाम पीछे हट गया। बोला–''लाया तो तुझे ही देने हूं, पर सुन तो ले, इसे पहनकर जब तू चलेगी तो बेहद खूबसूरत नजर आएगी और देख, चले भी तो इस तरह डोलकर...।''

हरनाम दुपट्टे को हाथ में लेकर सचमुच डोलने लगा और सुवेगा हंसी के मारे लाल हो गयी। बोली–''अच्छा, दे तो, इसी तरह डोलूंगी।''

''नहीं रे, यह तो तेरे ब्याह में दूंगा''–हरनाम ने शायद मजाक किया था, पर सुवेगा इससे बिगड़ गयी। उसी तरह जीभ निकालकर और अंगूठा दिखाकर बोली–''सिंगट्टा!'' और दौड़ती हुई भाग गयी।

हरनाम बुलाता रहा, पर फिर लौटकर सुवेगा ने उसकी ओर नहीं देखा। हरनाम बड़ी देर तक उस दुपट्टे को हाथ में लेकर अपने-आप उचटता और गाता रहा :

दुपट्टा नीं दुपट्टा नीं,
ओ जीईईई, ओ जीईई।

घर आकर सुवेगा रुक गयी। बदरी काका खुलरीवाले उस खूसट बूढ़े से बातें कर रहे थे। भीतर दुगघो काकी हलवा बना रही थी। घर में घुसते ही सुवेगा को हलवे की सोंधिया सुगंध मिली। एक भीनी-भीनी घी भरी खुशबू बराबर वहां तैर रही थी। सुवेगा तेजी से दौड़कर भागना चाहती थी, पर बदरी परसाद ने उसे रोक दिया–''सुन बेटी।''

''जी!''–वह खड़ी हो गयी।

"इन्हें परनाम कर। पगली पहचानती तक नहीं..अरे चौबीजी, अभी आयी थी मुझे बुलाने यह और जब मैंने पूछा कि खुलरीवाले तो नहीं हैं, तो कहती थी, मैं क्या जानूं! ...इन्हें नहीं जानती, सुग्गी? अरी वो तेरे फूफा हैं न–रामलाल।''

सुवेगा ने सिर हिलाकर हामी भर दी। बदरी ने आगे कहा–''उन्हीं रामलाल फूफा के भाई के साले के ससुर हैं ये। इन्हें परनाम कर।''

इतने बड़े रिश्ते को सुवेगा भला कैसे समझ सकती! वह भला कैसे जानती कि आखिर चौबेजी रिश्ते में उसके कौन हुए। उसने चुपचाप हाथ जोड़कर परनाम कर लिया तो चौबेजी सहज ही कह बैठे–''बिटिया बड़ी सुंदर है, बड़ी सुशील!''

दुगघो काकी एक हाथ का लम्बा घूंघट काढ़े हलवा लेकर बाहर आ गयीं। वह दरवाजे तक पहुंची थीं कि बदरी परसाद ने कहा–''क्यों भौजी, तुम लेकर आयीं? सुवेगा के हाथ भेज दिया होता।''

सुवेगा ने आगे बढ़कर अम्मां के हाथ से हलवा ले लिया और एक-एक कटोरी दोनों के सामने रखकर वह भीतर भाग गयी। भीतर जाने का उसका मन नहीं हुआ, पर बाहर भी तो नहीं रह सकती थी। इसलिए वह दरवाजे की आड़ में खड़ी हो गयी और कान लगाकर दोनों की बातें सुनती रही।

''लड़की सुन्दर है, मास्टर! बड़ी सुशील है।''–बड़ी देर तक तारीफ होने के बाद जब ब्याह की दूसरी बातें तय होने का समय आया तो बात आकर पैसों पर अड़ गयी। दहेज नकद चाहिए उन्हें, यह एक बड़ा प्रश्न था बदरी परसाद के लिए। वह बोले–''चौबेजी, सुखलाल भइया तो जेल में हैं और जाने कब तक आते हैं। हम चाहते थे शादी उन्हीं के सामने हो, कमाई-धमाई तो वैसे भी कुछ नहीं है। बस लड़की है सो आपने देख ली है। काम-धाम में चुस्त है, सारा घर खुद उठाये फिरती है।''

चौबेजी ने प्रसन्नता व्यक्त की, पर पैसे की बात के सामने सारे गुण ठंडे पड़ गये। धीरे-धीरे बात उतरी और एक हजार रुपयों में आकर रुक गयी। बारात का पूरा खर्च अलग से। चौबेजी ने इस सौदे में भी बड़ी नरमी दिखाने की बात बार-बार दुहरायी।

बदरी परसाद के लिए यह स्थिति अजीब-सी थी। वह इतना पैसा कहां से देते? बात वहीं टूट गयी और चौबेजी अपना पूरा स्वागत कराने के बाद चलते बने।

सुवेगा के चेहरे पर लाल मिट्टी का हल्का-सा पानी जो उभरा था, तिरोहित हो गया। उसने अनुभव किया कि इतनी दौड़-धूप किसी तरह फल नहीं दे सकी और अब न तो सरदार का दुपट्टा हाथ लगेगा और न दुगघो काकी की गालियों से मुक्ति मिलेगी! जब से दद्दा जेल गए हैं, अम्मां दिन-रात गालियां देती है, जैसे उसी ने उन्हें जेल भेजा है–"कुलच्लन है छोकरी, वरना काहे को वे जेल जाते। इसके भाग में पथरा परे हैं, तभी तो अपने बिराने बन रहे हैं!" अम्मां के मन में एक बड़ा दर्द है, एक बड़ी खीझ है, और वह सबको सुवेगा पर ही उतारना चाहती है। अब यह सिलसिला फिर चलेगा, चलता रहेगा, न जाने कब तक चलता रहेगा।

उदास सुवेगा घर से बाहर आयी और परछी पर खड़ी हो गयी। दुर-दूर तक शांति थी, चारों ओर उदास संध्या का पहर था।

जानवर के खुरों की हलकी-हलकी धूल सामने उड़ी। ऐसी ही धूल शायद उसके अंतर में चक्कर काट रही है। एक भयानक भटकाव है, जिसका न कोई मोड़ है और जिसकी न कोई दिशा है! बस, रोज-रोज के ताने हैं। सरदर्द है खुद अपने घर पर और दूसरों पर। जब सुखलाल यहां रहे, इसी चिंता में घुलते रहे, रात-रात वह सोते नहीं थे। आधी रात को वह अक्सर उठकर बैठ जाते थे और अम्मां को भी उठा लेते। तब भुनसारा हो जाता और उनकी वही बातें चलती रहतीं। सुवेगा एक बार जागती और जरा-सी बात भी यदि उसके कान के परदों को छू जाती तो फिर सारी रात जागते ही बीतती। वह नींद का बहाना किये चुपचाप तड़पती रहती; न हिलती, न डुलती। उनकी बातें बराबर सुनती रहती। उनका दर्द मानो सुवेगा का दर्द बन जाता, वह भटकने लगती, अपने-आप से उसे शिकायत होने लगती। वही तो है, जिसने दद्दा की नींद छीन ली है। अम्मां ऊंघती तो है, पर दद्दा की बातें उसे भी सोने नहीं देतीं, और सुवेगा को यह भरोसा है कि जेल में भी दद्दा नहीं सोता होगा। वहां भी वह ब्याह की बातें सोचता होगा। वहां भी वह कहता होगा, "सुवेगा बहुत स्यानी हो रही है। उसकी हमजोली लड़कियां ब्याह कर घर सम्हाल रही हैं। अरी, वह रचना है न, अरी जरा-सी मुरही परकी साल उसका ब्याह हुआ और लो सुना है उसकी लड़की हुई है। है न री गजब!"

सुवेगा ने सहसा ही अपनी देह देखी। उसे लगा मानो वही देह उसे काट खाएगी। दद्दा का सोचना भी तो ठीक ही है। उसमें कमी क्या है। रचना तो उससे तीन साल छोटी है और तब उसने अपने ही हाथों से अपने शरीर के

सारे अंग दबाये। इनमें ऐसा क्या है जो दद्दा की चिंता के केन्द्र बने हुए हैं। क्या बात है इनमें जिनने गांव-भर की नजरें बांध दी हैं और मुझे ही तोड़कर मुझसे दूर होना चाहते हैं।

"कुछ भी तो नहीं"—उसने अपने-आप कहा। एक लम्बी आह भर कर वह रह गयी। सामने से गायों का एक बड़ा झुंड गुजर गया। उसी में धौरी थी—उसकी अपनी गाय। उसके पीछे एक बैल लगा था। सुवेगा ने एक डंडा उठाया और बैल को हांका तो गाय लौटकर पीछे भागी। सुवेगा ने उसका पीछा किया, गाय भागती गयी। बैल अब दूर था, पर अब भी उसकी नजर वहीं टिकी थी। उसे डर था तो सुवेगा के डंडे का। गाय बराबर भागती जा रही थी और सुवेगा उसे घर वापस लाने के लिए उसका बराबर पीछा किये जा रही थी। कुरमी टोले के किनारे कमलापत मिल गया। सुवेगा गाय को हांकना छोड़कर वहीं रुक गयी।

—"सुवेगा।"

—"हां।"

—"सुना है सुखलाल दादा जेल चले गये हैं।"

—"हां, जबलपुर में ही तो हैं।"

—"अच्छा, मुझे तो आज पता लगा, यहीं आकर। अभी तुम्हारे यहां ही आ रहा था।"

—"तो चल।"

— "दुगघो काकी घर में है?"

—"हां, हैं तो। तुम चलो, मैं आती हूं।"

—"तुम कहां जा रही हो?"

—"गाय हांक रही थी। घर तो आयी, पर उसके पीछे...।" सुवेगा शरमा गयी, आगे कुछ नहीं बोली। फिर सामने मुंहकर खड़ी होकर वह चिल्लाने लगी—'धौरिय ओ, धोरी, ले ले, धौरी ले! ओ धौरिये...!

कमलापत खड़ा रहा। बोला—"आ जाएगी, जाएगी कहां? लगती है न?"

—"नहीं, छूट गयी है।"

"तो ला। अभी हांक लाता हूं।"—कमलापत ने उसके हाथ से डंडा ले लिया और गाय के पीछे दौड़ गया। उसने दौड़कर एक डंडा बैल की पीठ पर दे मारा और दूसरा गाय के थूथने पर। गाय अंधाधुंध भागी और अपने घर की ओर लौट पड़ी।

सुवेगा जैसे कुछ सोच ही नहीं रही थी। वह जहां-की-तहां खड़ी रही। कमलापत ने वापस आकर डंडा उसे लौटा दिया। बोला—"चलूं तुम्हारे यहां?"

—"हां हां, चल।"

दोनों चलने लगे, पर सुवेगा के पैर उठ ही नहीं रहे थे। वह शायद जल्दी घर नहीं पहुंचना चाहती थी। वह जानती थी कि घर पहुंचकर कमलापत फिर उससे दूर हो जाएगा। कुरमियों का लड़का है, मेरा क्या साथ! उसे अम्मां बाहर बैठा लेंगी और बात तो वही करेंगी न। मुझसे कहेंगी—अरी जा, उसे कपड़े पहना दे, जरा गइया को थान में चारा डाल दे, सानी बना दे, जैसे सब काम मेरे लिए ही हैं और वह भी उसी समय जब कमलापत बैठा होगा। कमलापत भला सुवेगा के मन को कैसे पढ़ सकता था। उसके कदम बराबर तेज थे। सुवेगा चिल्लायी, उईईई उईईई।

"क्या हुआ?"—कमलापत रुक गया।

—"कांटा गड़ गया सीधा, बमूर का है।"

कमलापत ने उसका पैर पकड़ लिया। सुवेगा ने हाथ उसके कंधे पर रख दिये। कमलापत उसके तलुवे को देखने लगा। अपनी अंगुली वह फिराता रहा और सुवेगा हर बार उई ईईई करती रही।

"यहां तो कुछ नहीं दिखता।"—कमलापत ने कहा।

—"अंदर टूट गया है, लगता है। उईईई....।"

—"चल, घर में चलकर निकाल दूंगा।"

सुवेगा को यह बात बहुत खराब लगी। उसने कमलापत की पीठ से अपना हाथ उठा लिया। बिराते हुए बोली—"घर में निकाल दूंगा। जैसे तू ही अकेला रहेगा वहां...।" उसने अपना पैर छुड़ा लिया और जीभ दिखाकर वह भाग गयी।

कमलापत को पहली बार एक झटका लगा। सुवेगा को उसने जैसे पहली बार पहचाना। वह खड़ा-खड़ा उस रास्ते को देखता रहा, जो सुवेगा के घर की ओर जाता था। हलके लाल धूल भरे उस रास्ते का बेजान विस्तार आज जैसे सहसा हिल उठा। भरे तालाब में किसी ने अनजाने कंकड़ फेंक दिया था। जरा-सा कंकड़ और अनगिनत हल्की-सी लहरें। कमलापत उन्हें घंटों समेटता रहा और फिर चुपचाप अपने घर की ओर लौट गया।

कमलापत!

उसका मन वही जाने।

झाड़ भले ही छिवला का हो, पर जड़ तो पीपल की चाहिए। जड़ धर्म है। उसी से जीवन को विस्तार मिलता है और महत्ता आंकी जाती है। पीपर के झाड़ में कित्ते झाड़ उग आते हैं, पर पीपर-पीपर है। उसे कोई हिला नहीं पाता। उसमें शरण भले ही कोई ले ले, पर वह-वह कैसे हो सकता है।

कमलापत को लगा जैसे पढ़-लिखकर वह एक पीपल के झाड़ पर तो खड़ा हो गया है, पर पीपल अब भी नहीं बन पाया। शायद कभी नहीं बन पाएगा। कम-से-कम बीजाडांडी में रहकर तो कभी नहीं और इस कभी नहीं की बात ने कमलापत को पूरी तरह हिला दिया। वह सुवेगा के बारे में तब सोच ही कैसे सकता था? और सुवेगा भी शायद पीपर और छिवला का मरम नहीं जानती, वरना न तो इस तरह वह कांटा निकलवाने का बहाना करती और न अपना खीझता मन इस तरह खोलती। तब...?

कमलापत के सामने एक बहुत फैले हुए झाड़ की सैकड़ों शाखाएं छा गयीं। कभी एक हिलती है, कभी दूसरी और हर शाखा उसे पूरी तरह झकझोर जाती है। उसके मन में एक विचार आता है। फिर वह सोचने लगता है कि यह विचार गलत भी हो सकता है। सुवेगा अल्हड़ और नासमझ लड़की है। पर...पर यह कैसे हो सकता है? उसका मन तर्क-कुतर्क करने लगता है। उसके सामने कॉलेज की तितलियों की तरह फुदकती लड़कियां घूमने लगती हैं–रसवंती, सुषमा, शीला. ..सब उसके साथ पढ़ती हैं। उनके पैरों में कभी कांटा नहीं गड़ा, शायद गड़े भी नहीं। वहां की सड़क में कहीं कांटे होते हैं? पर कमलापत फिर सोचता है...कांटे तो बीजाडांडी की गलियों भी नहीं हैं। सचमुच कांटे कहीं होते ही नहीं, वह तो पैदा किये जाते हैं, पर कांटे पैदा करने का सामर्थ्य न तो रसवंती में है, न सुषमा में और न शीला में। इतनी गूढ़ बात को खोज लेना उनके वश के बाहर है। यह अमानत तो बस सुवेगा की है। केवल सुवेगा की।

और कमलापत के लिए जितना उन्हें पाना कठिन है, शायद उससे भी ज्यादा सुवेगा को पाना दुर्लभ है। सुवेगा चार क्लास पढ़े है। शहर की बातें वह जानती नहीं, पर उसके रुखे बाल और सूखे चेहरे पर भी जीवन का जो सहज आकर्षण है, वह और किसी में नहीं है। जैसे चेहरा हो तो ऐसा ही–अधढका, अधपका, अधछुआ। अधछुआ इसलिए कि पहले ममता के हाथों उसे छुलना ही चाहिए, वरना उसमें निखार नहीं आ पाता। सुवेगा का निखार ममता के हाथों का निखार है। कमलापत को लगा जैसे वह किसी ऐसी रूपसी के बारे में सोच रहा है, जिसकी छाया तक छूने का अधिकार उसे नहीं मिल सकता। उसे पहली बार

लगा कि पढ़ाई-लिखाई ही सब-कुछ नहीं है। पढ़ लिखकर भी वह उसे नहीं पा सकता, जो अपढ़ है। उसे लगा जैसे पढ़ाई, पढ़ाई वाले किनारे को भले ही किसी सीमा तक मिला सके, किन्तु वह उन छोरों को नहीं मिला सकता जो धर्म और समाज के साथ बंधे हैं।

कमलापत अपने को धिक्कारने लगा। तलुवे का कांटा उसकी छाती में गड़ गया। और यह जानते हुए भी कि यदि इसे संजोया गया तो यह गहरा कितना भी गड़ता जाए, कोई देखनेवाला नहीं मिलेगा, कमलापत उसे गहरे जाने में रोक नहीं पाया। सारी रात उसकी यूं बीती, जैसी कभी नहीं बीती थी।

सबेरे अचानक वह सुवेगा के घर पहुंच गया।

''सुवेगा''—उसने आवाज लगायी।

—''कौन?''

'' —मैं कमलापत।''

''आयी बेटा।'' दुगघो काकी अपनी धुतिया सम्हालते बाहर आ गयीं। बोलीं—''आओ कमला, बैठो। कब आ गये शहर से?''

—''कल आया, काकी।''

—''उनसे तो मिला होगा। कैसे हैं?''

—''नहीं काकी, मुझे तो कल ही पता लगा कि काका जेल चले गये हैं।''

—''अरे, कैसा पढ़इया-लिखइया है? गजटों में नाम छपा था उनका...।''

—''हां काकी, वह भी सुना, पर पढ़ नहीं पाया। अब पुराने अखबार पढ़ूंगा।''

दुगघो काकी हंस दी। बोली—''हां, आजकल के लड़कों को भला पुरा-पड़ोस की क्या फिकर?''

कमलापत का मन वैसे ही उलझा था। उसने इस बात को अपने ही ढंग से स्वीकारा। बोला—''क्यों काकी, सुवेगा की बात कर रही हो? काकी, अभी उसकी उमर ही क्या है, जो इतनी चिन्ता करती हो?''

''सत्तरा में लग रही है''—दुगघो काकी ने तुरंत जवाब दिया—''तू तो जानता है कि अपने गांव में दस बरस में ही लड़कियां ब्याह दी जाती हैं।''

—''ये सब बेकार की बातें हैं, काकी। इन्हें बंद होना चाहिए।''

—''नये जमाने के लड़के हो, जो चाहो बन्द करो। अरे, इन चिरइयों का क्या भरोसा? कब फुर्र से उड़ जाएं, सो जितनी जल्दी चली जाएं, भला है रे अपने घर जाएं और अपने बाल-बच्चों को सम्हालें।''

कमलापत हंस दिया। बोला—"कहीं जमा, काकी?"

सुवेगा चाय बनाकर ले आयी थी। उसने एक कप कमलापत के सामने रख दिया और दूसरा काकी के सामने। कमलापत धीरे से मुस्करा पड़ा। बोला—"क्यों सुवेगा कांटा निकल गया?"

सुवेगा ने कमलापत की ओर भरी और चिढ़ती-सी निगाहों से देखा। उनमें क्रोध था और मनुहार भी। वह जोर से भीतर-ही-भीतर खीझ रही थी। दुगघो काकी की पीठ का उसने पूरा फायदा उठाया। दोनों हाथ जोड़कर कमलापत को चुप रहने का उसने इशारा किया और कमलापत दुगघो काकी की नजर बचाकर सुवेगा की बंधी, अछूती और क्वांरी नजरों को देखने लगा। वह देखता रहा उसकी कसी हुई तीखी और चुभनेवाली काली तथा गोल आंखें! दुगघो काकी ने पूछा—"क्यों सुवेगा, कहां कांटा गड़ा था?"

—"कल अम्मा, धौरी को हांक रही थी तो छोटा-सा कांटा गड़ गया था, पैर में।"

—"और तूने बताया नहीं, निकला कि नहीं? न निकला हो तो ला मैं निकाल दूं। कई बार जरा-सा कांटा बिसवाकर बड़े घाव में बदल जाता है।"

सुवेगा ने कमलापत की ओर देखा और कहना चाहा कि अम्मा कांटा तो पैर से निकल आया है, पर अब छाती में बिंध गया है। पर उसने इतना ही कहा—"जरा-सा था, अम्मा। कल ही निकल गया।"

कमलापत को जीभ दिखाकर उसने फिर सिंगट्टा दिखाया। उसे लगा कमलापत ने दूसरी बार फिर उससे मात खा ली है।

"अच्छा, जा पान लगा ला।—दुगघो काकी ने सुवेगा को आदेश देते हुए अपनी बात आगे बढ़ायी—"अरे भइया, कोई लड़का भी ठिकाने का नहीं मिल रहा। दो-तीन आये भी लड़की देखने तो भी बात तय नहीं हुई। वे हैं सो जिहल काट रहे हैं। सुना है आराम से हैं, सिरदर्द यहां छोड़ गये। लड़की देखनेवाले सोचते हैं जैसे हमारे पास सोने के हंडे गड़े रखे हैं। हजार के नीचे तो कोई बात ही नहीं करता।"

"यह तो बड़ी खराब बात है, काकी"—कमलापत बोला—"लड़की की लड़की दो और ऊपर से पैसे भी। हमारी जात में तो ऐसा नहीं होता।"

दुगघो काकी ने मुंह बनाया। उपेक्षा के भाव उसके मुंह पर तैर गये : उसकी भी कोई जात है। कहां कुरमी, कहां बाम्ह्न! तुम्हारे यहां तो लड़कियों की कीमत मिलती है। तुम लड़कियां बेचते हो, पर हम तो लड़के खरीदते हैं...।

सुवेगा ने पान लाकर सामने रख दिये। पानदान कमलापत की तरफ बढ़ाते हुए दुगघो काकी बोली–"बड़ा नाम कमाया है रे तूने कमलापत, भगवान बेटा दे तो ऐसा। चरनदास ने पूरब जनम में न जाने कौन से पुन्य किये थे, जो ऐसा सपूत मिला।"

कमलापत ने अनुभव किया जैसे उसकी पढ़ाई आज धन्य हो गयी। बोला–"आपका ही आशीर्वाद है, काकी।"

काकी ने सिर पर लहारता धुतिया का पल्लू ठीक किया और तभी सुवेगा बोल पड़ी–"अम्मां, जबलपुर में धुतियां अच्छी मिलती हैं। तुम कल कह रही थीं न, मेरे लिए एक धुतिया मंगा दोगी। ये आज जबलपुर जा रहे हैं, क्यों भइया, है न?...अम्मां इनसे कह दो एक ला दें मेरे लिए।"

"बड़ी नटखट है भइया"–दुगघो काकी खीझती बोली–"इत्ती बड़ी हो गयी, फिर भी इसका बचपना नहीं गया। भइया, एक सस्ती-सी धुतिया ला देना इसके लिए। कहती थी बारंगदा के मेले में मेघनाद देखने जाएगी।" सुवेगा की ओर देखकर वह फिर बोली–"सुवेगा, बड़ी पेटी से पांच रुपये का एक नोट लाकर दे दे अपने भइया को।"

सुवेगा नयी कोपल की तरह कांप गयी। कमलापत कच्ची डगाल की तरह सिहर उठा। वह उठकर खड़ा हो गया। बोला–"पैसों की क्या जरूरत है, काकी?"

"नहीं बेटा, पैसे लेता जा। ऐसा नहीं हो सकता।" दुगघो काकी फिर चिल्लायी–"अरी सुवेगा, लाती क्यों नहीं?"

सुवेगा दरवाजे के पास खड़ी रही और कमलापत को देखती रही। वह भीतर नहीं गयी। कमलापत ने कहा–"काकी, धुतिया तो लाने दो। फिर पैसे ले लूंगा।"

वह बाहर चला गया तो सुवेगा पांच रुपये का एक नोट लेकर बाहर भागी। कमलापत के पास आकर बोली–"ये लो। मुफ्त में नहीं मंगा रही।"

सुवेगा ने चाहा कि वह उसके और पास चली जाए और हथेली खोलकर पांच का नोट उसके हाथ में रख दे, पर इतनी हिम्मत वह नहीं कर सकी।

कमलापत ने मजाक किया–"कांटा तो नहीं गड़ा यहां तक आते-आते?"

–"जब गड़ेगा तो बताऊंगी...।"

"अरी, ओ सुवेगा, क्या करने लगी?"–दुगघो काकी की आवाज सुनकर वह भीतर की ओर मुड़ गयी। बोली–"अम्मां को तो पल-भर कल नहीं है।

बस, सुवेगा, सुवेगा! देखो, तुम भूलना नहीं। पैसे नहीं लिये जा रहे, तो तुम्हारी मरजी।''

''किसे गाली दे रही है?''–एकाएक प्यासन दादी ने आवाज दी।

–''अरे, यह क्या? क्या प्यासन दादी ने हमारी बातें सुन लीं?''

सुवेगा के मुंह से सहसा ही निकल गया। कमलापत ने सिर हिलाकर कहा–''नहीं।'' प्यासन दादी अब तक पास आ गयी थी। कमलापत को देखकर बोली–''कब आयो रे?''

–''कल, दादी।''

–''ठीक है न। अब तो पढ़-लिख के बाबू बन गया है। सब परताब भट्टैया के तेल का है। जानता है न! तेरा बाप सबसे ज्यादा तेल लेता है। वरना कहीं उरमी-कुरमी के लड़के पढ़ पाये हैं। हैं न रे?''

''सब तुम्हारा आशीर्वाद है, दादी!''–कमलापत बोला।

–''चल नासकटे। ऐसा कहकर सोचता है मुझे खुस कर लेगा। अरे, सब परताप भट्टैया के तेल का है। शहर में खाता है कि नहीं?''

''हां दादी, क्यों नहीं।''–एकाएक उसके मुंह से निकल गया।

–''वहां कहां मिलता होगा? तू झूठ बोलता है। चल अभी ले जा एक पिपिया।''

दादी कमलापत के पास चली गयी। वह शायद उसे पकड़ना चाहती थी, पर कमलापत आगे निकल गया। बोला–''तेरा नाम शहर तक पहुंच गया है, दादी! अब तो उते के रहइया भी तेल लेन आन बारे हैं :''

कमलापत चला गया तो सुवेगा भीतर आ गयी। उसका पीछा किया दादी ने। दुगघो काकी तब चौके में थी। दादी के आने की बात कानों में पड़ी, तो उसकी भवें तन गयीं–न अवेर, न सबेर! चाहे जब चली आती है बुढ़िया! इसकी आंखें तक ठीक नहीं है। कल मुनिया को खिला रही थी, आज उसे बुखार हो आया, नजर लगा दी इसने। सारे गांव में छायी है यह आंधी की तरह। हाथ-पैर बराबर उठा नहीं सकती और चक्कर लगाती है सारे गांव का! अकेली रांड, मरद को चाट गयी। बाल-बच्चों को फूंक आयी। अब राज कर रही है और हर भरे-पूरे घर में जाकर उसे भी उजाड़ना चाहती है।

दुगघो काकी उसी तरह गुस्से में बाहर आ गयी। सुवेगा को उसने आवाज दी–''सुवेगा, ओ सुवेगा बेटी! मुनिया को उठाकर भीतर ले जा।''

प्यासन दादी भला पीछे हटती। अब तक वह मुनिया के पास पहुंच गयी थी और उसे हाथ फेरकर खिला रही थी। उसे बुखार था। दादी ने एक छोटी

शीशी अपनी टेंट से निकाली और उससे तेल जैसा एक द्रव्य पदार्थ हाथ में लेकर वह मुनिया के सिर पर फेरने लगी। बोली–''बुखार है री इसे! अब ठीक हो जाएगा।''

दुगघो काकी और झल्लायीं। बोली–''सुवेगा, ओ सुवेगा! रांड कहां मर गयी? सुनती तक नहीं। इसे ले जा उठाकर।''

सुवेगा दौड़ती आयी और मुनिया को उठाकर भीतर ले गयी। प्यासन दादी पर इन सब बातों का कोई असर नहीं हुआ। वह सीसी दुगघो को देते हुए बोली –''यह ले भट्टैया के तेल की चरबी है। सबसे ज्यादा गुनकारी! दिन में तीन-चार बार इसे सिर पर लगाती जाना, कल तक बुखार उतर जाएगा।'' दुगघो काकी ने गुस्से से वह शीशी अपने हाथ में ले ली और बाहर फेंक दी। प्यासन दादी अब आगे सह न सकी। वह क्रोध से कांप उठी–''काये को हेंकड़ी दिखाउतथे दुगघो! सुखलाल जिहल का गओ, तै नागन बन रही है। ऐं! मोरे सामने से मौड़ी खो उठवा लओ। मैं का कोउ सोधन आओं? आज तक कभू ऐसो भओ है?''

दादी वहीं बैठ गयी और रार दे-देकर रोने लगी।

सुवेगा ने देखा, दादी का चेहरा कितना दयार्द्र हो गया है। उसकी आंखों की कोरों से रेखाएं फूटती हैं और एक जाल-सा बनाकर खो जाती हैं, उनमें जैसे एक बहुत बड़ी करुणा छिपी है–एक कर्मशील करुणा! भट्टैया के तेल की बात तो एक सहारा है। उसकी नाक के नीचे और ओठों के कोनों पर जो और रेखाएं हैं, वे जैसे उसकी करुणा का समर्थन करती हैं। सुवेगा को लगा कि प्यासन दादी की पारदर्शी आंखों में उसकी अम्मां ने आज पहली बार चोट पहुंचायी है। उसे चोट नहीं पहुंचानी थी। बुढ़िया सीधी है, सरल है। वह जादू-टोना क्या जाने? अकेली वैसे ही शून्यता के भार से वह ग्रसित है, किसी का क्या बिगाड़ सकती है! वह तो जैसे एक छाया है। जिस पर छा जाए, उसे शान्ति दे दे। उसकी अम्मां ने दादी को गलत समझा है। वह कोई पहेली नहीं है। पहेली तो उसका जीवन है। कोई उसके जीवन का रहस्य जाने तब न!

पर दादी को समझना सुवेगा के वश की बात नहीं थी। दादी थोड़ी देर तक रोती रही। फिर उठकर खड़ी हो गयी। बोली–''शीशी फेंककर तैंने अच्छी नयीं करो, बहू!''

लाठी टेकते प्यासन दादी बाहर आ गयी। परछी से उतरते हुए बोली–''सुवेगा, चल मोरे साथ दूसरी शीशी ले आ। मौड़ी खों बुखार है।''

सुवेगा चुपचाप दादी के पीछे चल पड़ी।

जाने कितनी आंखें

सोलह

कारी बदरिया उठी और गाँव-भर में टिड्डियों की तरह छा गयी। फूस के छपरे पानी की टप्-टप् में कुछ भीग गये और बहुत से चूने लगे। लकालक बिजुरी चमकी तो कुरमीटोला-भर काँप गया।

गड्ड्ड गड्ड्ड्।

बादरों में जूझ मच गयी, बेहद झगड़ा। और–अरे, ओ चरनदास?

–आवाज जाए, तब तो बोले चरनदास!

–कोऊ सुनो रे।

–अरे चरना, ओ चरनदास!

एक ललक-सी कानों में पड़ी चरनदास के। वह बाहर आया तो जवाहर सिंह खड़ा काँप रहा था।

–"गजब हो गया चरन, बिजुरी गिर पड़ी सार में।"

–"क्या बीजुरी!"

–"हाँ रे। पाँच गइयाँ साफ। दो काँप रही हैं।"

–"आवाज जो जोर से हुई थी। मैं समझ गया कि बज्जर पास ही टूटा है, पर तेरे सिर टूटेगा, क्या पता था?"

–"सरन दे, चरनदास।"

–"आओ भइया, आओ। घर तुम्हारा है।"

जवाहर सिंह का पूरा परिवार भीतर आ गया। जवाहर सिंह की मिहरिया ठहरी तेज तर्राट, लगी गाली देने बतिया को। रांड मरी भी तो कोस-कोस[1] के। फल हमें भुगतना पड़ रहा है। डेढ़ सौ की भैंस चली गयी, सौ का नाटा। गइयों का दूध अलग गया और अब पेट का क्या होगा?

चरनदास ने समझाया–"किसी के कोसने से कुछ नहीं होता, भौजी।

---

1. गाली दे देकर

कमलापत कहता है, यह मन का भरम है। महाबाम्हन के सिलौंटा फिराये से भला कोई मरता है।''

–''बड़ा आया दुहाई देनेवाला कमलापत का।''

जवाहर सिंह ने अपनी मिहरिया को डाँटा। फिर चरनदास को भी उसने डाँट पिला दी–''लड़का पढ़ गया तो कोई पहाड़ थोड़े चढ़ गया, चरना। आखर–बाप दादों ने जो बातें बना दी हैं, उनमें भी तो साँच है। धूप में बाल थोड़े सुखाये थे उनने।''

''होगा भइया।'' चरनदास ने विवाद नहीं किया। जबसे लड़का कालेज में पढ़ रहा है, चरनदास बदल गया है। लगता है, उसकी पढ़ाई चरनदास के पास तक लौटकर आती है। उससे न जाने कितनी समझदारी उसे मिली है। दूसरे कुरमियों से अलग दिखता है चरन। उसी तरह उसका घर है। दूध का व्यापार भी बन्द करने का विचार है अब उसका। कहता है, बस जैसे ही लड़का पूरा पढ़ गया, यह काम बन्द कर दूँगा। क्यों यह पाप कमाया जाए....आधा दूध और आधा पानी। अब तो पानी मिलाते समय उसकी आत्मा कचोट उठती है। यहाँ वह पानी मिलाकर दूसरों को बेचता है, वहां उसका लड़का दूसरों का पानी मिला दूध खरीदता होगा, पर चरनदास की मिहरिया ठहरी काम की पक्की। दूध दुहने के पहले ही तबेले में आधा पानी लेकर थान के नीचे बैठती है।

सर्र र्र सर्र्र्र्र

सर् र् र् र र्।

पानी की तेज धार अंगना पार कर गयी। चरनदास अपनी मस्ती में मैं गा बैठा :

अरे रामा, उठी घटा घनघोर
बदरिया कारी रे हारी।
अग्गम दिसा बदला भये हैं,
पच्छम बरस गये मेह
अरे रामा.............।

सुरताल के साथ चरनदास गाता रहा। परकी साल छानी पर खपरा छपवा दिये थे, सो इस साल गनीमत रही। जवाहर सिंह जैसों के घर पानी की तेज धार में टूट गये। चरनदास ने अपने बेटे को मन–ही–मन खूब असीसा। उसी ने सलाह दी थी, घर पर खपरा छबवाने की। वरना कुरमियों के घरों में खपरा कहाँ?

फूस-फास की छत और मिट्टी की दीवार। पैसा लायें कहाँ से? पानी का पैसा पानी में जाता है। इत्ते कुरमी दूध बेचते हैं, पर आज तक कोई नहीं पनपा। थोड़ी धान और फिर वही भुंटा, कुदई और चना तथा बटरा। गेहूँ कहीं होता है, तो बस चरनदास के खेत में। केला की बारी धीरे-धीरे बढ़ने लगी और कुरमी-टोला उसी के साथ आशा लगा बैठा:

कहाँ लगाऊँ घन पीपर सजनी?
कहाँ लगाऊँ केरा केरावारि।
फिर आल्हा के बोल:
छप्प छप्प तेगा बाजे,

....
कि इतना सुनके।

......
ढोल और मजीरों की धुन। आँख मिचौनी खेलती रात और सन की तरह सीधी तनी पानी की तेज धार।

जवाहर सिंह के घर बिजुरी गिरी तो, पर दूसरे दिन वह उसे भी भूल गया। बिधना का लिखा, किसने मेटा है? करम के साथ जोर किसका है।

सायं-सायं करती रात में दादुर क्या सुरताल से बोलते हैं। दईमारे दूसरों की पीर क्या जाने? अब भी सुखलाल जिहल में हैं। छूटने का पता नहीं। आग लगे ऐसी नेतागिरी में। बखत में कौन किसके काम आता है? सुखलाल जिहल गया गाँव-भर के लिए, पर घर यदि कोई आता है तो मास्टर बदरी परसाद, सरदार हरनाम सिंह, प्यासन दादी और कमलापत। दूसरों ने कभी आने का नाम नहीं लिया। कोई खोज-खबर नहीं की और सुखलाल मरा जाता था इन्हीं सबके लिए। दुगघो काकी को इस बरसते मेह में सुखलाल का बिछुड़ना बहुत खटका। उसे भूली-बिसरी बातें याद आती गयीं! ऐसी ही अंधियारी रात में सुखलाल मजाक किया करता था। तब दुगघो काकी कहती–जवानी तो बन्द कमरे में बितायी, अब ढलती उमर में चुहल की सूझी है।

सुखलाल कहता था–अरी सुहागन, उमर का क्या है? बैल तो बूढ़ा ही काम का। उसी से ठीक खेती होती है। वही हल का पहरुआ होता है।

दुगघो काकी को मजाल, जो सुखलाल की बातों का जवाब दे ले। सुखलाल जैसे भाखन देते समय सांप जैसे सरसराते चलते हैं, मजाक में भी

खरगोश की तरह उछलते हैं। दुगघो काकी को आज सुखलाल ने बेहद सताया और सुवेगा:

अंगना सूखे सुखेन, रे बन सूखे कचनार।
गोरी धन सूखे मायके, रे कोऊ हीन पुरुख की नार।

अपने-आप गुनगुना रही है वह। चुपचाप! उसके बोल केवल उसी के कानों में गूँज रहे हैं। और कोउ है सुध लेवा उसका, शहर होता तो बात और। गाँव की हर गैल की आँखें होतीं हैं। हर गैल के कान दूसरे कानों से टकराते हैं। बात पुरानी हो तो भी सही। तीन-चार महीने से ज्यादा नहीं हुए। फाग का रंगीन मस्ताना महीना! बदरी परसाद तक उसे फटकार गया। काका है पर जलता है। दूसरों को फटकारना सहज है। अपनी ओर कोई नहीं देखता। इत्ता बड़ा मास्टर और लुच्चों-लफंगों जैसा बाना पहन के निकला था उस दिन। ढोल, डफरी और थाली बजाते सारे गाँव चक्कर काट गया, साथ में दर्जनों लगुवे-भगुवे। धुड़ैरी का दिन। पहुँचा प्यासन दादी के घर और अंगना में गू के दो मटके फोड़कर चम्पत। ऊपर से गला फाड-फाड़कर गा गया : होय, यारी करी दिल जान से...।

बेचारी दादी बरबराती रही और दो दिन तक गाँव-भर का गू समेटती रही। मजाक भी ढंग का होता है, पर बदरी ठहरा मास्टर। कौन भला उसे पकड़े। कौन उसे गाली दे। गाँव-भर उसके साथ।

और एक मै हूँ।

सहसा ही सुवेगा अपने-आप पर टूट पड़ी। वह कमलापत के सामने रखकर अपने को तौलने लगी। उस दिन उससे बातें क्या कर लीं, सबके सिर चढ़ गये। फगुआ में भी कोई बरजने की बात करे तो?...कहते सब हैं, होली में खुलकर मिलो, पर पीठ के पीछे सभी ऐड़ी-टेढ़ी बातें करते हैं। कोई हिम्मत करे तो जबान थामें इनकी—बात के बरतमो करन में ढुलमुल, पर उपदेस कुसल बहुतेरे।

कमलापत घर आया था। साड़ी लाने की बात कब कही, लाया कब? पर लाया भी तो छाँट के, सारा बाजार छान मारा एक साड़ी के लिए। अम्मां ने पैसे देने के कित्ते यत्न किये, पर भला पैसे ले सकता है वह? पढ़ा-लिखा मर्द बच्चा ठहरा; लेने-देने की बात कैसी? वैसी रेशमी साड़ी आज तक अम्मां तक ने नहीं पहनी होगी। ठेठ होरी के दिन कोई आये और कोरा चला जाए? होगा वह घर किसी गैर हिन्दू का। उसने एक पिचकारी ही तो मारी थी उसे। होरी में मनायी किसे? फिर कमलापत के साथ यह मनायी क्यों? अम्मां ने घर आये

मेहमान का 'इनसलट' कर दिया, उसी के सामने। ऐसा डांटा जाता है :
—"सुवेगा, कुछ लाज शरम है कि नहीं? कुलच्छनी!"

एक ओर बेशरमी का त्योहार, दूसरी ओर शरम की बातें। ठहर जाती अम्मां पल-भर तो क्या गाज गिर जाती? एक पिचकारी तो उसकी और झेल लेती। आदमी जवाबी निकला! पिचकारी का जवाब पिचकारी से! अरे, इत्ते रुपये खरच करके साड़ी लाया है तो क्या एक पिचकारी भी नहीं मार सकता। क्या अम्मां उसे एक माला तक नहीं दे सकती थी? बात यहीं तक हो तो भला। अकती पूजा के दिन सखियों के साथ जा रही थी सुवेगा, लौटते में कमलापत मिल गया। पूछ बैठा—"अकती का परसाद नहीं दोगी, सुवेगा?"

अम्मां ने सुन लिया तो बदरी काका से बात लगा दी। बदरी काका ने भी न आव देखा न ताव, ऐसा डांटा कि जिसकी सीमा नहीं—जैसे वह कोई दूध पीती बच्ची है। सुखलाल उसे कितने लाड़ से रखते थे। कभी उन्होंने उसे डांटा तक नहीं और होली का त्योहार क्या आया, गाँव-भर में थुड़ी-थुड़ी हो गयी।

सुवेगा को बरसात की गीली हवा कंपा गयी। अपने दाँत वह आप पीसने लगी। ऐसी दुनिया में आग लगे। न कोई सुध-खबर ले और न कोई खुलकर खेलने दे। एक भारी पहरा दिन-रात चारों तरफ लगा रहे। दिन-भर ब्याह की बातें सुनते-सुनते कान थक गये। दादा भी जिहल से खबर भेजते हैं तो ब्याह की। बदरी काका भी घर आते हैं तो ब्याह की बातें करते हैं। पंजाबी हरनाम भी चुटकी काटता है तो ब्याह की। गुलाबी चूनर उसने फिर आज तक नहीं दी। जब मिलता है, यही कहता है कुड़माई में दूँगा...हि हि हि हिऽऽऽ! यहाँ प्यासन दादी भी किस्से सुनाती है तो ब्याह के।

ब्याह...ब्याह...ब्याह...!

है क्या बला यह, खाये जाता है जो?

सुवेगा को सारी बातें एक साथ याद आने लगीं। यह अनजानी, अनपहचानी और अनंत प्रतीक्षा कब तक?

सुवेगा के सामने कमलापत का चेहरा फिर झूल गया। पढ़ा-लिखा जवान है, शहर-भर की मक्खियां उस पर टूटती होंगी, पर मुझसे कित्ती लगन से बातें करता है। उसका झुकाव जरूर कोई माने रखता है।

पर, पर इस माने में कुछ धरा है क्या? कुरमी का लोंडा पढ़-लिख गया तो क्या बाम्हनों के आंगन में खुंदेगा? गाली दे लो रे जित्ता चाहो! तिरिया जनम है ही गाली खाने के लिए, भगवान किसी को न दे। बचपन में मां-बाप आंगन

में बांधकर पिंजड़े की चिड़िया की तरह तड़पाते हैं। जवानी में मरद ऐसी आंखें दिखाता है, जैसे बाजार से खरीदकर लाया है। बुढ़ापे में बेटे और बेटियां चींथ-चींथकर खाते हैं। सारा जनम बस तड़पने के लिए है। सुवेगा की चिंता का अंत नहीं है। उमर की एक सीमा पर वह खड़ी है, पर दूरी वह अंत तक लांघ गयी। सच है आदमी अपनी वयस का हिसाब नहीं रखता, वयस ही आदमी का हिसाब रखती है।

और बदरी परसाद!

फूस के बंगले में आराम की कमी नहीं है, पर चंचल मन कभी ठहरा है! रिपोर्ट भेजे कित्ता समय गुजर गया और आज तक उसका जवाब नहीं, जैसे सब उसे पी गये। कोई सुननेवाला ही नहीं। सरकार अलग सता रही है। राशन ने सबकी नानी मार दी है। पैसा आये तो ढेर-सा कपड़ा, शक्कर और नमक ले-लेकर रख लो। जरूरत हो या नहीं, बिना जरूरत का यह खर्चा! नास हो इस सरकार का! अपनी उपज अपने हाथ नहीं लगती। कागज के टिकट चलवा दिये[1]। चिल्लर का मिलना मुश्किल, बेचारे बनियां करें तो क्या करें? टिकट चलाकर ही काम निकाल लेते हैं।

दरोगा जान लेने पर उतारू है। महीने-भर पहले ही तो तीन गुंडे आधी रात को धमक पड़े थे। किरपा भगवान भोलेनाथ की। वरना पल-भर की देर होती और चाकू गले के पार उतरता। उनकी मिहरिया को तो जैसे नया जनम मिला है। उस दिन से लिपटी-लिपटी फिरती है। छाया की तरह पीछे लगी है, प्यार हो तो ऐसा। जब रामलीला मंडली स्कूल के मैदान में उतरी थी तो वह रामलीला देखने के बाद रात को बेहद रोती थी। राम और सीता का बिछुड़ना उसे गवारा नहीं हुआ। रावण को देखकर ही वह दांत पीस लेती थी। उसका वश चलता तो स्टेज से पकड़कर रावण को नीचे खींच लेती। भगवान मिहरिया दे तो ऐसी, भाग आसमान से थोड़े उतरता है! पानी की धार हलकी पड़ी। हवा का तेज झोंका आया। किसने सांकल बजायी?

–"कौन?"

–"मैं हरिया, पंडज्जी।"

---

1. दूसरे महायुद्ध के समय चिल्लर की कमी के कारण कई व्यापारियों ने छपवाकर टिकटें रख ली थीं। पैसों के बदले उतनी कीमत की टिकटें दी जाती थीं। ये टिकटें बराबर एक-दूसरे व्यापारी आपस में लिया करते थे।

दरवाजा खोला तो हरिया अपनी मिहरिया के साथ भीगा खड़ा कांप रहा था। बोला–''पंडज्जी, छप्पर उड़ गया।''

बदरी परसाद ने शरण दी। ऐसी नासकटी बरसात दस बरस में नहीं आयी। गांव में गाज गिरा गयी और कई छप्पर उड़ा ले गयी।

और अब।

टप् टप् टप्

टपाटप् टपाटप् टपाटप्।

ओलों की बौछार होने लगी–पड़ापड़ पड़ापड़।

धरती बिछ गयी। धुत्त काली दरी पर किसी ने सफेद चादर बिछा दी। इस साल धान का क्या होगा?

रामरती चिल्लायी–''भुंटे सब बिछ गये, दादा।'' मास्टरनी बाई कांप उठी। बड़ी मिहनत से लगाये थे भुंटे। कौओं से रखवाली करते-करते जान चली गयी। नास हो इस पानी का, सारी मिहनत पर पानी फेर गया।

किसी तरह सबेरा हुआ। बदरी परसाद ने पीपल के पास एक सुआपंखी सांप पड़ा देखा। वह मर गया था। बदरी परसाद ने मन-ही-मन भोले को खूब सराहा। दिन में निकलता और जहां से उड़कर जाता सबको लकवा मार जाता। चबूतरे का परताब बड़ा है। सांप मरकर गिरा भी तो चबूतरे के पास।

बज्जर बरसात गांव-भर में हाहाकार मचा गयी, सबेरे से उसी का चर्चा। जवाहर सिंह के प्रति हर किसी ने हमदर्दी दिखायी। बेचारा! पानी ने बेजार बना दिया उसे। रपट लिखाने वह थाने पहुंचा, पर थानेदार रपट लिखे तो किसकी–बिजुरी की?

''लिख लो दरोगा साहब, बीजुरी सरबनास कर गयी जवाहर सिंह का'' चरनदास बोला।

–''हेड कान्सटेबल।''

–''जी।''

–''नोट करो।''

हेडकान्सटेबल सलीम खां नोट करने लगा : ''बज्जर गिरा तो मारे गये पांच जानवर। मकान का केवल सारवाला हिस्सा टूटा। घर के पंच सुरक्षित। कोई बड़ा नुकसान नहीं हुआ।''

चरनदास बोला–''यह भी लिख लेना साहब कि बेचारे का छप्पर उड़ाकर ले गयी।''

''लिख लिया।''–उसने कहा।

''तो क्या हजूर इसका हरजाना मिलेगा?''–चरनदास ने पूछा।

–''हां मिल सकता है। बशर्ते की मुलजिम पकड़ा जाए।''

चरनदास एकदम हंस पड़ा। उसे हंसता देखकर हेड कान्सटेबल ने आंखें निकालीं–''किसी पर शक है?''

चरनदास की सारी दृष्टि उस पर टिक गयी। पागल तो नहीं है यह! थानेदार ने अपना डंडा उठाया और बाहर जाने लगा तो हेड कान्सटेबल ने पूछा–''हुजूर क्या किया जाए इसे?''

–''मामले में कोई दम नहीं है। दाखल दफ्तर।''

सारे कुरमी चुप। सोचा था दरोगा ने थाने बुलाया है तो कुछ हरजाना दिलाएगा; पर वह तो दाखल दफ्तर करके चलता बना। जरा भी हमदर्दी नहीं। गांव में रहता है तो दरोगा के सिवा आदमी भी तो वह है, इस गांव का। फिर...?

पानी की धार गिरे और बाजार लगे, कभी नहीं हुआ ऐसा। आज भी बाजार सूना रहा। वहां तो जैसे तालाब भर गया था, पास में रहनेवाले अहीर अपना घर उलीच रहे थे। सब जगह पानी–ही–पानी। चरनदास वहां भी पहुंच गया। उनसे भी उसने हमदर्दी दिखायी। थोड़ा आगे चला तो मास्टर बदरी परसाद मिल गये। वह हरिया का सामान ठीक करवा रहे थे।

–''पायलागों पंडज्जी।''

–''खुश रहो, चरन। सुना है तुम्हारे टोले में तो सरबनास हो गया। भोला जाने क्या करना चाहता है। तंगाता है तो गरीबों को ही।''

–''हां पंडज्जी, सब करम का लेख है। इत्ते साल से रह रहे हैं। कभी दईमारी ऐसी बरसात नहीं आयी। खेत–के–खेत बह गये। अब गांव क्या खाएगा?''

–''खाने की बात छोड़, चरन। वैसे ही क्या खाने मिलता है? जो होता है सरकारी कारिंदे ले जाते हैं। आखिर 'लेन' तो रासन की दुकान पर ही लगानी पड़ती है। वैसे ही देगी सरकार और क्या?''

–''क्या देगी, मिहराज! कमलापत तो कह रहा था कि लड़ाई बढ़ती जा रही है और कहीं और बढ़ी तो...।

–''तो भी चिंता नहीं है, चरनदास। वैसे भी तो हम मारे जायेंगे ही। लड़ाई फैले या बंद हो। बस भजन भोले का करो और चैन लो। कहो तो आज पूजन हो जाए।''

–''गांव के संकट बचें पंडज्जी, बस वही करो।''

सूरज की किरणों के साथ ही चबूतरे पर भीड़ लग गयी। सब भोले की पूजा में लग गये। मास्टर बदरी परसाद हवन करने लगे और गांव-भर उनके साथ श्लोक दुहराता रहा। हवन की अग्नि ऊपर उठी और मंतरों की मार तेज होती गयी। फिर आरती। बदरी परसाद आज खूब मगन होके नाचे। चाहे जो हो, शंकर को आज मनाना ही होगा। पूजा खत्म हुई तो परसाद। और परसाद बंट रहा है, यह पता लगा तो गांव-भर के मौड़ी-मौड़ा आन जुरे चबूतरा के पास। कोई न बचा जो परसाद लेने न पहुंचा हो।

बदरी परसाद ने देखा, करीम मियां भी खड़ा है एक किनारे।

–''कहो करीम, तुम्हारा मुहल्ला सलामत है न?''

–''कहां पंडज्जी, हिंगना उफान पर है। पुल डूब गया और पानी घर के पीछे लहरा रहा है।''

बात सुनी हरिया ने और तुरंत बोल पड़ा–''करीम चल, अभी उतार दूं हिंगना को।'' करीम को सचमुच संतोख मिला। बड़े अदब के साथ उसने परसाद लिया और अनजाने ही सिर झुका दिया। जब उसे अपने धरम की बात याद आयी, तो सहसा ही उसके मुंह से निकल गया–सलाम। जैसे शंकर को वह झुककर सलाम कर रहा है। हरिया ने इशारा किया चलने का तो वह उसके साथ हो लिया। हिंगना मटमैले पानी से ऊपर तक भरा था और जोर से बलबला रहा था। हरिया ने पानी छुआ–ठेठ गरम, ओफ! अभी तो चढ़ाव में है, करीम!

–''तो कुछ कर न भाई।''

–''अजी, अभी उतरा, करीम! ये ले!''

हरिया ने अपनी बाहें ऊपर चढ़ायीं। हल्दी रंग चावल हाथ में लेकर हरिया मंतर गुनगुनाने लगा। हर मंतर के बाद चावल का एक दाना वह पानी में फेंक देता। इस तरह सिलसिला चलता रहा और पानी भी बराबर तेज होता गया। हिंगना की उफनती लहरें और ऊंची उठने लगीं, पर गांव के बहुत से लोग अब भी आस लगाये खड़े हरिया को देख रहे थे। करीम की तो जैसे आंखें ही बंध गयी थीं।

सुवेगा ने आते ही करीम को झकझोरा–''करीम दादा, तुम्हें काकी भीतर बुला रही है, पीछे का सामान उठा लो। मंतरों से कुछ नहीं होने वाला।''

''हां जी!''–सरदार हरनाम सिंह ने कहा–''देखते-देखते पानी चढ़ा है जी, बात-की-बात में धार टूटी है।''

करीम ने एक बार सुवेगा की ओर देखा, दूसरी बार हरिया की ओर। हरिया बराबर मंतर गुनगुनाये जा रहा था और पानी की परतें धीरे-धीरे उठती जा रही थीं।

छप्प छप्प छप्प।

सामने के आम का झाड़ पानी पर तैर गया।

खच्च खच्च।

हिंगना पुल का एक रेलिंग पानी में जा गिरा।

सुवेगा चिल्लायी–''अरे हरिया, काहे को नखरे करता है। पानी बांधना तेरे सामर्थ्य के बाहर है। यह परलय का पानी है। एक नया बहाव है। इस नये तूफान को कोई नहीं रोक सका, हरिया, तू भी नहीं रोक सकेगा।''

हरिया चुप मंतर पढ़ता रहा। करीम ने अपनी बड़ी-बड़ी 'लाल आंखों' से सुवेगा की ओर देखा।

सुवेगा किसी तरह सहमी नहीं। उसे जैसे अपनी बात पर विश्वास था।

घिर्रर घिर्रर....।

सड़क से लगी कगार हिंगना के हवाले हुई। एक झोपड़ी का छप्पर पानी में उतर गया। शायद ऊपर से एक दूसरी बड़ी लहर आयी थी। करीम की बीबी चिल्लायी–''अरे, कोउ सुनो रे। मसजद में पानी भर रओ है।''

सुवेगा ने दांत पीसे। अपने-आप वह कुछ बड़बड़ायी। हरिया के घुटनों तक पानी आ गया। मंतर अपनी ही जगह खड़े थे। वे एक इंच भी खिसकने का नाम नहीं ले रहे थे। हरिया ने एक साथ ही सारे चावल हिंगना में डाल दिये और बाहर आ गया। हाथ से पानी छूकर उसने माथे पर लगाया।

बोला–''बस, धीरज धरो करीम दादा। पानी उतार पर है।''

सुवेगा ने जीभ दिखायी–''करीम, यह सब तेरे किये का फल है। अब भोग।''

करीम की आंखें और लाल हो गयीं। पानी की परतें बराबर चढ़ती गयीं। दूसरा झाड़ भी गिरा और पीपल का सैकड़ों बरस पुराना दरख्त दो बार हिला। उसे हिलता देखकर सबकी रूह कांप उठी। करीम की तो सारी काया एकबारगी कांप उठी। बोला–''खुदा तेरा आसरा है। पीपल गिरा हो मस्जिद गयी।''

''हरिया बचालेगा''–सुवेगा बोली–''अरे करीम दादा सामान उठा। यह बहाव नदी का नहीं है। कमलापत कहता था, ऐसे बहाव संस्कृति और सभ्यता

के होते हैं। नये जमाने को रोकने वाले इसी तरह टूटते हैं। समय की लहरें किसने रोकी हैं, करीम ने? हरिया ने? तू ने?''

हरिया ने भी एक बार आंख फाड़ दी। अब तक बदरी परसाद के पास शिकायत पहुंच गयी थी। कल की लौंडिया, गांव को खड़ी सिखा रही है। बदरी परसाद वहां पहुंच गये और जोर से बोले–''सुवेगा, यहां काहे को आयी? जा, घर जा!''

सुवेगा हिरनी की तरह सुबक कर चली गयी। जाते वक्त उसने करीम को देखा और हरिया को–अपनी सफेद और बंधी नजरों से।

पानी एकदम उबला। दो झाड़ उसने और साफ किये और पीपल की लम्बी डाल लेकर आगे बढ़ गया। डाल चरचरायी कि करीम का दिल बैठ गया। वह वहीं जमीन पर बैठ रहा। उसे कुछ सूझता ही नहीं था। अब वह क्या करे?

बदरी परसाद ने आगे बढ़कर पानी छुआ और खुशी से उछल पड़े–''अरे करीम, यह तो ठंडा हो रहा है।''

–''हे अल्ला!''

–''जय भोला!''

पानी की परतें कम होने लगीं। चिकनी और नरम मिट्टी कछार के किनारों की तरह जमती गयी। सबको राहत मिली। अब तक जो चिंता में डूबे थे, अब तमाशा देखने लगे। हिंगना का पानी उनके मन में अब मनोरंजन के भाव जगा गया। करीम ने देखा, मस्जिद से पानी तो उतर रहा है, पर उसका बहुत बड़ा भाग मिट्टी में सन गया है। दीवारें स्याहीसोख-सी फूल गयी हैं। करीम को धीरज आया–हिंगना उतरा तो! दो लाशें बही जा रही थीं। अरथी सहित बंधी थीं। कहीं से बही आ रही थी। सबने मन-ही-मन दुःख जताया। आदमी का आदमी से बहुत पुराना संबंध है। वह कैसा भी हो, एक बार तो झुकता ही है।

बदरी परसाद करीम के घर में घुस गये। वहीं प्यासन दादी थी। प्यासन दादी झल्ला-झल्लाकर यहां से वहां घूम रही थी और करीम के फटे-पुराने चीथड़े उठा रही थी। बदरी परसाद भी दूसरी चीजें उठा रहे थे। बोले–''चिंता न करो भउजी, सब ठीक हो जाएगा।''

''बुढ़िया का घर सलामत है, उसे गिरना था जी''–हरनाम ने चिहुंटी काटी। बुढ़िया झल्ला उठी–''सब परताब भट्टैयों का। अरे नासकटे, मोरो घर

जाने कितनी आंखें

जब गिरहै तो सारो गांव जाने कहां चलो जैहै। अरे, आंच तक नयीं आयी दिवारों को।"

हरनाम सिंह ने अपनी मूंछों पर अंगुलियां फेरीं–"वाह गुरु की फतह। सांझ तक सड़क खुल गयी। मोटरें जो रुकी थीं, फिर चलने लगीं। हिंगना पुल के दोनों तरफ दो सलाखें थीं, एक टूट गयी थी, इसलिए मोटरों को सम्हाल कर पार करना पड़ा। सड़क पर ढेर-सी मिट्टी जमा थी। मोटरों के चक्कों ने किसी तरह अपना रास्ता बना ही लिया।

दुर्हाई बेरा[1] तक हिंगना आधा हो गया। पहाड़ी नालों का हाल ही निराला होता है। जितनी जल्दी पानी चढ़ा था, उतनी ही जल्दी उतरने लगा। सारे गांव में खबर फैल गयी कि हिंगना अब उतर रहा है। वह तो सिर्फ करीम की मस्जिद हिलाने चढ़ा था।

---

1. **गोधूलि का समय।**

सतरह

खुला नीला आकाश।

मुंहअंधेरे गांव की हर गैल में हलचल मच गयी। लड़के-लड़कियों की मस्तानी टोलियों ने गांव की हर गैल को जगा दिया :

इमली की जड़ से निकली पतंग,
नौ से मोती नौ से जंग।
एक जंग मैंने मांग लिया,
चढ़ घोड़े सलाम किया।
किया है भाई किया है।
दिल्ली जाए पुकारा है।
दिल्ली के दो कारे कोस।
मार सिकंदर पहली चोट।
चोट गयी चूल्हा की ओट।
चूल्हा मांगे सौ-सौ रोट।
चूल्हा मारी धक्का,
जाए गिरी कलकत्ता।
भूरी को सो पत्ता।
फिरंगी मेरा बच्चा,
मैं फिरंगी का चच्चा।

जुलूस गलियों-गलियों घूमा और हर घर को जगा गया। टेसू का उत्सव पुराना है, न जाने कब से इसे बच्चे मनाते चले आ रहे हैं। हर साल यह परब आता है।

कहते हैं, किसी गांव में टेसू नाम का एक मनचला सैलानी छैल-छबीला लड़का रहता था। वह अपना खूब श्रृंगार करता था। गांव की किशोरी लड़कियों को अपनी ओर आकर्षित करने के लिए वह हर तरह के यत्न करता था। कभी-कभी वह किसी लड़की को छेड़ भी देता था। गांव वालों को टेसू की ये हरकतें पसंद नहीं आयीं। गांव का हर लड़का, हर लड़की

जाने कितनी आंखें

का भाई होता है। प्यार-मुहब्बत तो शहर की बातें हैं। गांव में भला यह सब चल सकता है? गांव वालों ने बहुत समझाया, बहुत मनाया, पर वह नहीं माना। गांववाले समझाने-मनाने के सिवाय और करते भी क्या? गांव का लड़का हर घर का लड़का होता है। फिर दोष कोई दे तो किसे? सबको लगता है जैसे उसी का कोई लड़का कुमार्गी निकल गया है। गांव के बड़े तो यह सोचकर धीरज धर सकते थे, पर उसके हमजोली भला मानने के थे? असल परेशानी तो उन्हीं को थी। गांव के लड़कों ने एक दिन अपनी पंचायत बुलायी। उसमें सबने मिलकर तय किया कि जैसे भी हो टेसू को इसका मजा चखाया जाना चाहिए।

टेसू था ही मनचला। लड़कों ने हांक दी तो वह उतर आया अपनी आदत पर। लड़के और लड़कियों ने मिलकर उसे घेर लिया। फिर खूब बढ़ावा दिया। सबने उसकी जय-जयकार की और उसे खेल-खेल में एक तालाब के किनारे ले गये। सबने मिलकर वहां उसे खूब पीटा। इतना कि वह मर गया। जब वह मर गया तो सब लौट आये। तबसे गांव के किसी भी मनचले छोकरे को इसी तरह टेसू बनाया जाता है। लड़कियां सिर पर पगड़ी बांधकर दीपक रखती हैं। लड़के सजधजकर उनका साथ देते हैं। सारे गांव में जुलूस निकलता है। हर घर वह जाता है :

टेसू आया धूम से।

टका निकाले सूम से।

सुवेगा इस साल टेसू बनी। उसके साथ दो सहेलियां चलीं, पीछा किया गांव-भर के लड़के-लड़कियों ने। घर चाहे मुसलमान का हो चाहे हिन्दू का, टेसू को दान देना जरूरी है। जुलूस निकला हिंगना के उस पार से—थाने के सामने। पहला टेसू दरोगा के दरवाजे लगा। गुलाम मुहम्मद की बीवी ने जिन्दगी में पहली बार दिये को सिर झुकाया और एक इकन्नी हवाले की। टेसू का दल झूम उठा। आगे जुलूस बढ़ा—करीम, हरनाम, बदरी परसाद आदि आदि। मास्टरनी बाई ने सुवेगा को झूमते देखा तो अपनी आंखें बनायीं।

मन-ही-मन बोली—''बेचारे सुखलाल जिहल गये तो मौड़ी आवारा हो गयी। इतनी सयानी छोकरी किस तरह छोकरों के साथ घूमती है। हे राम।''

मुंह बनाकर मास्टरनी बाई ने रामरती से कहा—''जा, एक पैसा दे दे।''

रामरती अपनी अम्मां का मन समझ गयी थी, सो उसने सचमुच एक पैसा ही दिया। सुवेगा ने मुंह बनाया और तिरछी आंखों से रामरती की ओर देखकर आगे बढ़ गयी। अब बारी थी प्यासन दादी की। दरवाजे पर धम्म से

सुवेगा ने पैर पटके और उसके साथ ही सारी लड़कियां गा उठीं :

टेसू आया धूम से
टका निकाले सूम से।

प्यासन दादी लाठी टेकते बाहर आ गयी। बोली–"चलो, हटो यहां से।"

तभी उसकी नजर सुवेगा पर पड़ी। उसका मुंह फटा-का-फटा रह गया। बोली–"अरी तू...तू...तू...टेसू बनी है?"

–"हां दादी, मैं...मैं...मैं दादी!"

–"शरम नहीं आती तुझे। इत्ती सयानी छोकरी और...।"

–"तुझसे बड़ी तो नहीं हूं न दादी।"

–"चल जा बेशरम, बाप का साया क्या उठ गया, आवारा हो गयी।"

–"देख दादी, पैसे दे या न दे, पर आवारा न कह।"

दादी कांप उठी–"नहीं तुझे महारानी कहूंगी, है न? नासकटी।"

"चल टेंट से पैसे निकाल, निकालती है कि नहीं।"–सुवेगा ने पैर पटके तो साथ के दो और टेसुओं ने भी यही किया।

दादी की आंखें तेज हो गयीं। उसकी मुट्ठी से पैसा निकाल लेना सरल काम नहीं था। रेत से तेल निकले तो दादी का टेंटुआ खुले।

वह बोली–"किसका टेसू है री सुवेगा?"

"तेरा!"–सुवेगा ने जीभ निकाली।

–"चल जा, मेरा क्या टेसू होगा। साफ-साफ क्यों नहीं कहती कि कमलापत का टेसू है। जब मन में आता है, चला आता है तेरे दरवाजे।"

"दादी ईईईईई"–सुवेगा ने गला फाड़ दिया–"खबरदार दादी, जो ऐसा कहा।"

दादी ने सुवेगा के गालों में चिकोटी काटी–"लफंगों के सर फिरती है, बेशरम! जात-पांत का कुछ ख्याल है? नीच-ऊंच का भेद जानती है? अरी, चिल्लाकर कह कि कमलापत का टेसू है तो अभी हंडिया लाकर रख दूं तेरे सामने।

"दादी "–सुवेगा जोर से चीखी।

दादी की उमर नीचे सरक आयी। उसने अपना डंडा नीचे फेंक दिया और कमानी कमर को ऊपर उठाकर ताली पीट-पीटकर नाचने लगी :

टेसू देखा टेसू,
कमलापत का टेसू।

सुवेगा के सारे शरीर में आग लग गयी। सिर का टेसू वही फेंककर वह भागी। प्यासन दादी पर बेहद चिढ़ आयी उसे। पैसा नहीं देना था, तो न देती,

पर यह क्या? दादी के नाचते ही उसके साथ के सारे लड़के-लड़कियों ने भी दादी का साथ दिया। सब ताली पीट-पीटकर नाचने लगे और दादी की बात दुहराने लगे : ''टेसू देखा टेसू, कमलापत का टेसू।'' सुवेगा घर जाकर सिसक उठी। दूसरी लड़कियां ताली पीटती और दादी के बोल दुहराती कुरमी टोले से निकल गयीं।

चरनदास ने सुना तो आगबबूला हो गया। छोकरों को क्या मजाक सूझा है? किसने सुझाया यह? कमलापत जैसा हीरा और उसका टेसू! क्या किया है मेरे हीरे ने? चरनदास गुस्से में बाहर आ गया। एक लड़के को उसने पकड़ लिया और जब उसने भय के कारण दादी के मुंह की बातें दुहरा दीं तो वह आपे से बाहर हो गया। कमर में गमछा लपेटकर वह चबूतरे के पास आ गया।

''पंडज्जी, ओ पंडज्जी!''–उसने आवाज लगायी।

रामरती बाहर आयी–''क्या है कक्का?''

–''पंडज्जी कहां गये?''

–''स्कूल में होंगे। वहां नहीं हैं क्या?''

बिना कुछ बोले चरनदास स्कूल की तरफ बढ़ गया। बदरी परसाद उस समय चौथी क्लास को गणित पढ़ा रहे थे। उसने उन्हें बीच में रोकना ठीक नहीं समझा और बाहर बेंच पर बैठा रहा। दस मिनट के बाद घंटा बजा और बदरी परसाद बाहर आये।

–''पायलागों पंडज्जी!''

–''खुश रहो चरनदास। ठीक हो न? कुछ खास बात?''

–''आपने नहीं सुना पंडज्जी।''

–''क्या?''

–''मेरे लड़के में कोई खोट है, पंडज्जी?''

–''नहीं तो चरनदास। वह तो हीरा है, गांव-भर का हीरा। अरे अपने पुरखों की असीस, चरन, जो ऐसा लड़का तेरे कुल में निकला। सारी पीढ़ियां तार देगा वह।''

''पर पंडज्जी, बड़ी विचित्र बात है''–उसने रुकते हुए कहा–''सुवेगा ने तो कमलापत का टेसू बनाया है।''

''सुवेगा ने!'' बदरी परसाद अचरज से यह बात दो बार कह गये। फिर बोले–''यह कैसे हो सकता है चरन, सुवेगा इतनी नादान नहीं है। इसके पीछे और कोई बात होगी।''–''सो तो मैं नहीं जानता, पंडज्जी! भगवान करे ऐसा ही हो। प्यासन दादी सब जानती है। उसी ने तो लड़कों को बताया था कि

यह कमलापत का टेसू है, वरना छोटे-छोटे लड़के यह भेद की बात क्या जाने, मास्टर जी!''

दोपहर की छुट्टी का घंटा बजा। दोनों प्यासन दादी के घर गये तो ताला बंद था। दादी वहां थी नहीं। पड़ोस में पूछा तो पता चला कि कपड़ा लेकर भट्टैया के बीज झराने गयी है।

बदरी परसाद क्रोध में थे। जहां भी हो दादी को खोजा जाए। यदि सुवेगा ने सचमुच ऐसा कुछ किया भी था तो प्यासन दादी तो बुढ़िया है। गांव-भर की वह मालकन है। सब उसकी बात मानते हैं। तब उसे बात सम्हालनी थी। बदरी परसाद को कतई विश्वास नहीं हुआ कि सुवेगा इस तरह की बातें सोच भी सकती है। वह चरनदास के साथ आगे बढ़ गये। जो भी हो, आज दादी को खोजा जाएगा।

बदरी परसाद को अधिक खोजना नहीं पड़ा। हिंगना के पैलेपार दादी बैठी थी–चुपचाप, गुमसुम! दूर से वह सफेद गठरी की तरह दिखायी दे रही थी।

''दादी, ओ दादी!''–बदरी परसाद ने आवाज लगायी।

दादी भला काहे को सुनने की। लम्बे डग भरते-भरते दोनों उसके पास पहुंच गये। दादी सिर पर हाथ रखे बैठी थी।

''क्या हुआ दादी?''–बदरी परसाद ने पूछा।

''अरे देखता नहीं बदरी!''–दादी धीरे से उठ बैठी–''नास हो इस हिंगना का, इस बरस कटीली के सारे झाड़ बहाकर ले गया। यहां भट्टैया का जंगल उगता था और इस साल सूखा पड़ा है। एक झाड़ भी नहीं है।''

''फिर उग आयेंगे दादी''–बदरी ने कहा–''महीने-भर बाद फिर झाड़ निकल आयेंगे। भट्टैया के झाड़, कोई रोक सकता है उन्हें? मच्छरों की तरह उगते हैं।''

दादी ने डंडा पटका–''मच्छर कहता है झाड़ों को? अरे बदरी, उन्हीं का तेल पीकर तो मलंग हो रहा है!''

''हां दादी!''–बदरी नीचे उकड़ू बैठ गया। फिर बोला–''क्यों दादी, सुना है तूने कहा था कि सुवेगा ने कमलापत का टेसू निकाला है?''

''हां बदरी, सुन!'' दादी उसके पास आ गयी, उसे शायद यह पता नहीं था कि चरनदास उसके पीछे ही बैठा है। बोली–''देख बदरी, अपन ठहरे बाम्हन। कुरमी और बाम्हनों का भला कोई साथ है? कमलापत कित्ता भी पढ़-लिख गया हो, जात तो वही है उसकी। चाहे जब आता-जाता है सुखलाल के घर। क्या जरूरत है उसे बार-बार उसके यहां जाने की! बदरी, अपन ने भी जमाना देखा है, यह छोकरा ठहरा शहरी, क्यों सुवेगा के चक्कर

काटता है दिन-रात? मैं तो सुन-सुन के हैरान हो गयी। कान में पथरा पड़ जायें, कोई-न-कोई आकर कह ही जाता है। कमलापत एक साड़ी दे गया है सुवेगा को, रेशम की साड़ी। बस तभी से सुवेगा लट्टू है उस पर। और बदरी यह दोस उसका थोड़े है। अरे, यह तो उसकी उमर का दोस है। जहां ढलाव मिले नदिया की तरह बह जाती है, यह उमर ही ऐसी होती है, बदरी! दोस तो कमलापत का है। पढ़ा-लिखा है, पर अपनी औकात नहीं जानता।''

चरनदास अभी तक चुपचाप सुन रहा था। एकदम खड़ा हो गया और जाने लगा तो बदरी परसाद ने आवाज दी-''चरन, ओ चरन!''

''पायलागों म्हराज।'' चरनदास ने उसी तरह चलते-चलते कहा और फिर लौटकर भी उसने नहीं देखा।

''क्या चरनदास भी था यहां पर?''-दादी ने पूछा।

-''हां, दादी।''

-''अरे, तो बता तो देता..।''

-''डरने की क्या बात है, दादी!'' तू ठीक कहती है। ये उरमी-कुरमी अपनी औकात नहीं समझते। हमारे ऊपर थूकने चले हैं। आने दे कमलापत को दादी, पढ़-लिख गया तो क्या हमारी इज्जत पर हमला करेगा?''

बदरी परसाद को एकाएक गुस्सा आ गया। उनका सारा बदन कांपने लगा। वह उसी हालत में सुखलाल के घर आ गये। बिना कुछ कहे वह भीतर घुस गये और सुवेगा का झुतरा पकड़कर उसे खींचते बाहर ले आये। उस समय सुवेगा अपने बालों में कंघी कर रही थी और दुगघो काकी खटिया पर लेटी थीं। ''बोल तू क्या चाहती है?''-बदरी ने जोर से दांत पीसे।

सुवेगा ने अपनी आंखें फाड़ दीं। बदरी काका क्या पूछ रहे हैं, वह क्या जाने? यही हालत दुगघो काकी की थी। वह खाट से उठकर चुपचाप सिसकी-सी दरवाजे की आड़ में खड़ी हो गयी।

बदरी ने गुस्से में दो चांटे जड़ दिये सुवेगा को और उसके बाल छोड़ते हुए बोले-''भौउजी, यह लौंडिया हम लोगों की नाक कटाकर रहेगी। भइया जिहल क्या गये, इसे आजादी मिल गयी है। कमलापत कोई साड़ी दे गया था इसे?''

''हां भइया...क्या हुआ?''-दुगघो की आंखें चढ़ी रह गयीं।

-''कहां है वो साड़ी?''

दुगघो काकी चुपचाप साड़ी निकालकर ले आयी। बदरी परसाद ने रेशमी साड़ी देखी तो देखते रह गए। लाल-हरे रंग की मक्खन की तरह चिकनी साड़ी, पचास से क्या कम होगी। मन-ही-मन बदरी परसाद ने

उसकी कीमत आंकी। अपने-आप वह सोचने लगे, दादी ठीक कहती थी, यह साड़ी नहीं, हमारी आस्तीन का सांप है। बड़े गुन निकले इस लौंडे में और छोकरी भी शातिर निकली। नाम डुबाकर रहेगी, बाप तो नाम के लिए जिहल में पड़ा सड़ रहा है, वरना कब का माफी मांगकर छूट जाता। कित्ते लोग माफी मांग-मांगकर जेल से छूट आये। सुखलाल को बहुत समझाया था, पब्लिक सेवा सहज काम नहीं है। यह तो उन लोगों का धन्धा है, जिनके पास और कोई काम नहीं है जिनकी अपनी घर-गृहस्थी नहीं है जिनके पास खाने-पीने को भरपूर है और जो किसी के मोहताज नहीं। यह तो व्यापार है, सुखलाल, और हर व्यापार में साख की जरूरत होती है। बिना साख के क्यों इस रास्ते पर चलते हो। पर ...पर सुखलाल नहीं माना। उससे यह भी कहा कि जिहल में दो शब्द ही तो मुंह से निकालने हैं। कितने लोग माफी मांगकर बाहर आ गये हैं। क्यों नहीं बाहर आ जाते, पर जब वह माने तब न? मरा जाता है आदमी, अपनी आन-बान पर! नहीं जानता कि एक आन रखने के लिए दूसरी आन पर पानी फिर रहा है। बदरी परसाद के अंग-अंग में आग लग गयी। रेशमी साड़ी को सुवेगा की ओर फेंकते हुए वह बोले ''क्या कहने बिटिया तेरे। अरी, ऐसई बावली हो रही है तो पहले मोरे पेट में छुरा भोंक दे।–अरे, क्या हमें तेरी फिकर नहीं है? भइया नहीं है तो क्या मैं तोरो कोउ नइयांऊं का?''

सुवेगा रो पड़ी। वह जोर-जोर से सिसकने लगी। बदरी परसाद और कुछ बिना कहे चले गये। दुगघो काकी वैसे ही सुवेगा पर बहुत जली थीं। अब तो जले पर नमक छिड़क दिया बदरी परसाद ने। उस दिन कमलापत क्यों आया था? क्यों सुवेगा जल्दी से चाय बनाकर लायी थी? क्यों वह बड़ी देर तक बाहर खड़ी रही। पैर में कांटा क्यों गड़ा था? और गड़ा भी था तो यह बात कमलापत को कैसे पता हुई...सारी पिछली बातें दुगघो काकी के दिमाग में धीरे-धीरे उतर आयीं। सामने एक छड़ी पड़ी थी, न आव देखा और न ताव, उन्होंने उठाकर दो-चार सुवेगा की पीठ पर जड़ दीं। सुवेगा पहले ही रो रही थी, मार खाकर उसकी सिसकियों में किसी तरह का फर्क नहीं पड़ा। दुगघो काकी चौकाघर में चली गयी और खुद रोने लगी।

सुवेगा के मन का दर्द बढ़ गया।

पहली बार उसे इत्ती मार पड़ी है। सुखलाल उसे बेहद चाहते थे। दुगघो काकी की क्या मजाल कि वह कभी सुखलाल के सामने आंख उठाकर भी सुवेगा की ओर देख ले। सुवेगा के विचार उलझते गये—यह

सब क्या है? क्या किसी से बात करने में भी मनाही है? है तो क्यों? मुझमें ऐसा क्या है, जो मुझे इससे रोकता है? कमलापत में खराबी क्या है? कमलापत साड़ी दे गया, बस इसी से मुसीबत सामने आयी! तो यह बात बतायी किसने?

वह सोच ही रही थी कि रामरती आ गयी बदरी परसाद ने उसे भेजा था। सुवेगा को गुस्से में आकर उन्होंने मार तो दिया था, पर घर आकर वह बहुत पछताये भी। क्यों व्यर्थ टुरिया पर हाथ छोड़ दिया। इस उमर में नादानी हो ही जाती है। बड़ों का काम तो सही रास्ता बताना है, न कि जरा-जरा-सी बात पर छोटों को पीटना। सुवेगा को मारना नहीं था। सिर्फ समझा देना था। गलती उस बेचारी की क्या है? कमलापत ठहरा शहर की हवा लगा लौंडा। शहर में आंख लड़ाता होगा, तो हरामजादे को फिर मुहल्ला-पड़ोस भी नहीं दिखता। सुवेगा जैसी लड़की जिसे मिल जाए, उसके भाग जाग जाएं। पढ़ी चाहे कम हो, पर देह तो सोने-सी उजयारती है और यही तो लड़की का धरम है। बदरी परसाद घर जाकर अपनी परेशानियों में बेहद उलझ गए थे। रामरती ने सब-कुछ आकर दुगघो काकी को बताया। उसने जाकर सुवेगा के आंसू पोंछे। बोली-"घर जाकर दादा खुद खूब रोये हैं। तुझे मारकर वह पछता रहे हैं...।"

"क्यों पछता रहे हैं?"-दुगघो काकी चिल्लायी-"क्या सुवेगा उनकी बिटिया नहीं है?"

रामरती ने इस भूमिका की सारी बातें धीरे-धीरे सुवेगा से कह दीं और जब सुवेगा को पता चला कि यह सब कारस्तानी प्यासन दादी की है, तो वह दांत पीसने लगी। अपने-आप वह बुदबुदायी-"आये बुढ़िया सामने, घेंटुआ दबाये बिना नहीं रहूंगी।"

रामरती चली गयी, पर उस दिन न तो दुगघो काकी को चैन मिला और न सुवेगा ने ही शांति पायी, दोनों ने रात का खाना नहीं खाया, दोनों न जाने किन अनजाने विचारों में बराबर उलझी रहीं।

अठारह

खर्रूर्रूर्रू खर्र्र्र्र्र।

सवारी मोटर चरनदास के घर के सामने आकर रुकी। कमलापत ने अपना होलडाल नीचे उतरवाया और खुद सामान उठाकर परछी में रखा। चरनदास सामने खड़ा था। उसने आगे बढ़कर उसके पैर छुए। बोला–"दादा, सपलीमेंटरी में पास हो गया।"

सारा घर उज्यार गया। चरनदास फुग्गे की तरह उचका-उचका फिरने लगा। उसकी मां ने उसे कलेजे से लगा लिया। दो-तीन बार उसके गाल चूमे। बेटा बी.ए. पास हो गया। उसने बाप-दादों की सारी पीढ़ियां तार दीं। अब तक सारे वंश में कोई ऐसा नामवर लड़का नहीं निकला। गांव में बिजली नहीं है, किसी तरह का तार नहीं है, पर वहां बात फैलते देर नहीं लगती। सारा कुरमी टोला चरनदास के घर के सामने जुर गया। अहीरों ने अलग घर घेर लिया। सब तर गये थे। भगीरथ ने गंगा बहाकर सात पीढ़ियां तार दीं, कमलापत ने डिग्री लेकर कुरमी-अहीरों की अनगिनत पीढ़ियां तार दीं। गिटपिट तो वह अभी बोलता है और बोलता क्या है, भगवान जाने! सूट-बूट नेंक-टाई लगाता है और इन्हें वह कैसे बांधता है, यह भी भगवान जाने। सोने की तरह दिप-दिप होता है कमलापत। अब वह कहीं अफसर बनेगा। उसका अंग-अंग दमक रहा है। उसका हर अंग मानो कह रहा है कि वह अफसर बन गया। पढ़ाई का तेज अलग होता है। कपाल पर रेखायें खिंच जाती हैं और वह दंग-दंग दूर से चमक मारता है। कमलापत को हर आदमी ने छुआ, हर औरत ने देखा, जैसे डिग्री लेते ही उसका नक्शा बदल गया है। जैसे अब वह आदमी नहीं रह गया।

और कमलापत सब-कुछ आंखें फाड़े देखता रहा। पहली बार उसने जाना कि विद्या में कितना बल है। इतना मान तो शायद उसका भी नहीं होता, जो धन की कोई भारी गठरी छीनकर कहीं से ले आता है। जय विद्यामाई की। बंजर धरती को भरवां बना दे। आदमी देवता बन जाए।

कमलापत को इतनी चाहत जिंदगी में कभी नहीं मिली, तरह-तरह के व्यंजन घर में बने। धूप ढले घर में ढोलक लग गयी :

मैया के भुवन इक तिरिया बिसूरे,

अंसुअन भींजे गुलसारी हो।

ढोल के साथ सिक्के की मार से लोटे के स्वर और औरतों के कंठी के समवेत गीत गांव-भर में गूंज गये। कमलापत अफसर बन गया, यह बात सहज ही सब दरवाजों तक पहुंच गयी। दुगघो काकी ने सुना तो कमलापत को पानी पी-पीकर कोसा। सुवेगा भी उस दिन खा न सकी। बियारी में सब खाने बैठे तो उसने पेट में दर्द का बहाना बना लिया। कमलापत उसके सामने खड़ा था। उसका नाम उसके लहू-भर में समाया था। सुवेगा ने सारी बातें पता लगा लीं थीं-शाम को दरोगा गुलाम मुहम्मद तक चरनदास के घर गया था। बदरी परसाद तो यहां दांत पीस-पीसकर चीखे थे, वह भी वहां जाने से रुके नहीं। शाम को वह भी चरनदास के घर हो आये। और जब दरोगा और मास्टर, चरनदास के साथ हैं तो दम किसमें है कि उसका बाल भी बांका कर सके? कमलापत ने सबके पैर छुये। सबका असीस लिया। इतने असीस उसे पहली बार एक साथ मिले और उसे विश्वास हो गया कि अब जिन्दगी की गाड़ी कहीं डगमगा नहीं सकती।

जय हो मइया काली की।

पारबती रच्छा करें।

हनुमान बल दें।

सीता तुमाओ परताब साथ रहे।

सुवेगा की आंखें बार-बार मिचमिचाने लगीं। उनमें जैसे दरस की एक प्यास जाग उठी है। अब कमलापत पहले-सा नहीं रहा।

लालटेन टिमटिमाती रही। गांव की सारी गलियां सूनी थीं।

किसी ने दरवाजा खटखटाया, सुवेगा दौड़ी। न जाने क्यों उसे यह आभास हो गया कि यह कमलापत ही हो सकता है और निकला भी वही। दरवाजा खोलकर उसने देखा, कमलापत एक दोने में मिठाई लिये सामने खड़ा था। सुवेगा को लगा जैसे किसी ने उसकी सारी ताकत सहसा ही छीन ली है। उसके हाथ से दोना लेना तो दूर, वह उसका दाहिना हाथ पकड़कर लिपट पड़ी। वह शायद लिपटी रहती। उसके मन को बड़ी तृप्ति मिली। अनजाने ही

उसे आभास हुआ जैसे किसी बड़े झाड़ के सहारे वह लता की भांति खड़ी है और झाड़ भी कोई छोटा नहीं है–शीशम का झाड़, ठोस और मजबूत! कमलापत सिहर उठा। वह सम्हल गया। दुगघो काकी क्या कहेगी?

"सुवेगा"–वह बोला।

"अरे हां"–सुवेगा सम्हल कर खड़ी हो गयी। बोली–"तुम्हारे पास होने की खबर से अम्मां कित्ती खुश हैं कमलापत, तुम नहीं जानते। भीतर आओ।"

भीतर जाकर कमलापत ने दुगघो काकी के पैर छुए। दुगघो काकी को शायद कमलापत का आना नहीं रुचा। बड़े अनमने भाव से उन्होंने अपने पैर पड़ा लिये। सुवेगा ने यह देखा तो उसे बहुत खराब लगा। वह औरत जात को कोसने लगी। अजीब हैं ये औरतें भी मरदों को देखो शिष्टाचार के सामने बड़ी-से-बड़ी दुश्मनी को भी पी जाते हैं, पर औरतों को जरा भी शऊर नहीं है। अरे, घर आये आदमी के साथ कोई इतना अलगाव दिखाता है? सुवेगा भूल गयी कि वह स्वयं भी एक औरत से अधिक कुछ नहीं है। दुगघो काकी ने एक मचिया बिछा दी और उस पर कमलापत को बैठने का संकेत किया। मिठाई नीचे रखकर कमलापत बैठ गया।

लड़कों ने आकर कमलापत को घेर लिया। सुवेगा को यह हो-हल्ला पसंद नहीं आया। वह मिठाई का दोना लेकर भीतर चली गयी। लड़कों ने भी उसका पीछा किया। चौके में जाकर उसने थोड़ी-थोड़ी मिठाई सब में बांट दी और फिर चूल्हा सुलगाने लगी। दुगघो काकी को यह पता नहीं चला कि कब सुवेगा ने चाय बना ली। उसने चाय लाकर कमलापत के सामने रखी तो दुगघो काकी एकदम चिल्लायीं–"सुवेगिया।"

"हां अम्मां, तुम्हारे लिए भी लाती हूं।"–भीतर जाकर एक गिलास में वह चाय ले आयी। दुगघो काकी केवल दांत पीसकर रह गयीं। उनका वश चलता तो वह सुवेगा का गला घोंटे बिना नहीं रहतीं।

"काकी।"–कमलापत ने कहा।

–"हूं।"

–"सुखलाल दादा से मिला था।"

दुगघो काकी सम्हलकर बैठ गयी। उनकी दिलचस्पी अनायास जागृत हो गयी। बोलीं–"चाय तो ठीक थी न, बेटा?"

"हां काकी।"–कमलापत ने देखा सुवेगा दांतों के बीच एक अंगुली दबाये दरवाजे पर खड़ी उसे टकटकी बांधे देख रही है। उस अंधेरे कमरे की

हलकी-सी रोशनी के बीच भी सुवेगा का शरीर दमक रहा था। कमलापत का मन हुआ कि वह अपलक एक बार तो उसके सौंदर्य को निहार ले, पर दुगघो काकी के मन का चोर भला इतनी छूट दे सकता था।

—''सुवेगा, पान ले आ।''

सुवेगा की पायल हलके-हलके दूर होती गयी।

—''हां, बेटा। सुना कि तू पास हो गया है। सुनकर बड़ी खुशी हुई। भगवान बड़ा अफसर बनाये...।''

—''सब तुम्हारा आशीर्वाद है, काकी। सब तुम्हारी किरपा है।''

—''अच्छा तो वे कैसे हैं?''

''अच्छे हैं काकी, जेल में राजनीतिक नेताओं को बड़ा आराम रहता है। सरकार उनका पूरा ख्याल रखती है। फिर काका तो ठहरे जाने-माने नेता। उन्हें कोई तकलीफ नहीं है। हां कह रहे थे ...।'' कमलापत एकाएक रुक गया, तो दुगघो काकी को लगा जैसे किसी ने चढ़ाई में जाकर घोड़े की रास खींच दी है। उतावली होकर वह बोली—''क्या कह रहे थे बेटा?''

सुवेगा ने पान लाकर सामने रख दिया और खुद भी वहीं बैठ गयी। दुगघो काकी बातों में इतनी तल्लीन हो गयीं कि उसे फिर फिकर नहीं रही कि वह सुवेगा को डांटकर तो भगा दे। कमलापत ने पान उठा लिया। बोला—''वे सुवेगा की बड़ी चिन्ता कर रहे थे, काकी। कह रहे थे...।''

''करने दो।'' दुगघो काकी ने बात काटकर कहा—''अपने तो जहल में पड़े मौज उड़ा रहे हैं और कहते हैं चिन्ता है। अरे बेटा, चिन्ता ऐसी होती है? जिसके घर जवान बेटी क्वांरी बैठी रहे, उसे रात-रात-भर नींद नहीं आती। उसे खाना नहीं पचता और न नेतागिरी की बात सूझती। ये सब कहने की बातें हैं बेटा, वरना...।'' दुगघो काकी रुक गयीं।

कमलापत ने कहा—''नहीं काकी, काका सचमुच बड़े चिंतित हैं, पर मेरी तो समझ में नहीं आता कि वह इतनी चिन्ता क्यों करते हैं? अभी सुवेगा की उमर ही क्या हुई है? मैंने तो शहरों में देखा है कि तीस-तीस बरस की स्यानी औरतें क्वांरी बैठी रहती हैं। फिर सुवेगा तो...।''

''हां, अभी सुवेगा की उमर ही क्या हुई है।''—दुगघो काकी ने बिराते हुए कहा—''इसी से तो गांव-भर में थुड़ी-थुड़ी हो रही है।''

—''क्या हुआ काकी?''

सुवेगा ने अपनी दोनों भवें नीचे उतारकर खीझ भरी नजरों से दुगघो काकी की ओर देखा, पर दुगघो काकी पर कोई असर नहीं हुआ तो सुवेगा उठकर भीतर भाग गयी और चिल्लायी–''अम्मां-अम्मां बिलइया दूध पी रही है।'' दुगघो काकी तैश में उठकर भीतर गयी तो देखा वहां काहे की कोई बिल्ली। अब क्या था, उसकी झल्लाहट और बढ़ गयी। सुवेगा ने उन्हें रोकना चाहा। बोली–''अम्मां, घर आये आदमी से ऐसा व्यवहार नहीं किया जाता।''

''ये लो, अब हमें व्योहार करना भी सीखना पड़ेगा। वाह रही लौंडिया।'' दुगघो काकी धीरे-धीरे बरबराने लगीं, फिर बोली–''निकाल वह साड़ी कहां है? वापस कर दे उसे। कलमुंहा बड़ा आया है पास होकर।''

सुवेगा ने उसके मुंह पर हाथ रख दिया–''ऐसा नहीं कहते अम्मां, वह सुन लेगा तो?''

दुगघो काकी ने एक हाथ की हथेली पर दूसरे हाथ की अंगुलियां रखीं और उन्हें फोड़कर बोली–''सिंगट्टा से, सुन लेगा तो क्या कर लेगा?''

सुवेगा भागती बाहर आ गयी। उसने कमलापत का हाथ पकड़ लिया। बोली–''अम्मा को चक्कर आ गया है कमलापत, कल आना।''

–''एं चक्कर आ गया, चलूं देखूं तो।''

–''नहीं वह चौकाघर में हैं। वहां तुम कैसे जाओगे?''

दुगघो काकी भीतर से दांत पीसती यह देखती रहीं कि सुवेगा किस तरह उससे लिपट-लिपटकर बातें कर रही है। कमलापत को अच्छा नहीं लगा कि उसके सामने दुगघो काकी को चक्कर आ जाए और वह किसी तरह की सेवा न कर सके। उसने ठंडी सांस ली और बाहर आ गया।

बाहर आकर सुवेगा ने उसे जोर से पकड़ लिया। बोली–''कमलापत, तेरा-मेरा भेद तो सारे गांव में खुल गया है...।''

तभी दुगघो काकी की कड़कती आवाज आयी : सुवेगिया, सुवेगा।

कमलापत को छोड़कर सुवेगा डर के मारे भीतर भाग गयी, बड़ी देर तक मां-बेटी तकरार करती रहीं।

कमलापत का घर में सब लोग बड़ी बेसब्री से इंतजार कर रहे थे। सबने साथ ब्यारी[1] की। फिर चरनदास उसे अपने कमरे में ले गया। वहां जाकर उसने

---

1. रात का भोजन।

सारा किस्सा कह सुनाया और अपना सिर झुकाकर बोला—''बेटा, मैं पढ़ा-लिखा नहीं हूं, पर तब भी गांव में मेरी इज्जत है। इसे भर सलामत रखो, मेरे बेटे।''

कमलापत ने कोई उत्तर नहीं दिया। वह चुपचाप सिर नीचे किये बैठा रहा। थोड़ी देर बाद चरनदास उठकर चला गया। उसके जाने के बाद कमलापत को जैसे चेतना मिली। वह अकेले बैठे-बैठे न जाने क्या-क्या सोचता रहा। बड़ी देर तक वह सोचता रहा। क्या सोचता था, वही जाने। घंटे-भर बाद वह उठकर चरनदास के पास चला गया। उसके पैर पकड़कर बोला—''दादा, कहीं कुछ गलतफहमी जरूर किसी को हो गयी है। मैं इसे दूर करने का प्रयत्न करूंगा।''

चरनदास ने उठाकर अपने बेटे को छाती से लगा लिया। कमलापत ने अनुभव किया कि उसके दाहिने हाथ पर कहीं से आकर दो गरम बूंदें गिर पड़ी हैं।

उन्नीस

काहे बोली रे,

कैसे बोली रे, चिरइया भुनसारे!

हरिया मगन होकर गा रहा था। चूबतरे के पास पहुंचा तो बड़े पंडितजी को देखकर दंग रह गया। वह शंकर की मूरत से फूल और बेलपत्री निकाल रहे थे। सवेरे के पांच बजे होंगे। ठंडी हवा बह रही थी और पीपल के झाड़ पर चिड़िया चहक रही थीं।

हरिया ने पहली बार सीटी की आवाज सुनी तो बोला—''पंडज्जी, पीपल पर सीटी मारनेवाली कोई चिड़िया आई है। आपने उसकी आवाज नहीं सुनी?''

बदरी परसाद ने ध्यान से सुना :

सुई ई ई ई सुई ई ई ई ई ई।

सचमुच बड़ा सुरीला गा रही थी यह चिड़िया। हरिया बोला—''गुरुजी, चौंतरा के पास पहुंचा तो दाहिनी आंख फरकी। यहां चिड़िया अलग सीटी दे रही है। जरूर कोई अच्छी बात है, गुरुजी।''

—''क्या बात होगी रे? क्या कोई अच्छा समाचार तू लाया है?''

—''मैं तो नहीं लाया, गुरुजी। मैं तो फिर अनर्थ सुना रहा हूं।''

बदरी परसाद सीधे तनकर खड़े हो गये। पल-भर के लिए एक अनजानी चिंता उनके दिमाग में तैर गयी। बोले—''सो क्या?''

''करीम मियां के घर फिर रात को बिटिया भई। वही चेहरा, वही नाक-नक्शा। ठीक वैसी ही जैसी परकी साल हुई थी। पर गुरुजी... घंटा-भर बाद ही चल बसी। करीम की मिहरिया इस बार बड़ी उदास दिखी, बेचारी रोई तक नहीं। बोली—''मास्टर भइया से कुछ कहो हरिया, कोउ उपाव करे।'' मैंने उससे कहा—''हमारे गुरु जी को बड़े जंतर-मंतर आते हैं।'' तो वह बोली—''भइया मैं तो परेशान हो गयी। कोई बरस छूटता नहीं और कोई मौड़ी जीती नहीं। वही रूप-रंग लेकर आती है और उसी तरह चली जाती है। उनने है सो झगड़ा कमा लिया है, बरना खुद मास्टर

जाने कितनी आंखें

के घर चली जाती। मास्टर भइया के पांव पकड़ती और कहती, भइया, इन बन्धनों से छुड़ा लो मुझे।''

बदरी परसाद को सुनकर दुःख हुआ। बोले–''आज शाम को एक ताबीज़ दूंगा, जाकर दे आना। बड़ी मुसीबत में है बेचारी।''

हरिया भीतर चला गया। मास्टरनी बाई बाहर आयीं और बोलीं–''हरिया अभी कुछ कह रहा था। क्या बात है?''

''क्यों?''–बदरी परसाद ने उल्टे प्रश्न किया।

वह बोलीं–''उठतै से मोरी बायीं आंख फरक रही है, जोर-जोर से।''

–''चलो यह भी अच्छा है, किसी की बिटिया जाए और किसी के यहां शुभ-गुन हों। अरी, करीम के घर बिटिया भई रात को और चल भी बसी।'' मास्टरनी बाई को बड़ा दुःख हुआ। करीम की मिहरिया के प्रति उन्होंने बड़ी हमदर्दी दिखायी। बेचारी कित्ती परेशान है। भगवान भी कित्ता निर्दयी है। कुछ देख-सुनकर भी लड़के-बच्चे नहीं देता।

बदरी परसाद ने जाकर नहाया और फिर पूजा की।

दस बजे स्कूल का घंटा हुआ और वह जैसे ही अपनी क्लास में जाकर बैठे कि पुलिस स्टेशन से बुलउआ आ गया। सिपाही ने खबर दी कि मंडला से डिप्टी साहब आये हैं और आपको बुलाया है।

बदरी परसाद नायब मास्टर दुबे को काम समझाकर पुलिस स्टेशन की ओर चल पड़े। थाने पहुंचे तो खुद डिप्टी साहब ने उठकर उन्हें कुरसी दी। वह एक अंगरेज अफसर था। थानेदार गुलाम मोहम्मद बराबर अटेंशन मुद्रा में खड़ा था। दूसरी ओर करीम मियां एक कुरसी पर बैठा था। शायद उसे भी बुलाया गया था। डिप्टी साहब बड़े नम्र और मृदु स्वभाव के व्यक्ति थे। पहले तो उन्होंने बदरी परसाद से स्कूल के बारे में पूछताछ की। कित्ती सर्विस है। वह कहां-कहां रहे? किस-किस अफसर को जानते हैं? आदि-आदि। बदरी परसाद भी तपे हुए आदमी थे। उन्होंने बहुत से पुराने किस्से सुनाये। बिछिया में किस तरह सर रेमसन डिप्टी साहब आये और किस तरह उन्होंने बदरी परसाद के घर शुद्ध भारतीय खाना खाया और किस तरह उनकी सराहना की। डिप्टी साहब ने बहुत-सी बातें कीं, फिर कहा–''मास्टर, अमको तुमारा शिकायत मिला। शिकायत ठीक हये!''

–''जी साहब, इसका फैसला तो आपको ही करना है। मैं ठहरा एक गरीब मास्टर मेरी औकात ही कितनी है...।''

–"बहोत है, बहोत है। मास्टर बहोत बड़ा होता। उसी का पढ़ाया हये हम। मास्टर का मार खाकर साहब बना–न वो मारता, न हम पढ़ता। न हम इहां आता। सो मास्टर बहोत बड़ा होता। तुम छोटा नयीं।"

बदरी परसाद ने हाथ जोड़े और बड़े विनम्र शब्दों में कहा–"तो साहब, यही मेरा अपराध है कि मैंने दरोगा साहब की उन दो लड़कियों को सजा दी, जो न स्वयं नटखट कर रही थीं, बल्कि सारी क्लास को परेशानी में डाल रही थीं। मैं दरोगा साहब के यहां पढ़ाने भी जाता था, साहब। आज तक ट्यूशन का पैसा भी नहीं मिला, पर कभी मुंह से बात निकाली हो तो इनसे पूछिये।"

डिप्टी साहब ने गुलाम मुहम्मद की ओर देखा। उसने अपनी नजरें चुराने की कोशिश की। करीम मियां से भी पूछताछ की गयी। हेड कान्सटेबल से भी पूछा गया। अन्त में डिप्टी साहब उठकर खड़े हो गये। बदरी परसाद से उन्होंने हाथ मिलाया। बोले–"तुम बहोत होशियार मास्टर अये। अमने सुना। तुम जा सकता। तुमने मारा, अच्छा किया। अमको भी तुम मार सकता। बिना मार का कोई एज्यूकेट होना सकता नयीं।"

डिप्टी साहब के इस व्यवहार से बदरी परसाद बड़े खुश हुए, हाथ जोड़कर वह स्कूल चले आये।

बाद में पता चला कि डिप्टी साहब बड़े अनुशासनप्रिय और कठोर अफसर हैं। उन्होंने हेड कान्सटेबल की तो खड़े-खड़े वरदी उतरवा ली। करीम मियां को पुलिस-हिदायत दी गयी कि यदि उसने आगे किसी तरह का गड़बड़ किया तो बन्द कर दिया जाएगा। यहां साम्प्रदायिक हरकतें नहीं होनी चाहिए। शाम को सिपाही सुरजीत ने चूबतरे का माथा छुआ। उसने बदरी परसाद से माफी मांगी और बताया कि उसने यदि कभी कुछ किया भी है तो दरोगा के कहने पर। डिप्टी साहब ने हर बात का कड़ा रुख अपनाया और दरोगा गुलाम मुहम्मद को तनज्जुल कर दिया। उन्हें बतौर हेड कान्स्टेबल के मवई थाने भेजा जा रहा है। थानेदार गिड़गिड़ाने लगा और कहने लगा कि उसकी दो लड़कियां पढ़ रही हैं। इस पर डिप्टी साहब ने चार महीने की मुहलत उसे दे दी। चार महीने के बाद थानेदार छोटे पद पर मवई चला जाएगा। बदरी परसाद को यह अच्छा नहीं लगा। वह मवई में पहले रह चुके हैं। वहां का पानी अच्छा नहीं है। मलेरिया की हमेशा शिकायत रहती है। फिर थानेदार छोटे पद पर भी जा रहा है। इस छोटी-सी बात की इतनी बड़ी सजा तो नहीं थी।

मास्टरनी बाई के कानों में न जाने कहां से आवाज पड़ गयी। वह बड़ी खुश नजर आयीं। बोलीं–"मेरी आंख फरक रही थी न और आज तक सीटी वाली चिड़िया कभी पीपल पर नहीं बोली, है न? आज ही बोली वह। भगवान के यहां देर भले हो, अंधेर नहीं है। अन्त में सत्य की विजय होकर रहती है, वरना थानेदार ने कितने जाल नहीं रचे। अन्त में उसे अपने ही मुंह की खानी पड़ी।" मास्टरनी बाई लगभग नाच उठीं।

हरिया भी तब तक वहां आ गया। उसने भी अपने शुभ गुनों की बात बतायी। वह बड़ा खुश था। बोला–"गुरुजी, यह तो होने ही वाला था।"

बदरी परसाद के ओंठों में भी मुस्कराहट बिखर गयी। एक बड़े दुश्मन को उन्होंने चुटकी बजाते दे मारा।

करीम मियां की बीबी ने शाम को बदरी परसाद को बुलाया। बदरी परसाद पहले तो हिचके, परन्तु फिर वह चले ही गये। तब करीम की बीबी एक अलग कमरे में बंद थी। वहीं से उसने कहा–"भइया, उनकी बात को बुरो ने मानियो।"

बदरी परसाद ने उसे विश्वास दिलाया और चले आये। बाद में उन्हें पता चला कि करीम मियां मंडला गया है और जरूर वह वहां अपने दल के लोगों से बातचीत करेगा, पर अब बदरी परसाद का मन बहुत दृढ़ हो चुका था। उन्हें विश्वास हो चला था कि यदि आदमी अपना काम पूरे मन के साथ विश्वास जमाकर करता जाए तो कितना भी उसका विरोध क्यों न किया जाए, कुछ बिगड़नेवाला नहीं है। परेशानी उसकी होती है जो बकवास करता है और दिन-रात दंद-फंद में फंसा रहता है।

आधी रात की निस्तब्धता चारों ओर व्याप्त थी।

बदरी परसाद बहुत दिनों के बाद इतनी मीठी नींद आज ले पाये थे। सहसा उनके कानों में हलकी-हलकी आवाजें सुनायी पड़ीं : ओ मास्टर, अरे मास्टर बदरी परसाद, बदरी परसाद, जागो, जागो।

बदरी परसाद को लगा जैसे एक झांई-सी आकर उसके कानों से टकरा रही है। वह नींद में थे, थोड़ी देर के बाद जरा-सी चेतना उन्हें मिली तो वह हड़बड़ाकर उठ बैठे। देखा तो कहीं से धुआं निकल रहा था। उन्होंने अपनी पत्नी को उठाया। इसी समय उनकी नजर ऊपर छत पर पड़ी। घर तो आग में जल रहा था। वह भागते हुए बाहर आये। रात को चलनेवाली बैलगाड़ियों के सवारों ने यह आग देख ली, वरना आज बदरी परसाद का पूरे परिवार सहित

काम तमाम हो जाता। अब तक हरिया भी वहां आ गया था। गाड़ी वालों ने जी-जान के साथ मास्टर की मदद की। एक-एक लड़के को उठाकर बाहर लाया गया। सारा सामान उठा लिया गया। झाड़ू तक बाहर आ गयी। तब कहीं आग हवा के झोंकों के साथ बेहद मचली। सबेरा होते-होते सारी झोपड़ी जलकर खाक हो गयी।

बदरी परसाद ने अपना डेरा स्कूल के एक कमरे में डाल लिया। उन्होंने मन-ही मन शंकर को फिर सराहा। आज यदि उसकी मरजी नहीं होती तो शायद एक भी आदमी जीवित नहीं बचता। सबेरा नहीं हो पाया था कि सारा गांव वहां जमा हो गया। बदरी परसाद को मदद देने में किसी ने किसी तरह की कसर नहीं की। कमलापत भी वहां आ गया। उसे बड़ा अफसोस हुआ बोला-''काकाजी, यह जरूर किसी की चाल है।''

बदरी परसाद ने इतनी देर के बाद इस सम्भावना पर भी विचार किया। कमलापत सच कहता है, यह चाल और किसकी होगी सिवा दरोगा गुलाम मुहम्मद के। कल ही तो उसे मुंह की खानी पड़ी थी। नौकरी से तनज्जुली हुई सो अलग। मवई जैसा काला पानी, महीने-भर में तबीयत ठीक हो जाएगी। दिमाग रस्ते में आ जाएंगे, पर अभी तो मुसीबत बदरी परसाद के सिर है। दरोगा के सिवा और कोई दूसरा यह काम नहीं करा सकता, यह विश्वास उन्हें हो गया।

प्यासन दादी ने जोर-जोर से गाली देना शुरू कर दिया। एक-एक का नाम लेकर उसने दरोगा के पूरे वंश को तार दिया। दुगघो काकी और सुवेगा ने बदरी परसाद का पूरा परिवार सम्हाला। अपने ही घर उन्होंने सबके खाने का इन्तजाम किया।

सरदार हरनाम सिंह लकड़ी का ठेला लेकर अभी-अभी लौटा था। शाम तक मास्टर का पूरा घर सलामत था, सबेरे राख हो गया। कल की बात सुनी तो उसका भी माथा ठनका। बदरी परसाद के पास आकर उसने हमदर्दी दिखायी। बोला-''की गल्ल मास्टर जी, शाम तक पूरा पता न लगाऊं तो नाम बदल देना जी।''

बदरी परसाद ने कहा-''नाम पता लगाने में अब क्या धरा है हरनाम सिंह! हमने आज तक किसी का कुछ बिगाड़ा नहीं। पर..., हो सकता है, भगवान की यही मरजी हो। मुझे तो लगता है कि इसमें भी कुछ-न-कुछ अच्छा ही होगा।''

"नहीं मास्टर जी, मैं तो पता लगाकर रहूंगा।"—सरदार हरनाम सिंह ने अपनी मूंछों पर हाथ फेरा। वह अपना ठेला छोड़कर हिंगना की ओर बढ़ गया। मास्टरनी बाई इस घटना से अकुला गयीं। पहले जान से मारने का प्रपंच रचा थानेदार ने। अब घर में आग लगवाकर पूरे वंश को वह उजाड़ना चाहता था। आगे वह क्या-क्या न करे।

बदरी परसाद ने धीरज धराया, मारनेवाले से बचानेवाले के हाथ बहुत लम्बे होते हैं।

उसी दिन घर जलने की रपट भी थाने में लिखवा दी गयी। पता चला कि थानेदार कल शाम को ही दौरे पर कहीं चला गया है। बदरी परसाद ने सोचा, तब यह थानेदार की कारस्तानी कैसे हो सकती है? पर हरनाम सिंह भला मानने चला था। सिपाहियों को फोड़-फोड़कर असल बात उसने जान ही ली। इसमें करीम मियां और गुलाम मुहम्मद दोनों का हाथ था, पर कोई सबूत था नहीं। लिहाजा कानूनन कुछ करना सम्भव नहीं था। हरनाम सिंह ने इस आड़े बखत बदरी परसाद का बड़ा साथ दिया। बोला—"मास्टर जी, पन्द्रह दिन में इससे बढ़िया मकान तैयार न कर दिया तो नाम हरनाम सिंह नहीं।"

बदरी परसाद कुछ बोले नहीं। वह चाहते तो मकान तुरंत बनवा सकते थे, पर वह था सरकारी मकान, इसलिए उसकी पूरी जांच जरूरी थी। उन्होंने सोचा, खुद जाकर क्यों न पूरी बात सामने रख दी जाए, पर उनके नायब मास्टर ने सलाह दी कि अभी उन्हें यहां से कुछ हटाना नहीं चाहिए। कारण दरोगा और करीम मियां मिलकर न जाने क्या कर सकते हैं। सारा सामान भी स्कूल में पड़ा था। दुश्मन अभी पूरी ताकत पर हैं, अतः उनका सामना सामने रहकर ही करना चाहिए। दुबे जी की यह सलाह बदरी परसाद को ठीक लगी। दोनों ने सलाह-मशवरा किया और नायब मास्टर दुबे जी मंडला रवाना हो गये।

सूरज डूब रहा था। बदरी परसाद का पूरा परिवार दुगघो काकी के यहां पड़ा था। हरिया और डाकखाने का हरकारा फागू स्कूल में थे। दोनों पूरे सामान की रखवाली बराबर करते रहे।

धुंधली बेरा में पुलिस सिपाही हरीराम आ गया। बोला, दरोगा साहब की बीबी ने बदरी परसाद को बुलाया है। उसने यह भी बताया कि बीबी रानी ने बड़ी विनय के साथ यह खबर भेजी है। दरोगा दौरे पर हैं और कल तक वापस लौटेंगे। उन्होंने यह भी कहा था कि यदि मास्टर जी नहीं आये तो वही स्वयं उनके पास आ जाएंगी।

बदरी परसाद ने हरीराम से कई बातें पूछीं और अन्त में इस बात का पता लगा लिया कि इसके पीछे किसी तरह का प्रपंच नहीं है और जब विश्वास बंध जाता है तो आदमी के सामने भय नहीं रहता। सहसा भय का प्रसंग आ जाए तो उसी विश्वास के सहारे उसमें लड़ने की ताकत आ जाती है। बदरी परसाद ने शंकर का स्मरण किया और चल पड़े।

वहां पहुंचते ही थाने के घंटे ने आठ बजाये। उंजेरी रात में चांद खुलकर खेल रहा था। सारा आकाश साफ और खुला था। पूनम की रात धरती को अमृत से नहला रही थी। गांव का गेंवड़ा रात को वैसे ही सूना होता है। खुली चांदनी में चारों ओर शांति छायी थी, केवल सिपाहियों के बंगलों में से हलकी-हलकी रोशनी बाहर आ रही थी। दूर कुछ सियार चिल्ला रहे थे :

हुआआआआ हुआआआआ।

शहतूत के झाड़ के पास तक तो बदरी परसाद तेजी से पहुंच गये। वहां तक हरीराम बराबर उनके साथ था। फिर हरीराम पालागों कर थाने की तरफ चला गया और बदरी परसाद जरा-सा आगे बढ़े कि बाहर बेगम खड़ी दिखीं। बड़े अदब से उन्होंने सलाम किया और मास्टर को वह सीधे अपने बैठक खाने में ले गयीं।

जिस दिन मास्टर ने ट्यूशन छोड़ी थी, उस दिन से अब तक की सारी बातें वह दुहरा गयीं। मकान जलने की घटना पर बेगम ने पूरी हमदर्दी दिखायी और आंसुओं की धार से बदरी परसाद के मन को जीत लिया। अपने खामिंद को बेगम ने भरपूर कोसा-"मैं तो इनसे परेशान हो गयी हूं, मास्टर जी। इत्ता समझाती हूं इन्हें, पर कुछ मानते नहीं। लखनपुर में भी गड़बड़ किया था, तब भी इन्हें सजा मिली थी। अब फिर यहां गड़बड़ कर बैठे। मैं तो इनसे निकाह कर पछता रही हूं।"

बेगम सिसकने लगी। बदरी परसाद का मन हुआ कि वह उठकर बेगम के आंसू पोंछ दें। उन्हें अपने दुःख से बेगम का दुःख अधिक जान पड़ा। बड़ी देर तक बेगम सिसकती रही। तभी सलीमा और फरीदा एक साथ भीतर से बाहर निकल आयीं। आज वे हिचकिचायी नहीं।

"सलाम गुरुजी"-दोनों ने एक साथ कहा।

बदरी परसाद ने दोनों के सिर पर हाथ फेरा। बेगम ने फलों की एक ट्रे लाकर सामने रख दी। बोलीं-"लीजिए मास्टर जी।"

-"नहीं बीबी जी, अभी खाना खाकर आया हूं।"

—"आप तो नौ बजे के पहले कभी खाना नहीं खाते मास्टर जी, खाइए। मेरी तरफ से आपको किसी तरह का कपट नहीं मिलेगा।"

बदरी परसाद ने तिरछी आंखों से बेगम की ओर देखा। वह अब हलके-हलके मुस्करा रही थीं। उठकर वह खड़ी हो गयीं और कुरसी लाकर बदरी परसाद के पास बैठ गयीं। एक नासपाती छीलकर बदरी परसाद की तरफ उन्होंने बढ़ाया और कहा—"लीजिए पंडज्जी।"

बदरी परसाद ने चुपचाप नासपाती ले ली। उनके मन में एक साथ कई तरह के विचार आये। उन्होंने अपने चारों ओर देखा। सोचने लगे कहीं इनमें भी कोई चाल तो नहीं है? हरीराम भी यहां तक नहीं आया। कुछ तो सहारा होता। बदरी परसाद को आसपास कुछ विचित्र-सा नहीं दिखा। बेगम शायद मास्टर के भय को समझ रही थी। बोलीं, "बिलकुल मत डरिये मास्टर जी, मैंने कभी आपको धोखा दिया है?" इसके साथ ही मास्टर ने देखा कि बेगम का चेहरा ठीक उसी तरह आरक्त हो उठा है, जैसा उस रात को हुआ था। तब मास्टर विवश था। कहीं ऐसी ही कोई विवशता आज फिर सामने न आ जाये।

बेगम ने अपनी दोनों बेटियों को दूसरे कमरे में जाने का हुकुम दिया तो बदरी परसाद एक बार भी फिर कांप उठे, पर कुछ सोचने के पहले ही बेगम ने अपनी कुर्सी बदरी परसाद के और पास लाकर उनके हाथ पकड़ लिये। बोलीं, "उनकी तो आदत ही है, मास्टर जी। घर में भी बिना गाली दिये उनका मुंह नहीं खुलता। खुदा जाने यह आदत कभी सुधरेगी या नहीं, पर मास्टर जी मैं देखती हूं कि हर बार उन्हें अपने किये का फल बराबर मिलता है, मुश्किल से थानेदारी मिली थी। वह भी चली गयी। फिर वही सिपाहीगिरी। असल में तकदीर मेरी ही खराब है, मास्टर जी।" बेगम की आंखें छलछला आयीं वह सिसकने लगीं बोली, "ये बिटियां तुम्हारी हैं मास्टर जी। इनकी पढ़ाई की बड़ी चिन्ता है। उन्हें विश्वास है कि ये यहां पास नहीं हो सकतीं। इनकी उमर बढ़ती ही जा रही है। यदि ये फेल हो गयीं तो....।"

"नहीं होंगी बेगम, ये फेल नहीं होंगी। पढ़ने में ठीक हैं। फिर मेरा पेशा बदला लेने का नहीं है।"

"पर मैं तो अब बहुत जल्द ही यहां से भागना चाहती हूं मास्टर जी। वह भी कुछ दिनों की छुट्टी लेना चाहते हैं।"

तो दूसरे स्कूल में इम्तिहान दिलवा दीजिए। मेरे स्कूल का कोई भी छात्र किसी दूसरे स्कूल के मुकाबले में हमेशा आगे रहेगा।"

बेगम उठकर भीतर गयीं और एक गिलास मसालेवाला दूध ले आयीं। दूध देखकर मास्टर को पुरानी विस्मृत स्मृतियां याद आ गयीं। यही कमरा था, ऐसा ही मौसम था, ऐसा ही सूनापन। सब-कुछ ऐसा ही..ऐसा ही दूध...और बेगम, सचमुच यह तो उसी तरह हसीन है, वैसी ही खूबसूरती। उसी तरह की चिकनाहट।...पल-भर के लिए बदरी परसाद अपने-आपसे छूट गये।

बेगम ने बदरी परसाद का हाथ छुआ तो उनका सारा शरीर झनझना उठा। उन्हें लगा कि इस बार फिर वही सब-कुछ होना है। एक लड़के के लिए फिर बेगम की पुकार शुरू होगी, लेकिन अब यह लड़का पाने की बात नहीं रह जाएगी। बेगम का चरित्र ही खराब है, वरना वह बार-बार ऐसा क्यों करती, पर बेगम ने यह कुछ कहा नहीं। बोली, ''यह लीजिए, मेरा तोहफा है।''

बेगम ने सोने की एक अंगूठी बदरी परसाद की तर्जनी में पहना दी। बदरी परसाद ने देखा, उसका लाल नगीना उस कमरे में जगमगा रहा है। वह बोले–''इसकी क्या जरूरत थी बेगम साहब। ट्यूशन तो मेरी ड्यूटी में शामिल है1''

–''नहीं मास्टर जी, आपने बड़ी मिहनत की है, वरना ये गधी, पाजी लौंडियां...।''

–''नहीं बेगम, अब ये पास हो जाएंगी। आपको भय हो तो मैं कल यहीं परीक्षा लिये लेता हूं। पास हो गयीं तो सर्टीफिकेट दे दूंगा।''

–''यही चाहती थी, मास्टर जी। बस, इतना एहसान और कर दो। वैसे ही एक एहसान का बोझ ढो रही हूं। सोचती हूं, यहां से दूर चली जाऊंगी, पर ऐसा मास्टर फिर जिन्दगी में नहीं मिलेगा। सच मास्टर जी, आप तो एक ख्वाब की तरह मेरी जिन्दगी में आये और मुझे हमेशा, हमेशा के लिए एक हसीन ख्वाब दे गये।''

बदरी परसाद बेगम की बातों का आनंद लेते रहे और अनसोचे मन से उत्तर देते रहे। बड़ी देर तक दोनों एक-दूसरे का एहसान चुकाते रहे। एकाएक सलीमा और फरीदा बाहर आयीं। दोनों किसी बात पर झगड़ बैठी थीं। मास्टर ने दोनों को पकड़ लिया और दोनों को अपनी गोद में बैठा लिया। बोले–''देखा बेटी, झगड़ा अच्छा नहीं होता; वह चाहे छोटा हो या बड़ा। अभी से झगड़ोगी तो आगे झगड़ने की आदत बनी रहेगी। अपनी अम्मां को नहीं देखतीं, कितनी शान्त और सीधी हैं बेचारी!''

जाने कितनी आंखें

सलीमा बोली–''नहीं गुरुजी, अम्मी, अब्बा से बहुत लड़ती हैं। अब्बा घर आये और अम्मी ने लड़ना शुरू किया।''

फरीदा ने कहा–''नहीं गुरुजी, अब्बा, अम्मी से लड़ते हैं। घर आकर सीधे ढंग से बोलते तक नहीं।''

बेगम ने दोनों लड़कियों को आंखें दिखायीं। बदरी परसाद ने यह भी देख लिया। बोले–''कितनी मासूम लड़कियां हैं। ये क्या जाने किसी तरह का भेदभाव। बेगम साहब, इनसे एक बात मालूम हुई कि आपके यहां झगड़ा होता है–आप झगड़ती हों या दरोगा साहब, बात एक है। झगड़ा खराब है, इसका संस्कार इन लड़कियों पर पड़ता है। घर का वातावरण इनके भावी जीवन में बहुत बड़ा काम करता है। झगड़ा अमरबेल की तरह होता है बेगम, जिसकी कोई जड़ तो नहीं होती, पर ये बिना रुके बराबर बढ़ता ही जाता है।

बेगम ने एक लम्बी सांस ली और चुप रह गयीं। शायद यह उसकी विवशता थी। वह बोलीं–''मास्टरजी, हम दो-तीन दिन में ही चले जाएंगे। डिप्टी साहब ने तो आपका बड़ा पक्ष किया। बेहद सख्ती दिखायी है उन पर, पर ठीक ही किया, शायद इससे कुछ सबक मिल जाए।''

बदरी परसाद केवल हंस दिये। बोले–''बेगम, कल दोनों लड़कियों को भेज दीजिए, मैं परीक्षा ले लूंगा।''

बेगम बदरी परसाद को पहुंचाने बाहर बरामदे तक आयीं। बरामदे में आकर उन्होंने बदरी परसाद के दोनों हाथ पकड़ लिये और उन्हें अपने पेट पर रखते हुए कहा–''तुम्हारा ही भार ढो रही हूं, मास्टर! ऐसा एहसान किया है तुमने, जिसे एक जिन्दगी क्या, कई जिन्दगी नहीं पटा सकूंगी।''

बदरी परसाद ने बेगम के हाथ धीरे से दबाये और फिर छुड़ा लिये। उसके गुलाबी शोलों पर हाथ फेरते हुए उन्होंने कहा–''कम-से-कम खबर दे दीजिएगा।''

मास्टर बदरी परसाद नीचे उतरे और आगे बढ़ गये। शहतूत के झाड़ तक वह बेगम की सिसकियों की आवाज बराबर सुनते रहे, किन्तु चाहकर भी उन्होंने पीछे लौटकर नहीं देखा।

हिंगना के पुल को जब बदरी परसाद ने पार किया, थाने का घंटा दस बार टनटनाकर शान्त हो गया था।

बीस

—पुरवाई का जोर किसी में नहीं है। यदि किसी में है तो वह है समय, जो कुत्ते की तरह चुपचाप आता है और बिल्ली की भांति धीरे से खिसक जाता है। न आने का पता, न जाने का। बदरी परसाद को बीजाडांडी आये तीन बरस हो गये। लगता है, कल ही यहां आये हैं। आते ही गांव-भर ने उन्हें घेर लिया। खुदा पड़ा टीला चिकना-चुपड़ा चबूतरा बन गया और गांव-भर के आकर्षण का केन्द्र। पीपल के झाड़ तले धूनी और चमीटा। परकम्बावासियों की भीड़ : न जाने कब, कौन मूर्ति, किस रूप में आ टपके। इसलिए यदि कोई परकम्बावासी आता है तो वह मास्टर का ही नहीं सारे गांव का मेहमान बन जाता है।

जबलपुर से मंडला और मंडला से जबलपुर जानेवाली हरेक मोटर यहां रुकती है। इससे बदरी परसाद अब केवल बीजाडांडी के मास्टर नहीं रहे। उनका नाम दोनों शहरों के बहुत से लोगों को पता चल गया है। चबूतरे के पास पहले जो फूस की झोपड़ी थी, अब वहां बांस का नया बंगला खड़ा हो गया है। आदमी हो तो हरनाम जैसा! पक्का सरदार। काम में भिड़-भर जाए, कसर की बात नहीं। पुराना बंगला जल गया तो अच्छा ही हुआ। नया बंगला है एकदम चकाचक। नये बांसों की खूबसूरती भी एक ही है।

बदरी परसाद के दुश्मनों की कमी नहीं है और न कभी रही। लगता है उनके ग्रह ही कुछ ऐसे स्थान पर पड़े हैं कि न चाहकर भी उनके दुश्मन खड़े हो जाते हैं और वे उनके हाथ के बाहर हो जाते हैं। कभी किसी को जरा भी दुःख पहुंचाने की बात बदरी परसाद ने नहीं सोची। थानेदार आखिर क्यों एकाएक बिगड़ गया? करीम ने क्यों आंखें बदलीं? लेकिन भाग्य भी हो तो ऐसा, सब पछाड़ खा गये। फिर भी न जाने; क्यों बदरी परसाद दुःखी रहते हैं। सुखलाल अब तक जेल में हैं, यद्यपि अब महायुद्ध लगभग समाप्त हो रहा है। सुखलाल की गैरहाजिरी बदरी परसाद को बड़ी अखर रही है। लगता है जैसे उनका कोई सुधलेवा नहीं है। दुगघो काकी ने रो-रोकर आंखें बिगाड़ ली हैं।

कई बार कहा–"भौजी रोने से क्या फायदा है?" पर औरत की जात भला मरद की बात इतनी जल्दी समझ सकती है? बदरी परसाद ने चाहा कि दुगघो काकी चश्मा पहन ले, पर वह उसके लिए भी तैयार नहीं है। अरी, जब पूरी आंखें चली जाएंगी, तब पहनेगी क्या?

सुवेगा एक भरे पूरे बांस की तरह अब भी डोल रही है। उसकी लोच-लचक अब आंखों को काटने लगी है। कई दर्ज वर दिखा आये, पर कहीं जमा नहीं। भाग्य की बात भी कुछ होती है। शादी-ब्याह लगाना किसी के वश की बात तो है नहीं, यह तो भाग्य की बात है। आदमी तो बस कोशिश कर सकता है, बात तभी तय होगी, जब उसका समय आएगा और बदरी परसाद का विश्वास है कि जब समय आता है तो घर बैठे वर चला आता है और बिना किसी मीनमेख[1] के सारी बातें तय हो जाती हैं। फिर भी बदरी परसाद को सुवेगा बराबर कांटे की तरह गड़ती है। पुरखों का कहना है कि जवान बेटी का बाबूल के घर क्या काम? उसका आंगन तो पराया हो जाना चाहिए। वरना उसकी आत्मा ढेर-सी गालियां देती है और हर गाली का तीखा असर होता है। बदरी परसाद सुवेगा की गालियां नहीं लेना चाहते, किन्तु वह करें तो क्या? सुखलाल तो पिंजरे में बंद पक्षी है। कब तक रहता है, इसका भी पता नहीं। बदरी खुला भले हो, पर उसकी मुट्ठी खाली है। खाली मुट्ठी कमल के पत्ते की तरह है। वहां कौन ठहरेगा? जमाना कल्दारों का है भज कल्दारं सब सुख सारं, कल्दारं भज मूढ़ मते। बदरी परसाद को भरोसा है कि कल्दारों का जमाना न कभी बदला है और न कभी बदलेगा। उसकी कीमत आदमियत के ऊपर है। सारे नाते और रिश्ते जैसे उसके नीचे बैठते हैं।

दुगघो काकी की अड़ का भी क्या कहना। बिना पैसे के ब्याह करना चाहती है और लड़का भी चाहती है लाखों में एक। किसी बूढ़े के गले अपनी सोने-सी लड़की बांधने को न वह तैयार हैं और न बदरी परसाद ही। सुवेगा भी शायद बंधने के पहले सार को भलीप्रकार देख लेना चाहती है और लगता है जैसे उसे किसी तरह की चिन्ता नहीं है। अपने एकाकी क्षणों में वह बराबर हंसती रहती है। बस हाथ जोड़कर न जाने किसे सिर झुकाती है। कहती है उसकी माया बनी रहे, मुझे चिन्ता क्या? कमलापत क्या बुरा है? कित्ती बार अकेले में सुवेगा उससे मिली है। वह कहता है–"सुवेगा,

---

1. अड़चन या बाधा।

तू मिल जाए तो अपने भाग सराहूंगा।'' हमारे पुरखे बाम्हनों की धूल अपने सिर पर रखते रहे हैं। यदि मैं तुझे अपना साथी बना सका तो एक देवी को अपने घर रख सकूंगा।

–''कितने बड़े विचार हैं। यहां तो औरत को लोग अपने घर की लौंडी बनाकर रखना चाहते हैं और देखते समय बार-बार पूछते हैं कि लड़की खाना बनाने, घर का काम करने आदि में कैसी है? अरे, यह क्यों नहीं पूछ लेते कि मालिश करने और डंडे खाने में भी कैसी है?''–सुवेगा को अपनी जात से चिढ़ हो जाती है। वह सोचने लगती है कि धरम-करम और जात-पांत तो सुभीते की चीजें हैं। किसी के भाग्य के साथ वे लगकर कभी नहीं आये। आदमी जनम से एक है–जानवर। अच्छा बनता है तो अपने करमों से। तो जब बात करम से बनने की है तो क्या बाम्हन, क्या कुरमी!

कमलापत सुवेगा को जी-जान से चाहता है, पर स्वयं किसी तरह की पहल नहीं लेना चाहता। वह अपनी औकात जानता है। वह यह भी जानता है कि यदि उसने जरा-सा भी गलत काम किया तो फिर उसका साथी कोई नहीं रहेगा। उसका बाप तक उसका विरोध करेगा। बात इसके आगे बढ़ सकती है और हो सकता है कि उसके मां-बाप को भी गांव में न रहने दिया जाए। उसकी झोपड़ी तक शायद सलामत न बचे और अपने सुख के लिए वह सारे परिवार की बरबादी नहीं देखना चाहता। फिर भी उसने मन में एक संकल्प कर रखा है। वह यह कि जब तक सुवेगा की शादी नहीं होगी, वह अपना ब्याह नहीं करेगा। कुरमियों में इत्ता पढ़ा-लिखा लड़का मिलता कहां है? चरनदास की नाक में दम है। रोज कोई-न-कोई उसकी देहरी चूमता है और सामने माथा टेकता है। न जाने कितने आते हैं, अपनी लड़की भेंट चढ़ाने। कमलापत जानता है कि जब कुरमियों के लड़के ही नहीं पढ़े तो लड़कियों का ठिकाना ही क्या है? वे क्या पढ़ेंगी...निपट गंवार। जबरन ऐसी लड़की से बंधना पड़े तो बात और है, वरना जानकर तो कोई गड्ढे में गिरता नहीं। पढ़ी-लिखी औरत बैंक का चेक होती है और मूरख पत्नी सबसे बड़ी दुश्मन।

सुवेगा की हालत अब खराब होती जा रही है।

अभी तक बात देह के बढ़ने तक थी, अब वह उसकी प्रकृति में पहुंच गयी थी। वह रात-रात-भर सो नहीं पाती। हरिया कितनी बार उसकी झाड़-फूंक कर चुका है, पर वह भी कुछ नहीं कर सका। कहता है–''गुरुजी कोई रोग तो मौड़ी को है नहीं। ब्याह हुआ और वह ठीक।''

दुगघो काकी अपनी बेटी की हालत देखकर रह जाती हैं। दिन में कई बार सुवेगा की घिग्घी बंध जाती है। मिरगी रोग लगता है यह, पर हरिया कहता है कि यह मिरगी नहीं है। वह होता तो चुटकियों में ठीक कर देता। तो है क्या? न रोग का पता और न उसका निदान सम्भव। दुगघो काकी अपना सिर पीट लेती हैं। नया जमाना है, जो-जो रोग न निकलें, थोड़े हैं। उसने तो अपने जमाने में कभी ऐसे रोगों के बारे में सुना तक नहीं।

सुवेगा आजकल गुमसुम और चुप रहने लगी है। दद्दा की सजा पांच बरस की हो गयी है। अभी दो बरस बाकी हैं। कोई बड़ा जादू हो जाए तो बात और? वरना पहले कौन छूटता है? उसका मन हताश हो चुका है। कमलापत बार-बार गांव जरूर आता है, पर अब दोनों के ऊपर हजार आंखों का परदा है। बस, दूर की देखा-देखी या कभी झिरिया या हिंगना के तीर मिनट-दो-मिनट की बातें। गांव की हर गली में पहरुए फिरते हैं। एक भी उन्हें देख ले तो बात हवा हो जाए। सुवेगा उस दिन की मार अब तक नहीं भूली। मार खाने से मन की बात पूरी हो जाए तो सुवेगा उसके लिए भी तैयार है, पर वह भी न हो और गांव-भर में हंसी हो तो क्या मजा? सुवेगा को लगा कि उसकी सहेलियां भी अब उसका साथ छोड़ चुकी हैं। वह अकेली है, बस अकेली। और सुखलाल ने नेतागिरी का धन्धा क्या अपनाया, उनका सारा घर बिगड़ गया। दुगघो काकी बार-बार मास्टर बदरी परसाद से कहती है—''भइया, लड़की की कुछ फिकर करो।''

—''हां भौजी, मुझे उसकी पूरी फिकर है।''

इसके बाद फिर वर दिखइयों का आना शुरू हो जाता है। हर कोई पैसों की बात करता है। सुवेगा जैसी सुंदर और सुशील लड़की के नाक-नक्श तक उन्हें पसंद नहीं आते। लड़के कोई महारथी हों, सो भी बात नहीं। कोई दुजवरिया है। कोई अपनी मिहरिया छोड़े बैठा है। किसी के यहां आधी दर्जन परेट हाजिर है। कुछ जवान मिले तो लट्ठ और गंवार। मन का एक भी नहीं मिला। पसंद बहुत बड़ी भी नहीं रह गयी, पर उसकी भी तो कोई सीमा है?

बदरी परसाद के पास तो बस एक चारा है—चबूतरा और उसके बासी शंकर। वह शंकर से प्रार्थना करते हैं, उसके सामने रोते हैं, कहीं तो ठिकाना लग जाए, वरना दो-तीन बरस की ही बात है। फिर रामरती उनके सामने खड़ी है। सुवेगा तब तक बैठी रही तो कई तरह के प्रश्न सामने आएंगे। हो सकता है कि रामरती के ब्याह में खलल पड़े।

करीम मियां बहुत बूढ़ा हो गया है। जबसे नया दरोगा बलबीर सिंह आया है, उसका रंग ही उड़ गया है। दो-तीन बरस पहले की बात सपना लगती है। गुलाम मुहम्मद की बदली क्या हुई, करीम के हाथ-पैर टूट गये। अब न वह अनदुलन रहा, न वह ताजगी। उसकी मिहरिया भी टूट गयी है। हर बरस बच्चा जनते-जनते उसका सारा मांस गायब हो गया है। मरने वालों की गिनती कौन करे, जब खानेवाले ही एक दर्जन हैं। कहां से करीम मियां इन बच्चों को खिलाता है, यह बात कोई नहीं समझ पाया। औलाद तो हर किसी को चाहिए, पर उसकी भी कोई सीमा होती है। एक वह दरोगा था, गुलाम मुहम्मद जो एक लड़के के लिए तरसता रहा। जाते-जाते उसका लड़का हुआ तो उसने सारे गांव-भर को खाना खिलाया। तीन दिन तक पतुरिया का नाच थाने के सामने होता रहा। इस बीच जितने मामले आये थानेदार ने सब छोड़ दिये। बेगम ने बहुत कुछ बदरी परसाद को दिया। क्यों न दे आखिर वह उसकी दोनों लड़कियों को भी तो पढ़ाता रहा है और बदरी परसाद ने अपने शंकर देव को मनाने में कसर ही क्या की होगी! मास्टर बदरी परसाद ने सचमुच शंकर की सेवा की थी! किसी का घर बस जाए, इससे बड़ी बात और क्या हो सकती है। बदरी परसाद ने सदा परहित की बात सोची है। वह अब भी करीम मियां की उसी तरह खैर मनाते हैं। भगवान उसकी बुढ़ौती ठीक बनाये। किसी तरह की फजीहत बेचारे की न हो।

प्यासन दादी का व्यापार बदस्तूर चालू है। भट्टैया के झाड़ पूर में बह गये तो दादी ने सारा गांव सिर पर उठा लिया था। उसका कहना था कि गांव-भर के पाप का कारण है, जो भट्टैया के झाड़ नहीं उगे। गला फाड़-फाड़कर वह गांव-भर में चिल्लाती रही और सबको बराबर कोसती रही। उस साल उसकी जबान बन्द रही। वह किस मुंह से लोगों से कहे कि तेल खाओ तो भट्टैया का। एक बार बंशी पानवाले ने खुद अपनी आंखों से देखा था कि प्यासन दादी राई का तेल लेकर घर जा रही है। तब बंशी ने उसे बेहद चिढ़ाया था। उस दिन से दादी बिना तेल के बैठी रही, पर फिर कभी तेल खरीदने नहीं आयी। दूसरे साल बेहद झाड़ निकले भट्टैया के। दादी को तब वही खुशी हुई, जो किसान को अपनी फसल देखकर होती है, पर गांव की मुसीबत तब और बढ़ गयी। दादी की चिड़चिड़ाहट भी पहले से ज्यादा ही रही। इतना तेल जरा से गांव में खपे भी तो कैसे?

प्यासन दादी का सारा शरीर ही हिलने लगा है। पहले तो उसकी कमर हिलती थी, अब कमर से गरदन तक का कोई अंग अनहिले नहीं रह पाता। सारे

जाने कितनी आंखें

बाल सन के रेशे बन गए हैं। लकड़ी लेकर वह चलती है तो भी कांपती है।

"क्यों दादी, इत्ता पैसा जमाकर क्या करोगी? जिस दिन मरोगी दूसरे सब लूट खाएंगे।"–बदरी परसाद बार-बार यह बात कहते हैं और हर बार दादी खीझ-खीझ उठती है–"क्यों रे बदरी, मेरी मरने की मनाता है। अरे, तुझे तार जाऊंगी, समझे।"

–"ऐसे न मरोगी दादी तो कोई गला दबाये बिना नहीं रहेगा। पैसा जान का जोखम है। कुछ पुन्न-धरम कर ले, दादी।"

दादी कहीं बात मानने की। पुन्न-धरम की बात उसके पल्ले कभी नहीं पड़ी। कहती है–"बाम्हन तो मैं खुद हों। कोउ पुन्न-धरम करे तो मोहे दे।" तब बदरी परसाद बच्चों की तरह जीभ दिखाकर उसे चिढ़ा देते हैं।

शुक्रवार का सबेरा था। बाजार का दिन होने से सबेरे-सबेरे ही सारे गांव में चहल-पहल मच गयी। कुरमियों ने देखा, चौराहे पर सिंदूर बिखरा पड़ा है। एक दिया जल रहा है और कुछ फूल-अक्षत वहां पड़े हैं। चरनदास को यह बात अखर गयी। जरूर किसी ने टोटका किया है और किया भी तो उसी के दरवाजे! किसी ने उससे पुरानी अदावट निकाली है। कुरमियों में एक वही तो ऐसा है, जिससे किसी की जलन हो सकती है। यह किसी ने जान-बूझकर किया है और यदि कोई हो सकता है तो वह प्यासन दादी ही है। कल उसका तेल नहीं लिया इसलिए। चरनदास ने यह बात सारे कुरमियों से बता दी। बात का बतंगड़ बन गया। दो-तीन कुरमी पहुंचे दादी के पास। दादी ने सुना तो आग-बबूला हो गयी। यह शिकायत पहुंची बदरी परसाद के पास। बदरी की पहुंच दादी की आत्मा तक थी। अपनी बातों की मिठास में उन्होंने दादी को यों लपेटा कि वह सब बखान गयी। बोली–"भइया, कुरमियों का नुकसान करने की बात नहीं है। तुम देखते नहीं, उरा तरफ भट्टैया के झाड़ ही नहीं निकलते। सो मैंने पूजा-भर की है कि खूब झाड़ निकलें।

भगवान वहां कुछ पैदा करें तो बस भट्टैया ही। चाहे कुरमियों के घर उजड़ जाएं।"

बदरी परसाद हंसी के मारे फूल गये। दादी के चेहरे की खिंचती रेखाएं उनके सामने चमक उठीं। आदमी के बालपन और बुढ़ापे में फरक नहीं होता। बदरी परसाद वहां से चुपचाप चले आये।

कुरमियों के यहां जाकर मास्टर ने सब बातें उनसे बता दीं। उन्होंने बात मानी या नहीं वे जाने, पर हां, फिर किसी ने उस बात की चर्चा नहीं की।

–बाजार में बड़ी चहल-पहल थी। दीवाली के पहले का बाजार, भीड़ होना सहज बात है। छुईमाटी से लेकर गेरू तक बाजार में बिकने आता है।

हिंडौना अभी से लग गया और बच्चों ने आसमान की सैर शुरू कर दी। दुगघो काकी का मन नहीं हुआ बाजार जाने का। उसके लिए क्या परब : क्या त्योहार? घर का दिया जब बाहर तो नकली दिये जलाने से क्या फायदा। सुवेगा को उसने सामान लेने भेज दिया। सुवेगा पुरखों की तरह बाजार घूमी। दिया, लाई, बाती, सिन्नी...सब-कुछ खरीदा। उसके साथ था उसका छोटा भाई। उसने हठ की हिंडौना झूलने की। सुवेगा का मन भी एक बार आसमान में ऊंचे उड़ने के लिए मचल उठा। हिंडौना के झूले वो हिचकोले लेते हैं कि एक बार मन भी कसक उठता है। उस कसक में एक आनंद है। एक बहार है। धरती से ऊपर उठकर धरती को देखना और बात है।

सुवेगा ने दो पैसे हिंडौना वाले को दिये और अपने भाई के साथ वह भी एक पालकी में बैठ गयी :

चायं चायं चायं

चर्रर चर्रर चर्रर।

पालकी में बैठकर वह सारे बाजार का चक्कर काट गयी। पखेरुओं के पर जैसे उसे मिल गये। वह शायद हिंडौने से भी ऊपर उड़ने लगी। आसमान अब उसकी पहुंच में था। उसका मन होता कि हाथ उठाकर वह एक बार इस नीले आसमान को छू ले, जो धरती से उसे अनन्त और अथाह दिखायी देता है, पर उसे छूने के लिए वह ज्यों ही हाथ उठाती कि आसमान उसकी पहुंच से परे चला जाता। झूलते समय उसे एक बार हलका-सा चक्कर भी आया, पर वह उसे भी झेल गयी।

दो मिनट में पैसा खतम। पालकी रुकी और वह नीचे आयी तो हिंडौना वाले ने एक बार उसे भरी नजरों से देखा। वह जानता था कि सुवेगा पंडित सुखलाल की लड़की है। सुखलाल तो गांव-भर के नेता हैं। बेचारे गांव की सेवा करते-करते जिहल चले गये। हिंडौना वाले ने अजनाने ही सुखलाल मिहराज के गुन बखान दिये। धन्य है भइया सुखलाल, गांधी बाबा के सच्चे सपूत निकरे। सुराज कोउ दिवाय, तो ओई।

सुवेगा ने दांत पीसे। वह नेता होने का असर देख चुकी थी। अपने होठों को भींचते हुए वह आगे बढ़ी तो सड़क के किनारे कमलापत मिल गया। सूट पहने कमलापत सिगरेट पी रहा था। उसे देखकर सुवेगा की नजरें सहसा ही

झुक गयीं। नयी कोपलों की तरह उसकी देह सिहर उठी, हवा का एक हलका-सा झोका जैसे छू गया हो। उसकी साड़ी का छोर कागज की तरह फरफरा उठा। उसे लगा कि वह उसे पकड़ ले और जी-भर बातें करे, पर. ..पर तब तो एक ही आंख ने मुसीबत ढा दी थी, यहां तो सैकड़ों हैं। फिर भी वह थोड़ा पास आ गयी और नीचे नजर किये बोली–"कब आये?"

–"आज ही आया हूं।"

–"कब जाओगे?"

–"दिवारी के बाद।"

सुवेगा अपने-आप मुस्करा दी। अहीर टोले की दो-तीन लड़कियां वहां से निकलीं। कमलापत को उन सबने आंख भरकर देखा। सुवेगा से फिर एक ने पूछा–"हो गयी खरीद, गुइयां।"

–"हां री।"

–"घरे जा रही हो?"

–"हओ।"

कमलापत की ओर मुड़कर दूसरी बोली–"कैसे हो भइया?"

–"अच्छा हूं, दीदी।"

–"अरे, बड़े अफसर होनवारो है तो अपनी बहनन के लाने कछू तो लातो। काये री सुवेगिया, तैं कोरी बातें-भर करत है। अरी, कछु मांगों नहीं अपने भइया से?"

सुवेगा ने एक बार कमलापत को देखा और धीरे-से खिसक गयी। उसे अहीर लड़कियों की बात अच्छी नहीं लगी। हां, चलते-चलते धीरे से यह बात जरूर तय हो गयी कि मेघनाद के मेले में दोनों एक बार जरूर मिलेंगे।

इक्कीस

—गेहूं के खेत लहलहा रहे थे।

—सबेरे-सबेरे कुरमियों और अहीरों में लाठी तन गयी, कन्छेदी की मेंड़ पर।
कल तक तो गेहूं के जवान पौधे हवा की लहरों के साथ हिचकोले खा रहे थे,
आज सबेरे सारा खेत साफ। इस साल झाड़ों में न गेरुआ लगा और न इल्ली। इतना
गेहूं होता कि कन्छेदी बरस-भर आराम से खाता, पर नास हो जाए सीतला की
भैंसों का, बरियारदेव पेट गोदें, कीरा पड़ें, सारी रात-भर में चरकर सारे खेत को
बरबाद कर गयीं। अरे नासकटे, जानवरों को बांधकर नहीं रख सकते तो क्यों पालते
हो? क्या जानवर आवारा छोड़ने को हैं? कोई चैत का महीना है क्या—छोड़ दिया
ढोरों को जहां मन में आये चरें, घूमें। तब तो सालों को डिठुआ[1] तक नहीं मिलते
खाने को। सोना खा गये। हत्यारे लच्छन जोतें दस पीढ़ियों के।

कन्छेदी ने सीतला की सारी पीढ़ियां तार दीं। जब पेट में आग लगती है
तो आदमी की आवाज भी लपटें छोड़ने लगती है। कन्छेदी ने जो गधारना शुरू
किया तो अन्त नहीं। भैंसों की उसने बे-दाखल मरम्मत की और फिर उन्हें
कांजीहौस के भी हवाले कर आया। सीतला या तो गाली सुन सकता था या
ढोरों को कांजीहौस के भीतर देख सकता था। जब दोनों बातें हो गयीं तो फिर
देर काहे की। वह चढ़ दौड़ा अपना लट्ठ लेकर।

बोला—"क्यों रे, जो मन में आता है गधारता है। आयें-बायें बकने से तेरी
फसल मिल जाएगी।'' आगे आकर उसने गुस्से में कन्छेदी को एक धक्का
दिया—"अबे, तीन-तीन मिहरिया पाले बैठा है, सब क्या देखने-भर की हैं।
अपनी फसल की निगरानी क्यों नहीं कराता?''

बात से बात निकलती है, बात बढ़ गयी। कन्छेदी वैसे ही जला जा रहा
था। ऊपर से यह तुर्रा, वह पिल पड़ा और दोनों में गुत्थम-गुत्था हो गई। खैर

---

1. गेहूं और धान काटने के बाद खेतों में जो डंठल रह जाते हैं।

तो यह कि लट्ठ छोड़कर दोनों हाथापाई पर उतरे, वरना अब तक किसी का खून हुए बिना नहीं रहता। दोनों की आवाजें सुनकर भीड़ लग गयी। पहले तो लोगों ने दोनों को समझाना चाहा, अलग करना चाहा, पर गुस्से के सामने किसी की समझ ने कहीं काम दिया है। जो सामने आया, वही शिकार हुआ और जो शिकार हुआ उसने अपना घाव भरने के लिए हाथ उठाये। एक का झगड़ा दस का हो गया। अन्त हुआ कन्छेदी के घायल होते ही, खून से लथपथ वह मेंड़ पर ढेर हो गया। बेहोश पड़ा रहा वह, किसी ने पुलिस को खबर तक न की। घंटे-भर बाद अपने-आप बात वहां तक पहुंच गयी तो पुलिस आ धमकी। कन्छेदी तो नारायनगंज के अस्पताल में चला गया, पर बहुत से कुरमी और अहीर हवालात में बंद कर दिये गये। नया दरोगा कोई पक्षपाती तो था नहीं। उसने कानून के भीतर जिन-जिन को अपराधी पाया, धांध दिया।

कमलापत दोपहर का भोजन कर अपने कमरे में चुपचाप लेटा था। चरनदास ने आकर झगड़े की खबर दी तो कमलापत का सारा मन बिगड़ गया। वह अपने-आपको धिक्कारने लगा। कैसे वंश में पैदा हुआ है—भुच्च, गंवार। जरा भी तमीज नहीं उन्हें और यहीं उसके ताऊ, चाचा और फूफा हैं। किस मुंह से वह लोगों से कहे कि ये सब उसके अपने हैं। दरोगा उसका दोस्त है, पर दोस्ती की भी एक सीमा होती है। कमलापत को अपने आसपास के वातावरण से घिन हो गयी। वह जिन लोगों के बीच घिरा है, सब गन्दे हैं, सब गंवार हैं। उसका बाप पिछड़ा हुआ है। वही गंदी धोती और मोटी मिरजई! मां पैर में सेर-सेर भर के तोरड़ पहनती है। आधा सेर की बंगरी उसकी कलाइयों में हैं। दो सेर का कमर का करडोरा। गांव के लोग कहते हैं कि चरनदास की लुगाई जेवरों से लदी रहती है। अरे, ये भी कोई जेवर हैं। ये सब तो पांवों की बेड़ियां हैं, जिन्हें आदमी अपनी औरतों को पहना देते हैं ताकि वे कहीं भाग न जाएं। भागने का इत्ता डर? धिक्कार है तुम्हारी मर्दानगी पर। शहर की औरतों को देखो किस तरह खुली हैं, किस तरह छूटीं! सुवेगा की शक्ल उसके सामने झूल गयी। सचमुच जात का असर बड़ा होता है। अपने संस्कारों से ही तो आदमी पहचाना जाता है। कितनी सीधी और सरल है सुवेगा! न वैसी भारी बेड़ियां, न वह घूंघट, न वह दुःख और न वैसा भेदभाव। एक अनजाना नाता, अनछुई देह, अनचीन्हा मन—सब भरे-पूरे। जैसे सब सोने की गंगा में कमल की पंखुरिया की तरह तैर रहे हैं। है भी तो बड़े बाप की बेटी। सुखलाल छोटा आदमी नहीं है। दिव्य ललाट और भरी-पूरी देह, जहां खड़ा हो जाता है जमीन

पर अंकुर फूट पड़ते हैं। हजारों आदमी जिसके पीछे हैं। इत्ते बड़े नेता की बेटी कमजोर नहीं हो सकती। कांगरेस का परतबा बड़ा है। गांधी कहते हैं जात-पांत का भेद कैसा? सब ईश्वर के बच्चे हैं। सुखलाल गांधी का चेला है, वह भी जात-पांत के परे होगा। काश! आज सुखलाल होते! कमलापत सोचने लगा। यदि वह होते तो वह सुवेगा का हाथ पकड़कर उनके सामने खड़ा हो जाता और कहता-"काका जी, आशीर्वाद दो।" तब सुखलाल के हाथ अपने-आप आशीर्वाद के लिए उठ जाते। तब कुरमियों को बता देता कि अरे मूर्खो, इस गंदगी से उठो। नाली के कीड़ों की तरह क्यों बिलबिला रहे हो? कमलापत ने अपने साथी लड़के देखे हैं। उनमें से एक धोबी था। वह भी अपने वातावरण से परेशान था, ऊपर उठने की इच्छा उसमें भी थी। हम-सब उठना तो चाहते हैं, पर आस-पास के दायरे हमें उठने नहीं देते। अमरबेल की तरह वह हम पर छा जाते हैं।

कमलापत बेहद परेशान है। चरनदास कलेजा फुलाये गांव-भर में घूमता है। कुरमी लड़कियों के बाप उसके तलुवे चाटते हैं। लखनऊ और इलाहाबाद तक के कुरमी उसके घर की देहरी चूम चुके हैं। वह गर्व से फूल जाता है। पर इससे क्या-वही फूहड़पन, वही बोंहटा, ककना और तोडर! वही भटकन, वही सड़ांध, सब-कुछ वही। ऊपर उठकर भी वह इस सड़न से दूर नहीं जा सकेगा। वह अपने-आप कह उठता है : "तुम बाप जरूर हो चरनदास, पर मेरी जिन्दगी का सौदा नहीं कर सकते! मैं ब्याह करूंगा तो सुवेगा से। एक देवी घर आ जाए, सारा घर पवित्र हो जाएगा।"

कमलापत अपने-आप से भिड़-सा गया है। वह सोचता है कि झूठे आडम्बर उसके रास्ते को कभी आसान नहीं होने देंगे। अब सुवेगा एक बार कहीं अकेले में मिल-भर जाए। अब कोई लगाम उसे पीछे नहीं खींच सकेगी। वह उसके हाथ पकड़ लेगा और कहेगा-सुवेगा मेरी जात को मत देख, मुझे देख; मेरे बाप-दादों को मत देख! मुझमें खोट हो तो कह। मैं तो एक बार तुझे ले भर जाऊं, कभी इन झोपड़ियों में वापस नहीं आने दूंगा। तुझे एक बड़े बंगले में रखूंगा। तेरे साथ पूजा-पाठ करूंगा। तेरे आदर्श मेरे अपने होंगे। तू पारस है, सुवेगा! मुझे छू-भर दे, मैं पत्थर सोना बन जाऊंगा। तेरे ब्राह्मणत्व का तेज मेरी सारी पीढ़ियों को तार देगा। फिर चाहे दादा बिगड़ें, चाहे अम्मां। मुझे इनकी फिकर नहीं।

कमलापत वाचाल हो उठा और अपने-आप वह बड़बड़ाने लगा-"अरी सुवेगा, तू भी चिन्ता न कर! तेरी जात भले ही बड़ी हो, पर तुझे जो घेरे हैं,

वे ऊंचे नहीं हैं। वे तेरा सौदा करना चाहते हैं। अरे, लड़की पैदा की थी तो पहले दहेज क्यों नहीं रख लिया? जब अपने बेटों के लिए मुट्ठी-भर पैसा खुद मांगते हो तो बेटी को क्या पुन्न की बछिया समझ रखा है और सुखलाल...तुम तो जानते थे, तुम्हारी लड़की स्यानी है। तुम जानते थे कि तुम्हारे खपरैल-घर में अब कुम्हड़ा का फल बढ़कर बड़ा हो गया है, तब...तब तुमने आंखें क्यों बंद कीं। तुम्हें तो नेतागिरी ज्यादा प्यारी थी, लड़की नहीं। मरने के बाद तुम्हारा नाम होगा। लोग तुम्हारी जय-जयकार करेंगे। मरोगे तो एक बड़ी समाधि बनेगी। क्यों न? तुम देश को भले आजाद कर लो सुखलाल, पर तुम्हारा घर इस हालत में कभी आजाद नहीं होगा। उसे समस्या के दायरे हमेशा घेरे रहेंगे। तुम जेल से छूटकर आओगे तो द्वार पर तुम्हें सुवेगा खड़ी मिलेगी। तुम्हारी आंखें होंगी तो तुम उन्हें फोड़ लोगे। आंखें रहते अन्धे बनोगे तो ज़ात-भर की भर्त्सना सहोगे। सुवेगा की हर सांस तुम्हें कोस रही है, सुखलाल! उसी का कारण है जो तुम्हें पांच बरस की जेल हुई है।''

कमलापत सारे गांव के छोर-छोर छू गया। तभी चरनदास ने आवाज लगायी–'बेटा कमला!''

–''जी, दद्दा!''

–''अरे सुन तो।''

वह बाहर आया। परछी में चार-पांच लोग बैठे थे। सब हाथ जोड़कर खड़े हो गये। चरनदास बोला–''बेटा, दरोगा तुम्हारा दोस्त है। तुम्हारे साथ उठता-बैठता है। बदरी परसाद भी तुम्हारा कहा मानते हैं और इस समय तुम्हीं इन सबके काम आ सकते हो। कन्छेदी को कोई बड़ी चोट नहीं लगी। नारायनगंज के अस्पताल में अब ठीक है। महीने-दो-महीने में बाहर आ जाएगा, पर बेचारा सीतल तो बरसों के लिए मारा जाएगा। तू ही बता, जानवरों पर भला आदमी का क्या दोस? अरे, अच्छी फसल थी तो तकइया रखना था। वह तो किया नहीं, दोस पड़ा हमारे सिर और फिर सीतला ठहरा अपनी जात का। कन्छेदी चाहे कुछ हो, आखिर अहीर है। इन्हें छुड़ा ले, कमला बस।'' कमलापत ने सबकी ओर देखा। उनकी नजरें जैसे निहार-निहारकर उसका अभिवादन कर रही थीं। आज सब झुके हुए थे, पर कमलापत जानता है कि इनसे जिरह करना बेकार है। ये उसकी बात नहीं मानेंगे। उनके सामने अभी तो एक ही बात है। वह बोला–''दद्दा कोशिश करूंगा!''

चप्पल पहनकर वह बाहर निकला तो वहां बैठे कुरमी एक साथ जोर का कहकहा लगाकर हंस पड़े। कमलापत ने सुना कोई कह रहा था–''अब क्या करेगा कन्छेदी!''

कमलापत पगडंडा से थाने की तरफ चला तो रास्ते में सुवेगा का मकान मिल गया। दोपहर का सूरज सिर पर था और कमलापत मौज में गुनगुना रहा था :

राम के भजैं तैं माला पहनी काठ की।

भैंस के भजैं तैं माला पहनी साठ की।

हम तो भजन अपनी भैंस का करैं!

सुवेगा परछी में खड़ी गुड्डू को खिला रही थी। वह उसे खिलाने में तन्मय थी। कमलापत चुपचाप खड़ा हो गया। उसे सुवेगा के सूखे और बिखरे बालों में अक्षय वैभव भरा-पड़ा दिखायी दिया। इसी तरह तो गेहूं की बालियां सूखती हैं और तभी उनमें सोना भरता है। कितना सहज सौंदर्य है सुवेगा का!

''सुवेगा!''–उसके मुंह से अचानक निकल गया।

सुवेगा एकाएक रुक गयी। उसे अचरज हुआ। इत्ते समय कमलापत वहां कैसे? जबसे पास हुआ है, घर से कहीं निकलता नहीं। बस अपनी कोठी में घुसा पड़ा रहता है। फिर...?

–''कहां जा रहा है?'' सुवेगा ने पूछा।

''बस, तेरे पास तक आया था।''

सुवेगा घबरा गयी, पर उसने अपनी घबराहट छिपाने की कोशिश की और बोली–''तो आ, भीतर आ जा।''

''फिर वही!''–कमलापत बोला–''भीतर फिर काकी बैठ जाएंगी और बतियाने लगेंगी। अरी, मैं तुझसे मिलने आया हूं, काकी से नहीं।''

सुवेगा ने अपनी चपल आदत के अनुसार उसी तरह जीभ निकालकर अंगूठा दिखाया और बोली–''सिंगट्टा।'' हंसते हुए उसने कहा–''ऐना लाऊं दिखाने के लिए।'' कमलापत को यह मजाक अच्छा नहीं लगा। शायद इसलिए भी कि अब वह उस बचपने से ऊपर उठ गया है, जो स्कूल और कॉलेजों में रहता है। सिर नीचाकर वह लौट पड़ा तो सुवेगा ने आवाज दी। बोली–''सुन तो, नाराज हो गया? वह भी जरा-सी बात पर!''

कमलापत ने उसी तरह गम्भीर होकर कहा–''नहीं सुवेगा, तू नहीं जानती, मेरा दिमाग कहां-कहां घूम रहा है। घर में बैठे-बैठे ऊब गया और मेरा घर ही मुझे काटने दौड़ने लगा तो चला आया तेरे दर्शन करने।''

–"और मैं भीतर होती तो?"

"तेरे दरवाजे झांककर लौट जाता और क्या? गांव वालों ने हमारा बात करना मुश्किल कर दिया है और यह सब काम किया है इस रांड दादी ने। वरना गांव जैसी छूट कहां है? भाई-बहन के नाते के पीछे यहां हमें कितनी सुविधा मिल जाती है, इसे और कौन जान सकता है? शहर में ऐसी आजादी कहां है? वहां तो किसी भी लड़की से बातें करो और वह चाहे अपनी बहन ही क्यों न हो, लोग ऐसा घूरते हैं जैसे लैला-मजनू का तमाशा देख रहे हों। दादी हमारे रास्ते में न आती तो? दादी...!" कमलापत ने जोर से दांत मींचे।

"तो हम हाथ में हाथ डालकर घूमते, क्यों न?"–सुवेगा ने फिर मजाक किया।

"नहीं सुवेगी, सो तो मैं अपनी औकात जानता हूं। मैं उनमें नहीं हूं जो पढ़-लिखकर आसमान छूने का सपना देखते हैं। मैं धरती को पहचानता हूं। चाहे जो हो आखिर जात का तो कुरमी ही हूं न।"

"नहीं!"–सुवेगा को लगा कि वह उसके पास चली जाए और उससे लिपटकर उसे धीरज दे। उससे कहे कि "डर न कमलापत, मेरा बाप जात-पांत और धरम के ऊपर है!" पर वह कुछ कह न सकी। वह जानती है कि असल बात कुछ और ही है। यह तो ऊपर से कहने को है। जात-पांत के ऊपर न उसकी मां है और न बाप। खाने के दांत अलग और दिखाने के दांत अलग होते हैं। जात-पांत के बाहर जाने का उपदेश दादा भले ही दें, पर घर में वह स्वयं पक्के कर्मकांडी हैं।

सुवेगा ने अनुभव किया कि कमलापत की बात बहुत पक्की है। वह जैसे सत्य को अपनी आंखों के सामने देख रहा है। वह मृगतृष्णा में भटकनेवाला युवक नहीं है।

सुवेगा ने कहा–"कमलापत, कहीं अकेले में मिलें तो बातें हों। मैंने तो अपना मन पक्का कर लिया है और जब आदमी का मन पक्का हो जाता है तो आस-पास की जिन्दगी उसके नीचे ही तैरती है। तू कुछ बिसवास तो कर।"

–"सुवेगा...।"

दुगघो काकी की आवाज थी यह। सुवेगा ने गुड्डू को चींटी काटी ताकि वह रोने लगे और वह जाकर कह सके कि गड्डू को वह मना रही थी। हुआ भी यही। कमलापत लौटकर अपने घर चला गया और सुवेगा दोनों के बीच की लछमन-रेखा को एक बार अपनी आंखों में भरकर भीतर चली गयी।

बाईस

बरस-भर का परब!

फागू ने घर-घर जाकर खूब छाहुर दी। कन्छेदी ने जाल में लड़कों को लपेटा। सांझ हुई तो दल-के-दल नचइयों के निकल पड़े। थाली और ढोलक के साथ घर-घर दीवारी का नाच हुआ। बेहद नाच :

बिंदराबन की कुंज गलिन में ग्वालन दे रई टेर!
हरे कन्हैया नन्द के कऊं गैयां ले जा फेर।
जेठ दिवारी होत ती जेठई पुजत ती गाय,
भये तो कन्हैया नन्द के, कऊं कातक ले गये फेर।

भोला का नाच बीजाडांडी-भर में प्रसिद्ध है। कालपी और धनवाही तक में उसकी बराबरी का कोई नचैया नहीं है। जब धुन में आता है तो तन-मन की सुध भूलकर नाचता है और उसके पैरों से खून तक आने लगता है। भोला ने महादेव के चबूतरे से दिवारी का नाच शुरू किया। रामरती और मास्टरनी बाई तक उसके गीतों में माला की गुरिया की तरह पिरकर उतरे। बदरी के गुन ढूंढ़-ढूंढ़कर गाये भोला ने।

दूसरी दिवारी हुई दुगघो काकी के घर, पर काकी ने भोला का नाच बहुत देर नहीं देखा। उसे यह त्योहार ही काट रहा था। बाजों की आवाज उसे बड़ी बेसुरी लगी, झट पैसे देकर उसने भोला को बिदा किया।

रात को दुगघो काकी ने दीये तक नहीं जलाये। सुवेगा को पाहुने लौटाने का शौक था। इस बार पाहुने तो आये हर घर से, पर सुवेगा किसी को लौटा न सकी। फटाके फोड़ने का शौक उसने रामरती के घर पूरा किया। दुगघो काकी को फटाकों की आवाज भयानक और अशुभ लगी; वह चुपचाप कमरे में जाकर पड़ी रही। उसे इसका भी भय नहीं रहा कि आज के दिन यदि घर

जाने कितनी आंखें

में उजेरा न रहो तो लच्छमी रस्ता कैसे देखेगी और कैसे घर में धन-धान्य भरेगी। उसे इसकी भी चिन्ता नहीं रही कि घर में छोटे-छोटे बाल-बच्चे हैं और उनकी भी कुछ हसरत है।

परीवा के दिन सबका बदरी बरसाद के घर नेवता रहा। सो बच्चों को ज्यादा अखरा नहीं। काका के घर सिन्नी[1] और लाई खाने को उन्हें मिल गयी।

हरनाम सिंह ने इस साल बड़े धूम-धड़ाके से दिवारी मनायी। उसे लकड़ियों के व्यापार में जितना फायदा हुआ, उतना पहले कभी नहीं हुआ था। सो उसने लगातार तीन दिन तक अपने घर के सामने सड़क पर खूब पटाखे फोड़े...छछूदरें चलायीं, नारदाने जलाये और तीर तथा बान छोड़े। प्यासन दादी कभी एकाउंट बनाये तो पता लगे कि उसे कितना फायदा हुआ? उसके लिए क्या होरी, क्या दिवारी! हां, दिवारी में तेल की बिक्री बहुत हुई। जो खाने के लिए तेल नहीं लेते थे, उन्होंने भी जलाने के लिए दादी के घर से तेल लिया। दादी ने चेहरा पहचान-पहचानकर तेल बेचा, ताकि साल-भर इनमें से कोई गाहक अनछुआ न रहे।

परीवा और दूज की रात मास्टर के घर जुए का फड़ जमा। स्वयं थानेदार ने जुआ खेला। लगातार दो रात जुआ होता रहा, कौन इसमें कितना हारा, कितना जीता—इसके लेखे-जोखे का प्रश्न न कभी रहा, न इस समय हुआ।

बुधवार को बारंगदा का मेला होता है, जिसमें मड़ई भरती है और मेघनाद भी बनाया जाता है। महीनों पहले से सुवेगा ने इस मेले में जाने का कार्यक्रम बना लिया है। इसलिए इस दिन की प्रतीक्षा उसके लिए तीव्र थी। इसके पहले की रात उसने जागते बितायी थी। वह बराबर कमलापत के बारे में सोचती रही—कमलापत जैसा आदमी कम-से-कम उसकी नजर में तो नहीं है—पढ़ा-लिखा, देखे-सुनने में भी सुन्दर, लेकिन बार-बार उसके मन में एक बात कचोट जाती : 'आखिर वह कुरमी है। कभी कुरमी और बाम्हनों का साथ हुआ है? दादा यहां नहीं है तो क्या, बदरी काका तो हैं! यहां की जिम्मेदारी उन्हीं पर तो है। उनके कहे बिना इस घर का एक पत्ता भी नहीं हिल सकेगा। फिर भी यदि उन्हें हमारी इस बात का जरा-सा भी पता लग गया तो? जरा-सी बात पर काका ने उस दिन हाथ छोड़ दिया था। यह पता चला तो खाल खींचे बिना नहीं रहेंगे।'

---

1. मिठाई।

आधी रात बीत गयी। लिड़इयों के हुआ-हुआ की आवाज बराबर उसके कानों में आती रही। उसे लगा, ये लिड़इये उसके कानों के अंदर बैठे ही चिल्ला रहे हैं। वह बिस्तर से उठ बैठी। उसने पानी पिया और फिर करवट बदलकर सो गई। दुगघो काकी तब भी जोर-जोर से खर्राटे ले रही थी। सुवेगा सोचने लगी, 'कमला कहता था कि शहार में किसी तरह का भेद नहीं। लोग मिहतरों के हाथ का भी पानी पीते हैं। यहां तो अम्मां को हवा-भर लग जाए तो नहाती हैं, पर यहां की बात से क्या?'...सुवेगा ने नये ढंग से सारी बात सोची : 'अब तो उसे शहर में रहना है। गांव से क्या मतलब? पर गांव की भी बात हो तो कुरमी तो अछूत नहीं है। सुखलाल उनके घर भी तो पूजा-पाठ कराने जाता था। उनका परसाद खाया है। उनके यहां पानी पीता है। यही काम बदरी काका भी करते हैं। हरनाम सिंह के घर रोज भांग क्यों पी जाती है? बाम्हनों में ही तो महाबाम्हन पंडित सुन्दरलाल है, जो मुरदों के कपड़े लेता है और उनके पैसे बीनता है। सुखलाल और बदरी परसाद भी तो श्राद्ध खाने जाते हैं। मिठाई हो या पूड़ी...खाना तो एक ही है और एक रमापत तिवारी है, जो शाम को शंख फूंकता है, पर उसका लड़का ही तो रोज शाम को चमार की छोकरी बिसरिया के घर जाता है और शराब पीकर पड़ा रहता है। पुरुषोत्तम चौबे एक पंकन औरत को रखे हैं। उसी चौबे के सब पांव-छूते हैं।...और बाम्हनों में क्या कोई पंख होते हैं। यही हाथ-पैर हैं। वही देह! जब देह एक है तो अंतर कहां है? असल में भेद कहीं है तो हमारी आंखों में। कमलापत तो इन सबसे अच्छा है। यदि उसकी आदतें खराब होतीं तो क्या वह इतना पढ़ पाता। है कोई बाम्हनों का लड़का जो इत्ता पढ़ा-लिखा हो? किसी ने अब तक कॉलेज की पढ़ाई पास की है? बस संस्कृत के श्लोक रट लिये और बिना अर्थ जाने सब रट गये। अरे, कहीं रटने से कोई पंडित हुआ है? पंडित तो वह है जो सब-कुछ जानता हो, सब-कुछ समझता हो। तब तो असल पंडित कमलापत हुआ। उससे अच्छा लड़का कोई हो सकता है? जिसे वह मिल जाए, उसके भाग खुल जाएं!'

सुवेगा ने करवट बदली। वह फिर सोचने लगी, 'कमलापत को पाना इतना आसान नहीं है। बदरी काका और अम्मां सुनकर चुप नहीं रहेंगे। वे तो सांस रहते तक पीछा किये बिना नहीं रहेंगे। यह भी कोई बात है! अरे, जिसे अपने धरम की फिकर रहती है, वह उसे बनाये रखने की भी चिन्ता करता है। मरघट में आधा पैर है और यहां आते हैं मुझे अपनी लुगाई बनाने। चार क्लास तक पढ़े हैं, पंडताई कराते हैं और कहते हैं कि एक हजार नगद दो तब अपने घर

ले जाएंगे। यानी लड़की कुछ नहीं हुई? उसकी कोई कीमत नहीं रही। वहां जाकर भी क्या कोई झूले झुलानेवाला है? हालत तो नौकर से भी बदतर होनेवाली है। इससे तो भला है कि ब्याह ही न किया जाए और मैंने चाहा ही कब है कि मैं ब्याह करूं? मुझे तो चहाया गया है।

सुवेगा को दस बरस पहले की बातें याद हो आयीं। तब वह बहुत छोटी थी। तब भी उसी के सामने उसके दादा ब्याह की बातें किया करते थे। तब से लेकर अब तक कम-से-कम पचास आदमी उसे देख चुके हैं। फिर भी न जाने क्या कमी है उसमें। उसकी सखियां उसकी देह को सराहती हैं। बड़ी-बूढ़ी उसके गुणों की कायल हैं। यदि कमी किसी बात की है तो वह पैसा। यदि पैसा नहीं है तो क्या इसमें सुवेगा का दोष है?

सुवेगा के सामने हर आदमी की नजर एक-एक कर झूल जाती है। उनके देखने, घूरने और बोलने के ढंग उसे रह-रहकर याद आते हैं। वह सोचती है, 'पचास सौदागर सौदा करने आये, पर माल किसी को नहीं पटा। न जाने वे स्वर्ग की अप्सरा चाहते हैं या कुबेर का खजाना। खुद तो सुदामा के अवतार हैं, लड़की पाना चाहते हैं कुबेर की ।'

सुवेगा कई तरह से बातें सोचती है–'जब गुड्डा हुआ था तो घर में बाजे बजे थे। बदरी काका के घर जब मुन्ना हुआ तो घर-घर में मिठाई बटी, पर जब रामरती हुई तब खबर भी मिली तो महीने-भर बाद और वह भी डाक से। सुवेगा को अपनी छोटी बहन पर दया हो आयी। अभी पांच बरस की है। सब उसे लाड़-प्यार करते हैं, पर पैदा होते समय उसके बाप तक ने मुंह बनाया था। वह सोचने लगी कि 'आठ बरस के बाद उसकी भी यही हालत होगी, जो आज मेरी है। फिर वह क्यों जिन्दा है? क्यों न उसका गला दबा दिया जाए?' इस विचार के साथ ही सुवेगा चीख पड़ी तो दुगघो काकी की नींद ख़ुल गयी।

–"क्या हुआ सुवेगा?"

सुवेगा को अपनी गलती का अब पता लगा, पर वह सम्हल गयी। बोली–"अम्मां, सपना आया था।"

"अच्छा चुपचाप सो जा!"

अम्मां फिर सो गयी। सुवेगा सोचने लगी–'इन सपनों तक की कोई कीमत नहीं है!' इसके साथ ही उसे हलका-सा गश आया और वह चेतना-शून्य हो गयी।

कौआ बोले, उसकी नींद खुली। पिछली बातें फिर उसके दिमाग में उतरने लगीं, 'दो महीनों से एकाएक गश आ जाते हैं, दवा का नाम नहीं है। कित्ती

बार कहा है अम्मां से। बदरी काका से भी कहा, पर वह चुप रह जाते हैं। बहुत कहने पर कह देते हैं–''बिटिया इसकी कोई दवा नहीं है, थोड़े दिन में अपने-आप ठीक हो जाएंगे।''

''प्यासन दादी ने अंडा की पुंगरिया की ताबीज दी। कित्ते दिन हुए बांधे, अब तक कुछ नहीं हुआ। जब-जब दादी से कहती हूं कि दादी देख तो, तेरा ताबीज भी कुछ नहीं कर रहा तो वह झल्ला पड़ती है, कहती है : ''ताबीज अपना काम कर रहा है, बाकी काम तो सुखलाल का है!''

सुखलाल और क्या करेंगे, वह समझ नहीं पायी। और यदि यह उनका ही काम था तो वह जिहल क्यों गये? जिहल गये, पर समय गुजरता जा रहा है। एक बार खबर भेजी थी सो लिखा कि गांधी बाबा का कहना है कि देश-सेवा करना है तो त्याग करो। 'त्याग कर लो रे भगत गांधी के–सुवेगा ने अपने-आप से कहा–''कित्ता अच्छा हो कि ऐसा त्याग दद्दा ही क्यों, हर कोई कर दे तो न ये घुटन रहे, न ये बंधन; न ये जिन्दगी रहे, न ये मौत!'' सुवेगा को लगा कि ये नाते-रिश्ते उसका गला घोंट देंगे। यदि ये रिश्ते टूट जाएं तो वह खुलकर दूर-दूर घूम सकती है। अपनी सीमित इच्छाओं में बंधकर भी वह निर्बन्ध रह सकेगी। उसके नये संसार में किसी तरह की भीड़-भाड़ नहीं होगी, वह होगी और होगा कमलापत, बस कमलापत!

कमलापत की स्मृति आते ही उसकी देह एक अनजाने पुलक से भर उठी। वह बिस्तर छोड़कर उठ बैठी। उसे आज बहुत काम करना है। उसे जीने के लिए वह सब करना है, जो जरूरी है–अपने लिए, कमलापत के लिए, सुखलाल दादा के लिए, दुगघो काकी के लिए! वह उठ बैठी।

सुवेगा मुंहअंधेरे प्यासन दादी के यहां चली गयी। दादी तब रुपये गिन रही थी। कित्ते रुपये हैं उसके पास! सोने की डलियां हैं! कहते हैं, बंशी पानवाले से वह सोना मंगवाती है। न जाने यह सब जमा कर वह क्या करेगी? सुवेगा को देखा तो दादी ने रुपये समेट लिये और उनके ऊपर ही बैठ गयी। बोली–''इत्ते भुनसारे सुवेगा!!''

''हां दादी''–वह बोली–''एक ताबीज तो बांध दे आज। मेघनाद के मेले में जाना है। भगवान से कह, मेरी इच्छा पूरन करें।''

प्यासन दादी को अजीब-सा लगा। सवेरे-सवेरे यह कौन-सी साध लेकर आ धमकी। बोली–''तेरी क्या साध है सुवेगिया?''

सुवेगा बात साफ नहीं कहना चाहती थी। बोली–''है कोई साध! तुम्हें इससे क्या? बस, ताबीज मांगती हूं सो दे दो।''

—"चल, बड़ी आयी है ताबीज मांगने वाली! जब तक साध का पता न चले, कैसे ताबीज दे दूं? मेरे पास तो हर साध का अलग-अलग ताबीज है...।"

सुवेगा को लगा कि दादी ठीक कह रही है। हर चीज का ताबीज जरूर अलग होगा। उसने दादी के पांव पकड़ लिये, बोली—"मेरी लाज तुम्हारे हाथ है, दादी! किसी से कहोगी तो नहीं?"

दादी ने भरी हुई नजर से उसे देखा। बोली—"कभी कोई बात मैंने कही है?" सुवेगा ने थोड़ी देर दादी की खिंची हुई सूनी आंखें देखीं। उसे लगा कि दादी की आंखों में एक नया सत्य आकर भर गया है। वह झूठ नहीं बोल सकती। दादी पहले-सी नहीं रही। आज वह बदल गयी है और यदि उसकी समस्याओं का हल कहीं है तो बस दादी के पास—उसके ताबीज में, उसकी बातों में! वह बोली—"तो सुन दादी, मैं कमलापत को पाना चाहती हूं। आज बारंगदा के मेले में देवी से मैं यही वरदान मांगनेवाली हूं। तू भी ताबीज बांध दे, ताकि कोई कसर न रह जाए।"

"सुवेगा!" दादी जोर से चिल्लायी—"तू जानती है, क्या करने जा रही है? अब सारे बाम्हनों की नाक कटाकर रहेगी!"

—"वह बची ही कब थी, दादी। तू ही बता? बोल, ताबीज देती है कि नहीं। वरना मैं छीनती हूं तेरे रुपये?"

सुवेगा ने हाथ बढ़ाये तो दादी कांप उठी। उसे भय हुआ कि सुवेगा सचमुच रुपये छीनकर न भाग जाए। दादी ने कहा—"ठहर बांधे देती हूं।" फिर अंगुली से इशारा करते हुए उसने कहा—"वह लाल तूस तो उठा।" सुवेगा तूस उठा लायी। दादी ने उसके सात फंदे सुवेगा की बायीं बांह पर डाल दिये। बोली—"जा, बांध दिया।"

—"अरी, दादी अब क्या खिजौना नहीं देगी, मेले के लिए!"

दादी शायद डरी हुई थी। एक इकन्नी उठाकर उसने दे दी। बोली—"जा, ले जा!"

सुवेगा भाग गयी। दादी ने अपना सिर पीट लिया—"लड़कियां का करइयां है? गांव बारे सोचत है, जादू जानत हों? अरे अभागो, मैं जादू-बादू का जानों। सुवेगा जैसे काये बोराये[1] हो रे! वाह री सुवेगा, लाल तूस को खों समझ रही है, कोऊ मंतर है!"

---

1. पागल हुए हो।

दादी ने रुपये बिना गिने ही रख दिये और लाठी लेकर निकल पड़ी। उसे लगा जैसे उसके हाथ कोई बहुत बड़ी बात आ लगी है। यदि यह बात वह सारे गांव को बताती फिरेगी तो यह दिन सहज ही कट जाएगा और बात तब भी सब जगह वह नहीं पहुंचा पायेगी। कई दिनों से वह ऐसी ही किसी घटना की तलाश में थी। उसके पेट में सुवेगा और कमलापत के नाम की खिचड़ी-सी उबलने लगी। यह एक ऐसा समाचार था, जिसे सुनाये बिना प्यासन दादी का कलेजा ठंडा नहीं हो सकेगा। अपनी लाठी उठाकर वह चल पड़ी दुगघो काकी के घर।

काकी ने सुना, तो हथेली से अपना सिर पीट लिया। उसे भरोसा नहीं हो रहा था कि सुवेगा ऐसा कर सकती है, लेकिन दूसरे ही क्षण उसे सुवेगा की उमर, उसके हाव-भाव, उसकी आकस्मिक हरकतें, उसका खिला बदन–सब एक साथ आंखों के सामने झूल गये। उसे लगने लगा कि प्यासन दादी की बात में जरूर सच्चाई है। तभी उसे यह भी ध्यान आया कि सुवेगा तो कमलापत की लाई साड़ी पहनकर ही गयी है। कमलापत और साड़ी को लेकर सारी बीती बातें काकी के दिमाग में सहसा ही उतर आयीं। सुवेगा उस लौंडे के पीछे बावरी हो गयी है! जरूर किसी ने उसे सोध लिया है। वरना...वरना सुवेगा जैसी सीधी और सरल लड़की एकाएक ऐसा नहीं कर सकती। उसकी जरा-सी गलती से लड़की हाथ से जा सकती है। तब उसे जिन्दगी-भर रोने के सिवाय और कुछ हाथ नहीं लगेगा। वह तुरत बदरी मास्टर के पास जा पहुंची।

बदरी परसाद ने सुना तो उनके पैरों की जमीन खिसक गयी। इस घटना को लेकर हो सकनेवाली हर संभव-असंभव बातें उनके दिमाग में कौंध गयीं। बावली छोकरी कुछ कर बैठी तो? यदि उसने कहीं ऊंच-नीच कदम रख दिया तो सुखलाल भइया तो जाएंगे ही, वह खुद भी अछूते नहीं रह सकेंगे इस कलंक से। उनकी आंखों के सामने रामरती का भविष्य विकराल रूप लेकर खड़ा हो गया। सुवेगा यदि बदनाम हो गयी तो क्या रामरती का ब्याह करना सम्भव हो सकेगा? उन्हें लगा कि उनका अस्तित्व ही आज पूरी तरह खतरे में है। बाप-दादों की अर्जित सारी पुन्याई आज रसातल को चली जा रही है। रामरती भी तो उसी के साथ मेले में गयी है। फिर बदरी परसाद ने जैसे अपने-आपको आश्वस्त किया–"अरे, मेले में जाकर दोनों कर क्या लेंगे?" बदरी ने यही बात दुगघो काकी से पूछ ली तो वह बोलीं–"भइया, मैं का जानों

178 जाने कितनी आंखें

कि का कर लैं है वह नासकटी! दादी से बताउतथी कि मेले में देवी से वह वरदान मांग है, चुड़ैल!''

–''बस न?''

–''और करहै का?''

–''तौ चिन्ता न कर, भौजी! लौटने दे उसे। रस्ते में लाना ही होगा। लगता है, छोकरी अब बस की नहीं रही।'' बदरी परसाद दुगघो काकी के और पास आ गये। बोले–''क्यों भौजी, अपना दुबे मास्टर कैसा रहेगा?''

–''कौन दुबे मास्टर, भइया!''

''अरे वही अपना स्कूल का नायब मास्टर! परकी साल उसकी मिहरिया मर गयी। एक छोटी-सी लड़किया छोड़ गयी है और मास्टर की उमर भी अभी बहुत नहीं है। होगा कोई पैंतीस-छत्तीस का, कमाता भी है। गड़बड़ी एक ही है कि वह सरयूपारी है। अपने ठहरे कानकुब्ज–'कान-कुब्जा दूजा श्रेष्ठा'। मेरे मन में दुबे था तो कई दिनों से, पर अपने हाथ से नीच कुल में लड़की को कैसे ढकेल दें। फिर भी सोच लो भौजी, औने-पौने काम हो जाएगा। केवल बारात का खर्च और कुछ नहीं! और बारात भी क्या–दस-बीस आदमी। कुण्डली-उण्डली को छोड़ो, देखेंगे तो परेशानी हो सकती है।'' बदरी परसाद को लगा–जैसे एक बहुत बड़ा सहारा उन्हें मिल गया है।

''जैसा चाहो भइया, अब तुम्हीं तो ओके सब कोई हौ।...काये बिन्ना?''–मास्टरनी बाई की ओर देखते हुए दुगघो काकी ने कहा।

''हां, ठीक तो कहत हो, काकी! एक रोग मौड़ी के पांछे वैसई लगे है, दूसरी वा खुद पाल रही है।'' मास्टरनी बाई बोलीं।

–''अच्छा, तो अब मैं बात करूंगा दुबे जी से।''

बदरी परसाद ने पान का एक बीरा मुंह में दबाया और खड़ाऊं पहनकर बाहर आ गये। उनका मन अब इस नयी योजना के बाद काफी हलका-सा हो गया था।

प्यासन दादी भी चल पड़ी। उसे भला तब तक कैसे कल पड़ता, जब तक सारा खेत न बो ले वह!

सुवेगा की बात अब सारे गांव की बात बन गयी!

तेइस

मड़ई धनवाही की।

मेघनाद बारंगदा का।

कोसों मील से लोग देखने आते हैं। बारंगदा बीजाडांडी के उत्तर-पूर्व में पांच मील दूर है। हिंगना नाले के किनारे बसा यह गांव विन्ध्याचल का एक रमणीक स्थल माना जाता है। सागौन के ऊंचे-ऊंचे झाड़। बीच में धूलभरी पगडंडी। वृक्षों की खामोश निगाहें और चम्पा की मादक सुगंध। हिंगना तीन भागों में बंटा है जैसे—तीन अलग-अलग दीप हों—कल-कल छल-छल पानी, दो मील मैदान, दो मील का पहाड़ी रास्ता, एक मील की सीधी चढ़ाई, काले पत्थर के ऊपर देवता हैं और ये झाड़ जैसे देवता को छाया देते रहते हैं। संकरी-सी गैल-वही गाड़ादान, वही पगडंडी।

बारंगदा के उत्तर में लछमन पहाड़ है, बड़ा रमणीक एकान्त; तीन झरनों से भरी-पूरी हरियाली; पगडंडियों का एकान्त मिलन और फूलों-भौरों का अनदेखा प्यार।

सिर पर सूरज चढ़ते-चढ़ते सुवेगा बारंगदा पहुंच गयी। उसके साथ थीं रामरती और करीम की बड़ी बेटी फातिमा। बाजार में घुसते ही सुवेगा की नजरें जैसे हिरा गयीं। मेले का भारीपन जैसे भूल गया। मेला खूब भरा था। एक से एक मड़ई[1] :

टिमक टिम, टिम टिम।

यह मोइयानाले की मड़ई है। यह रही कालपी की—यह घोंटा की—यह धनवाही की है—मड़ई ही मड़ई। खम्हेरखेड़ा का पंडा भूपत सिंह, लोहे की खड़ाऊं में चढ़ कूद पड़ा बीच में। भाले-के-भाले छेदे गये उसे। शरीर के आर-पार हो गये, पर खून का एक भी बूंद नहीं, भक्त हो तो ऐसा देवी का। बेहद भाव चढ़ता है उसे। फिर दरजनों सवासे[2] भी उसे नहीं मना पाते। कई बार डोर तक टूट जाती है। सुवेगा ने हल्दी रंगे चावल मड़ई पर छोड़ दिये :

---

1. बुंदेलखंड में दीवाली के बाद गांव-गांव मेले लगते हैं, जिनमें अहीर और गोंड देवी की स्थापना कर नाचते हैं, इसे 'मड़ई' कहते हैं।

2. भाव चढ़ने वाले व्यक्ति को पकड़ने वाले आदमी।

जै देवी की! आंख मूंदकर मन-ही-मन उसने कुछ कहा। रामरती ने भी ऐसा ही किया और उसकी देखा-देखी फरीदा भी बोली : सलाम।

मड़ई के नीचे मेघनाद का डंडा था, तीनों वहीं पहुंच गयीं। तेल से चिपड़ा डंडा। एक-के-बाद-एक जवान आते गये और उस डंडे पर चढ़ते गये। तीस फुट ऊंचे डंडे पर चढ़ना आसान काम तो है नहीं, कोशिश तो दरजनों ने की पर चढ़ पाये केवल दो-चार ही। बस, उन्हीं के मनोरथ पूरे होंगे। टिमकी और मांदर जोर-जोर से पिट रहे थे और मेघनाद की सवारी के लिए हर कोई यत्न कर रहा था। सुवेगा को लगा कि वह भी चली जाए और उस पर सवारी कर ले। भला कोई कठिन काम है इस पर चढ़ना; चढ़ गयी तो देवी परसन्न। वैसे प्यासन दादी का आशीर्वाद हाथ में बंधा है।

सुवेगा के पैर अपने-आप मेघनाद के पास तक पहुंच गये तो उसे घेरे खड़े सारे लोग ताली पीट-पीटकर हंस पड़े।

"ओ हो..." सब एक साथ चिल्लाए। रामरती ने उसे पकड़कर खींच लिया। सुवेगा लाज के मारे गड़ गयी। अरे! यह डंडा तो मरदों के लिए है। और औरतों के लिए? क्या जरूरत उनके लिए? उनकी कोई आकांक्षा हो तब न?...आगे मइया की मढ़िया थी। सुवेगा ने वहां एक नारियल फोड़ा और सिर झुकाया।

बाजार से लौटकर तीनों ने सिन्नी खरीदी—गुड़ की जलेबियां, एक आने की नौ आयीं, तीन-तीन तीनों ने खायीं। फिर हिंगना में पानी पिया। रामरती ने कहा—"दीदी, चल हिडौना झूलें।"

—"तू ही झूल ले। फरीदा को भी ले ले। मुझे तो चक्कर आते हैं।"

—"तुम खड़ी रहोगी न?"

—"और क्या भाग जाऊंगी?"

सुवेगा हिंडौना के पास उन दोनों को ले गयी। हिंडौनावाले को दो पैसे दिये और बोली—"ले भइया, दोनों को झुला दे।"

"बैठो"—हिंडौनावाला जोर से अपनी आवाज में बोला। दोनों उसमें बैठ गयीं। चूं चर्र चूं। चूं चर्र चूं। चूं ऊं ऊं ऊं।

हिंडौना चक्कर काटने लगा और चक्कर काटते-काटते उसने गति पकड़ ली। सुवेगा ने देखा, उसकी बायीं ओर बीजाडांडी की तीन-चार औरतें खड़ी हैं।

—"काये सुवेगिया, अकेली आयी है?"

—"नयीं। रामरती है और फरीदा।"

—"तै नयीं झूल रयी।"

—"मोहे चक्कर आउत हैं, काकी।"

"चिच्च-चिच्च"—एक औरत बोली—"बेचारी को गश आते हैं, मिरगी

जैसे। सुखलाल पंडत सेवा करते-करते जिह्ल चले गये, मौड़ी खों देखनवारो कोउ नयीं आ।''

सुवेगा को यह बहुत खराब लगा। वह नहीं चाहती कि कोई उसे दयनीय समझे और उस पर दया दिखाये। वह वहां से हटी तो उसने देखा, एक झाड़ के पास धोती पहने कमलापत खड़ा है। एक अनजानी मुस्कान उसके ओठों पर तिर गयी। कमलापत के पास जाने की अपेक्षा, वह आगे दौड़ गयी। उसने सांस ली लछमन पहाड़ की गुफाओं में।

अब कमलापत की गोद में उसका सिर था और चारों तरफ एकांत सूनापन। सिर्फ हलके-हलके स्वर जो वहां से बड़ी दूर जान पड़ते थे, वहां पहुंच रहे थे। पहली बार कमलापत ने सुवेगा को अपनी पूरी ताकत के साथ अपनी भुजाओं में भर लिया और फिर वह झुककर उसके अनचूमे अधरों को देखने लगा।

''क्या देख रहे हो?''–सुवेगा ने पूछा।

–''तुझे...काश! हमेशा तू इसी तरह मेरी गोद में रहती।''

सुवेगा ने एक हाथ ऊपर उठाकर उसके गले में डाल दिया। बोली–''तेरे लिए तो मैंने वरदान मांग लिया है रे और यह रहा प्यासन दादी का ताबीज।'' उसने अपने हाथ में बंधे लाल धागे को दिखाया।

कमलापत भय से कांप उठा। बोला–''तूने प्यासन दादी को बता दिया?''

–''और क्या छिपाके रखती? छिपाके रखने से कोई फल थोड़े मिलता है।''

–''तूने अच्छा नहीं किया, सुवेगा।''

सुवेगा उसकी छाती से लिपट पड़ी और सिसकने लगी–''तू भी वही कहेगा, जो दूसरे कहते हैं।''

कमलापत उसे मनाता रहा। कमलापत का सारा शरीर एक अनजाने पुलक से भर उठा था। उसे लगा खून की यह गरमी केवल सुवेगा-जैसी लड़कियों की मिल्कियत है। यह सुनहरी देह और कमलगटे-सी काली आंखें, धरती पर रहनेवाली किसी लड़की की हो सकती हैं...।

फिर दोनों स्वप्नलोक से जब उतरे तो कमलापत की आंखों में आंसू थे। बोला–''अब हम क्या करें सुवेगा?''

सुवेगा ने उसकी आंखों में आंसू देखे तो चौंक पड़ी–''तू रोता है...तू!''

कमलापत कुछ न बोला।

सुवेगा ने पूछा–''तुझे कमी क्या है, जो रोता है।''

–''कुछ तो नहीं।''

–''फिर?''

—''गांव हमारे पीछे लगा है, सुवेगा। हमारे मिलन को वह कतई गवारा नहीं करेगा।''

—''गांव वालों की इत्ती फिकर है तुझे?''

कमलापत चुप हो गया। बड़ी देर तक दोनों चुप रहे, बाहर धूप मरती गयी। दोनों गम्भीरतापूर्वक सारे प्रश्नों पर विचार करने लगे। समस्या छोटी नहीं थी। कमलापत ने सारे प्रश्नों को अर्थ-सहित सुवेगा के सामने रखा। तब पहली बार सुवेगा ने समस्या का असली रूप देखा, जैसे वह अभी तक ऊपर-ही-ऊपर तैर रही थी। प्रश्न-पर-प्रश्न निकलते गये और समस्या गहरी होती गयी।

''तब? तब कोई चारा नहीं है, कमलापत?''—सुवेगा ने पूछा।

कमलापत कोई उत्तर नहीं दे सका। वह नजरें झुकाये बैठा रहा तो सुवेगा उठकर खड़ी हो गयी। बोली—''अरे कायर काहे को बनता है? और तू बने तो बने, आदमी जो ठहरा। मेरे लिए डर कहीं नहीं है, कमला! गांव का कुआं कहां गया है? ऐसे जीने से तो न जीना अच्छा है।''

कमलापत ने हाथ खींचकर उसे बैठा लिया। बोला—''आत्महत्या करेगी? आत्महत्या से बड़ा कोई पाप नहीं है। आदमी मरकर भी चैन नहीं पाता। वह प्रेत बनता है। तुझे प्रेत योनी में जाना है? फिर मरे ही क्यों? जिन्दगी केवल उनकी है जो जीते हैं। मरने के बाद कुछ नहीं होता, सब राख। इसलिए यदि दर्द लेकर भी हमें जीना पड़े तो जीना चाहिए, सुवेगा।''

''नहीं कमलापत, इस योनि से तो प्रेत योनि ज्यादा अच्छी है। मुझे तू डर न बता।'' कमलापत हंस दिया।

बड़ी देर तक दोनों बातें करते रहे। अन्त में सुवेगा ने पूछा—''पहले तुम बताओ, तुम्हें ब्याह करने में कोई मुसीबत है?''

''बिलकुल नहीं।'' सहज ही कमलापत बोल गया।

—''फिर?''

—''मुझे तो तेरी चिन्ता है। तू तो मेरे लिए देवी बनकर आएगी सुवेगा, पर मैं तेरा देवता कैसे बन सकूंगा?''

सुवेगा ने दांत पीस लिये। कमलापत समझ गया कि यह लड़की अपना विवेक खो चुकी है। उसके मुंह पर उसने अपनी हथेली रख दी और बोला—''बात को सिरे से समझ। मैं तुझे न चाहता तो यहां आता ही क्यों आगे-पीछे की बातों को जरा धीरज से सोच, सुवेगा।'' इसके बाद कमलापत ने उसे फिर जोर से समेट लिया। गुफा फिर शांत हो गयी। बड़ी देर तक वहां हल्की-सी फुसफुसाहटें होती रहीं—एक हलकी हवा-सी उस गुफा में जैसे बराबर मंडराती रही।

चौबीस

सबेरा बदरी परसाद को खल गया...न प्रभाती, न आरती। उठे तो वह समय से ही, पर किसी ने उनके मुंह से जैसे बोल छीन लिये थे। सारा पूजा-पाठ बेकार गया। पुरखों की पुन्याई बेकार हुई। शाम को रामरती और फरीदा अकेली मड़ई से लौटी थीं और उनके लौटने के पहले ही सारे गांव में यह गुहार पड़ गयी थी। अब वह जाकर किस मुंह से पूछें—सुवेगा, तू कल रात को नौ बजे क्यों आयी थी?

थोड़ी देर में सबेरा होगा। बहुत-से लोग सहानुभूति दिखाने के लिए आएंगे। जो कभी नहीं आते थे, शायद वह भी आएंगे। हो सकता है कि करीम मियां भी आएं। सुखलाल तो है नहीं, सारे बान उन्हें ही सहने होंगे। खड़े-खड़े नाक काट ली इस छोकरी ने, सारे वंश का नाम डुबो दिया। आज तक हमारे खानदान में ऐसा कभी नहीं हुआ, न कभी सुना।

वह रामरती पर बिगड़ पड़े। अरे, उसे छोड़कर क्यों वह हिंडौना में बैठी, पर रामरती को भला यह कैसे पता चलता कि सुवेगा उन्हें बैठाकर भाग जाएगी। औरतें वैसे ही चार आंखें लेकर मेले-ठेले में चलती हैं। वह कैसे जानती कि जो वह नहीं देख पायी, वह गांव की औरतें देख लेंगी?

बदरी को लगा कि यदि आज उसके कान बहरे होते तो कितना अच्छा होता! तो सचमुच वह कई बातों से बच जाते।

चबूतरे के फूल और बेलपत्री साफ कर बदरी परसाद अपने-आप सड़क पर आ गये। उनके पैर कुरमी टोले की तरफ बढ़ गये। बाजार के पास तक पहुंचते-पहुंचते सूरज की किरनें धरती पर उतर आयीं। खड़े होकर बदरी परसाद ने देखा कुरमी टोला के सारे दरवाजे बन्द हैं। ऐसा क्यों? कौआ बोले उठने वाले कुरमी आज बन्द क्यों हैं? बदरी परसाद को लगा, ये सब अपनी नाक बचाने के लिए छिपे हैं। कुरमी और बाम्हनों में कित्ता बड़ा अंतर है!

जाने कितनी आंखें

बदरी परसाद को कमलापत पर गुस्सा आ गया, पढ़ा-लिखा गंवार निकला। ऐसी विद्या किस काम की? ऐसे काम किस काम के? अपनी औकात भूलकर चलना चाहता है, लौंडा। बेचारे सारे कुरमियों की नाक काट ली उसने। इस विचार के साथ ही बदरी परसाद के मन में कुरमियों के प्रति हमदर्दी जागी। बेचारों का क्या दोष? दोष एक आदमी का होता है, सारी जाति का नहीं। काम एक आदमी करता है और लजाता सारी जात को है। वे बेचारे क्या करें? बदरी परसाद का मन नहीं हुआ कि वह चरनदास के घर तक जाएं और दरवाजा खुलवाकर उससे बात करें। वह वहीं से लौट आये। मास्टरनी बाई ने देखा, आज अभी तक मास्टरजी ने नहीं नहाया। हरिया कब का आ चुका था। बोला—"गुरुजी, अभी तक नहाए नहीं?"

बदरी परसाद बिना उत्तर दिये फिर बाहर आ गये। वहां से वे स्कूल के कम्पाउण्ड में चले गये और कनेर के पीले फूल तोड़ने लगे।

उनके दिमाग में गहरा कुहरा छा गया। वह अपने-आप से लड़ते रहे। उन्हें रह-रहकर सुखलाल पर क्रोध आ रहा था। गिरस्ती को जरा-सी ढील दे दो तो ये हाल! औरतें क्या हुईं...नाली की धार। वाह री सुवेगा! वह अपने आप से बोले—"अब तो दुबे मास्टर भी ब्याह करने को तैयार नहीं होगा। जान-बूझकर भला कोई गले में फांसी लगाता है।

कम्पाउण्ड से निकले तो सरदार हरनाम सिंह मिल गया—"सत् श्री अकाल मास्टरजी।" बदरी परसाद कांप उठे। उन्हें लगा, हरनाम ने अब पूछा , तब पूछा। वह उत्तर तक न दे सके। हरनाम और पास आ गया। बोला—"कुछ सुना म्हराज?" बदरी को उसकी हर बात पत्थर-सी चुभी। अब सुनने के लिए बचा ही क्या है? सरदार बिना उत्तर की प्रतीक्षा किये बोला—"बहुत बड़ी बात हो गयी मास्टर जी, लड़ाई बन्द। पढ़ा कल का अखबार तुमने?"

बदरी परसाद की सांस वापस आ गयी। अब वह हरनाम सिंह के पास आ गये। बोले—"क्या हुआ, सरदारजी?"

—"अजी, लड़ाई बंद मास्टर जी। एटोम बोम्ब गिरा हिरोशमा में। सब साफ, पूरा द्वीप पानी में गया जी। एक आदमी जिन्दा नहीं बचा। वहां के बादल यहां के लिए चल पड़े हैं। बस आने ही वाले हैं, हां जी।"

"अच्छा"—बदरी परसाद बोले—"तो लड़ाई बन्द हो गयी?"

—"हां जी, जापानियों ने हथियार डाल दिये। गजोब है मास्टरजी, अखबर नहीं बांचा कल का?"

"अब पढूंगा, सरदारजी। यह तो अच्छा हुआ कि लड़ाई बन्द हो गयी।" -बदरी परसाद का बातें करने में मन नहीं लगा । वह इतना कहकर ही आगे बढ़ गये ताकि हरनाम सिंह फिर न उन्हें छेड़ बैठे। हरनाम सिंह मस्ती में था :

मैं तो पूत पंजाब नी

.......................:

जोर-जोर से गाता वह भीतर चला गया।

बदरी परसाद सोचने लगे, लड़ाई तो बन्द हो गयी, दुनिया में शान्ति छा गयी, पर बीजाडांडी में अब आग लगी है। जब सब जाग रहे थे, यह गांव सो रहा था। जब सब सोने को हुए तो यह जागा तो नहीं, एक चिनगारी ने सारे गांव को उजाड़ दिया। उन्हें लगा कि उनके मकान में असल आग उस दिन नहीं लगी थी, आग तो आज लगी है। वह सोचने लगे, तब तो हरनाम सिंह ने दूसरा बंगला बना दिया था, पर सुवेगा ने जो आग लगायी है और उससे जो बंगला खाक हो रहा है, उसे फिर कौन बना सकता है? सारे बाम्हन अपनी जान दे दें, तो भी यह कालिख पुतने वाली नहीं।

बदरी परसाद को भूली-बिसरी सारी बातें याद आ गयीं। जब वह बीजाडांडी आये थे, तब यहां का क्या हाल था। एक टीले की तरह खुदा हुआ चबूतरा और यह पीपल बीजाडांडी के केन्द्र रहे हैं। उनकी रमाई धूनी सारे गांव को प्रकाश देती है। दरोगा गुलाम मुहम्मद आया तो गांव बंट गया। पहले करीम मियां की बीवी भी जाने कित्ते प्यार से भईया कहती थी। करीम मियां खुद काली के जुलूस में आगे-आगे चलता था, पर एक आदमी ने आकर यह सब मिटा दिया। करीम ने ही मेरी जान लेने के लिए तीन गुंडे भेजे थे। उसी ने घर में आग लगवायी और अब जब दरोगा चला गया है तो करीम फिर चबूतरे को माथा टेकने लगा है। आदमी बरगलाने से बिगड़ता है, वरना वह देवता से कम नहीं है।

बदरी परसाद के आगे की सारी दुनिया चक्कर काट रही थी-गोल, चौकोर, त्रिकोण। उन्हें इसकी कल्पना तक नहीं थी कि आगे जो आग लगेगी, उसकी चिनगारी उनके घर में ही सुलग रही है। गुलाम मुहम्मद और करीम पराये हो सकते हैं, पर सुवेगा और कमलापत?- ये कब पराये हैं? अब एक भी कुरमी सीधे से बात नहीं करेगा।

बदरी परसाद सिर पकड़कर चबूतरे पर बैठ गये। न जाने क्या मरजी है तुम्हारी भोले? तुम बीराने के बासी, भला चमन में रहना क्या जानो? आखिर

तुम माने नहीं–पहले बायीं ओर लछमन-रेखा थी, अब दायीं ओर भी खिंच गयी।

बंशी सीटी बजाते सड़क से आ रहा था। बदरी परसाद जल्दी खड़ाऊं पहनकर भीतर चले गये। मास्टरनी बाई उनका दु:ख जानती है। रात-भर वह सोये नहीं, बराबर सांप की तरह लोटते रहे। आज तो और भी व्याकुल हैं वह। दूर के सांप ने पास आकर जैसे डस लिया है उन्हें।

वह बोली–"नहाते क्यों नहीं? कब तक सिर पीटते रहोगे?"

बदरी परसाद का चेहरा उतरा हुआ था। वह नहाने चले गये और फिर दस-पन्द्रह मिनट में सारा पूजन भी खत्म कर दिया। रामरती को आज फिर परसाद नहीं मिला। रामरती ने याद किया, इसी तरह एक दिन और दादा ने परसाद नहीं दिया था, पर वह तो दो-तीन बरस पहले की बात है।

बदरी परसाद नाश्ता कर रहे थे तो प्यासन दादी आ गयी। बदरी परसाद को प्यासन दादी की सूरत से नफरत हो गयी। सारे झगड़ों की जड़ यही बुढ़िया है। गांव के हर घर में जाती है और बीज की तरह हर बात को बो आती है। उसके भट्टैया के बीज जैसे बीज न हुए, बबूल के कांटे हो गये।

प्यासन दादी भट्टैया का तेल लेकर आयी थी। बोली–"ले रामरती, कोउ बरतन तो ले आ।"

बदरी परसाद ने उठकर शीशी दादी के हाथ से छीन ली और दूर फेंक दी। बोले–"अब तू कहेगी, मेरे वंश का नास हो, मैं मर जाऊं, नरक चला जाऊं, यही सब न? चल भाग यहां से, जो होगा सो कौन रोकेगा। तेरे तेल ने कौन मुझे नरक जाने से बचा लिया। नरक और है कहां? मरने के बाद सरग की कल्पना करने वाले मूरख हैं। वह तो यहीं है। इसी जिन्दगी में है। सो अब भोगने जा रहा हूं।"

बदरी परसाद बहुत कुछ कह गये। पहली बार दादी को इस तरह उन्होंने धिक्कारा था। इन बातों के साथ ही उन्हें लगा कि एक के बाद एक सारे कुरमी, अहीर, चमार, बसीर, भंगी और कहार आते जा रहे हैं और उनकी नाक काटते जा रहे हैं।

प्यासन दादी अपने-आप कांपने लगी। कांपते-कांपते वह बुदबुदाती गयी। उसने आज खुलकर गाली तक नहीं दी और उठकर चली गयी, लौटी तो उसे दुगघो काकी अपनी परछी पर आंसू बहाते मिल गयी। रुककर प्यासन दादी ने पूछा–"काये दुगघो, लौंडिया घर में है?"

–"हओ दादी।"

प्यासन दादी बड़बड़ाते भीतर घुस गयी। सुवेगा अब भी सो रही थी। प्यासन दादी ने धक्का देकर उसे उठाया। बोला–"कित्ता नाम उजागर किया तूने? बदरी मास्टर तो पागल हो रहा है।"

सुवेगा सिसकने लगी। उसकी हर सिसकन में जैसे एक विवशता थी। धीरे-धीरे वह बोली–"दादी, बातें-भर तो कर रही थी कमलापत से और का...?" दुगघो काकी दौड़ती आयीं और मूसल लेकर दे मारा उन्होंने सुवेगा को। खैर यह कि वह गिरा सुवेगा के पैर पर। सिर पर गिरता तो खून हुए बिना न रहता। बोलीं–"क्या उजरी बनती है रांड, कोख में कालख लगा गयी। मरी भी नहीं लौंडिया, दो साल पहले बीमार पड़ी थी निमोनिया से। तभई मर जाती तो? आज जो दिन तौ देखने न मिलतो।"

अम्मां की बात सुनकर सुवेगा के आंसू सूख गये। अभी तक वह पछतावे में थी, अब उससे वह ऊपर उठ गयी। वह बिस्तर छोड़कर उठी और सपरने[1] की तरफ चली गयी।

तब प्यासन दादी डंडा पीटते बाहर भाग गयी।

---

1. स्नानघर।

जाने कितनी आंखें

पच्चीस

चपड़ा पिघलाकर बदरी परसाद ने आज खुद सील लगायी डाक के थैले में। यह काम हरकारा करता था। अब तक जैसे उस पर विश्वास था, आज वह भी जाता रहा। बदरी परसाद ने सील लौटा-पौटाकर देखी। वह ठीक लगी थी। थैला फेंकते हुए बोले–"ले जा।"

उसी समय नायब मास्टर दुबे जी आ गये। बदरी परसाद ने उसे प्यार से बैठाया, फिर दो-तीन बार अपना मुंह खोला, पर शब्द कुछ न निकले। उन्हें विश्वास था कि दुबे मास्टर को सारा किस्सा मालूम है। वह पूछता नहीं तो केवल लिहाज के कारण। यह लिहाज फिर क्यों तोड़ा जाय।

डेढ़ बजे छुट्टी का घंटा बजा। बदरी परसाद ने आज सबेरे खाना नहीं खाया था। वह घर की तरफ चले तो फिर हरनाम मिल गया। हाथ में वह कल का अखबार लिये था। बदरी परसाद ने ध्यान से वह अखबार पढ़ा और चैन की एक सांस ली, चलो एक झगड़े का तो फैसला हुआ। अब रहा दूसरा झगड़ा आजादी का, वह भी हल हो ही जाएगा। सुखलाल भइया के घर लौटने में अब देर नहीं है। किसी भी दिन यह समाचार आ सकता है। किसी भी गाड़ी से सुखलाल उतर सकते हैं। सुखलाल आ जाए तो बदरी परसाद के सिर से पत्थर उतर जाय। वह क्या गये, सारी मुसीबतें उनके सिर डाल गये। वह हैं गांव के लीडर। बदरी परसाद का क्या, आज यहां हैं, कल वहां। छाया की तरह उनका बसेरा है। जहां रोटी ले जाए वही चल पड़ें। बीजाडांडी आये उन्हें चार बरस हो रहे हैं। कभी भी तबादले का आर्डर आ सकता है।

सवारी मोटर एकाएक आकर रुक गयी–घर्रर घर्रर घर्रर।

कन्डक्टर डाक का थैला लेकर नीचे उतरा। हरकारा बंशी पानवाले के ठेले के पास खड़ा था, थैला उतरते देखकर दौड़ आया। मोटर आधा घंटा जल्दी आ गयी। जब बंशी पानवाले के ठेले से धूप उठती है, तभी मोटर आती है, आज तो वह बहुत नीचे है। बदरी परसाद को लगा, इसमें जरूर ऐसी कोई चिट्ठी है,

जो उनके काम की है। वह घर न जाकर स्कूल की तरफ लौट पड़े। थैला खोला तो उसमें सचमुच एक चिट्ठी मिली। पहली बार सुखलाल ने इतनी लम्बी चिट्ठी लिखी थी। उसमें घर के सारे लोगों को ढाढस बंधाया गया था। बदरी परसाद की सराहना थी। आगे लिखा था कि गांधी जी और अंगरेज सरकार के बीच समझौता हो गया है, अब उनके छूटने में देर नहीं है। जेल में रहकर सुखलाल कई बड़े-बड़े नेताओं की आंखों में चढ़ गये हैं। वे जेल से छूटे और उसी दिन उनका सूरज चमका। अन्त में बहुत हिचकते-हिचकते सुखलाल ने दुगघो काकी को सन्देश दिया था–"रो-रोके आंखें न फोड़ लइयो भागवान, बस यूं आया और घर में यूं शहनाई बजी। गांधी बाबा ने वायदा कर दिया है सुवेगा के ब्याह में आने का। बड़े दुःख भोगे हैं री तूने दुगघो, अब सुख की सेज तेरे सामने है।"

बदरी के लिए सुखलाल ने लिखा था कि वह खुद चिट्ठी बांचकर सुना दें और फिर सुवेगा के हाथ उसे दे दें।

बदरी परसाद बहुत हलके हो गये। हवा-भरे गुब्बारे की तरह उनका मन ऊपर उठ गया। जय भोले, तेरी माया अपरम्पार है। तेरी किरपा भर हो जाय, फिर दुनिया में भारी क्या है? बिन पद चले सुनै बिनु काना, कर बिनु कर्म करै विध नाना...।

बदरी परसाद सीधे धमक पड़े दुगघो काकी के घर। सुवेगा ऐना के सामने खड़ी कंघी कर रही थी। सीधे जाकर उन्होंने उसकी चुटइया पकड़ी। सुवेगा सिर-से-पैर तक कांप उठी। उसे लगा, फिर काका ने कुछ सुन लिया है और अब खैर नहीं। दुगघो काकी की आंखें तो वैसे ही फटी थीं, अब और क्या फटतीं। सुवेगा को खींचकर वह कमरे के बीच में ले आये। बोले, "भौउजी भइया का पत्र आया है। सुवेगा की तकदीर बड़ी है। भइया बस छूटने वाले हैं। लिखा है : सुवेगा के ब्याह में खुद गांधी मिहराज आएंगे!"

दुगघो काकी हंसी और बोली –"अभी ब्याह का ठिकाना नहीं भइया; गांधी मिहराज के आने का ठिकाना हो गया!"

बदरी परसाद उत्साह में थे। बोले–"सुन तो भौउजी, भइया की पूरी चिट्ठी तो सुन।"

सुवेगा के बाल छोड़कर बदरी परसाद ने पूरी चिट्ठी पढ़ दी। चिट्ठी खतम करते ही उन्होंने दुगघो काकी की ओर देखा। उसके उदास और पीले चेहरे पर हल्की-सी धूप खिल उठी थी। इस उमर में भी शरम की लाली से तिरता चेहरा दस बरस पीछे चला गया। वह बोलीं–"भइया चाय पी जाव।"

"नहीं भउजी, अभी तो खाना नहीं खाया। डाक खोली तो भइया का पत्र

आ गया। सोचा, चलूं पहले यक्ष का संदेश भेज दूं, फिर खाऊंगा। सो भौजी, मैं बादल चला आया तेरी अलकापुरी में। अरी भौजी, एक बार तो हंसौ" और सचमुच दुगघो काकी के दोनों ओंठ अनार की तरह फूट पड़े। बदरी परसाद बेहद खुश हुए। उन्होंने लौटकर देखा तो सुवेगा कमरे में नहीं थी। थोड़ा आगे जाकर बगल वाले कमरे में बदरी परसाद ने देखा, वह अपनी रेशमी साड़ी की तह लगा रही थी। बदरी परसाद को संतोख हुआ। सुवेगा की भरी पूरी देह उन्हें आज हलकी-सी लगी। अभी तो टुरिया ही है, लड़कपन में हर किसी से गलती हो जाती है। अभी उसकी उमर ही क्या हुई है? बदरी परसाद ने दूसरे लड़कों के सिर पर हाथ फेरा और बाहर निकल आये।

दूर से आता कोलाहल उन्हें सुनायी दिया।

एं! उन्होंने कान लगाये, यह काहे की आवाज है। बड़ा शोर-शराबा सुनायी दिया। एक साथ कई आवाजें आ रही थीं। इस तरफ तो प्यासन दादी का मकान है, अनजाने ही बदरी परसाद उस ओर बढ़ गये।

प्यासन दादी के घर के सामने भीड़ लगी थी। दरोगा चार सिपाहियों के साथ खड़ा था। वहीं थे चरनदास और जवाहर सिंह। बदरी परसाद ने पहले तो अपना मुंह छिपाना चाहा, पर एक तो सुखलाल की चिट्ठी ने उनका मन साफ कर दिया था, दूसरे वहां क्या हो रहा है, इसकी जिज्ञासा भी कम न थी। पुलिस क्यों आयी है, प्यासन दादी के घर? जब वह पास गये तो उन्होंने देखा कि प्यासन दादी बेजान मुंह फाड़े पड़ी है। उसके गले में कपड़ा बंधा है।

पता चला कि सबेरे-सबेरे किसी ने प्यासन दादी का गला दबा दिया और सारे रुपये तथा जेवर उठा ले गया।

थानेदार जांच-पड़ताल कर रहा था। अभी-अभी चरनदास यहां आया था। उसी ने पुलिस को खबर दी। वरना इत्ती जल्दी खबर भी न लगती। पता चला कि सारे कुरमी कल रात को दादी के घर आये थे, बहुत धमकियां दे रहे थे उसे। दादी ने सारे गांव में आग बो दी है। चरनदास ने कहा-"दरोगा साहब, हम लोग आठ बजे वापस चले गये। उसी समय हिंगना की तरफ से हमने दो पठान आते देखे थे। हम उनके बारे में न कुछ जानते और न हमें इस बात की कुछ कल्पना थी कि वह ऐसा कुछ इरादा रख सकते हैं।"

चरनदास दुःखी था। उसकी आंखों में आंसू थे और वही क्यों, वहां जितने खड़े थे, सभी की आंखें भीगी थीं। प्यासन दादी गांव की एक लालटेन रही है। जहां चली जाती थी, एक गरमी आ जाती थी।

बदरी परसाद तो सुन्न खड़े रहे। वह क्या करें? क्या कहें? भूख के मारे पेट की जो अंतड़ियां अभी दो मिनट पहले तक खिंची जा रही थीं, अब दुःख के कारण मुंह तक आने लगीं। प्यासन दादी बीजाडांडी की शान थी। उसकी जिन्दगी इस गांव का चिराग रही है। उन्हें याद आया, वह मजाक में कहा करते थे–''प्यासन दादी इत्ता पैसा जोड़कर क्या करोगी? एकाध दिन कोई गला दबाकर सब लूट ले जाएगा।'' उन्हें अपने ही शब्द काटने लगे। न जाने कब आदमी की वाणी सच हो जाए। उसे कभी किसी तरह के खराब शब्द मुंह से नहीं निकालने चाहिए। उनने कित्ती बड़ी भूल की? ऐसा मजाक उन्हें कभी नहीं करना चाहिए था।

बदरी परसाद को लगा जैसे बीजाडांडी के सिर से एक बड़ा साया उतर गया है। उनके सिर पर अभी तक दादी की छाया का जो भार था, वह भी चला गया। बदरी परसाद असल में अनाथ आज हुए। अब यहां रह ही क्या गया है! जितनी मेहनत से यह गांव उन्होंने बनाया था, सब बेकार गयी।

घर जाकर बदरी परसाद पलंग पर चित्त लेट गये...चेतना शून्य! सुबह उठे तो दुगघो काकी ने एक दूसरा तमाचा उनके गाल पर जड़ दिया–''भइया, सुवेगा का कहीं पता नहीं है। आधी रात तक तो थी वह अपने बिस्तरे में। रोते-किलपते चरनदास के यहां गयी थी अभी, वह भी सिर पीटकर रो रहा था। कमलापत भी जाने कहां चला गया। भइया, अब मोरो का हू है, रेएएएएएएए।''

बदरी परसाद धम्म से नीचे आ गिरे। कुरमी टोले की न जाने कितनी आंखें उन्हें घूर रही थीं। कल उन्होंने प्यासन दादी का संस्कार किया, आज उनका संस्कार हो रहा था!

दुगघो काकी के अनवरत क्रंदन से सारा गांव गूंज उठा।

■■■

जाने कितनी आंखें

www.ingramcontent.com/pod-product-compliance
Lightning Source LLC
Chambersburg PA
CBHW071208260626
47162CB00004B/1221
* 9 7 8 9 3 5 0 8 3 1 6 8 7 *